싱크홀

도시를 삼키는 거대한 구멍

싱크홀

이재익 장편소설

차례

프롤로그

그는 세상에서 가장 위험한 산을 오르고 있었다. 7월의 어느 날. 서울 시민이 여름 아침의 생명력 속에 일상을 시작할 때였다. 붉은색 등산복에 붙은 명찰이 그의 이름을 알려주었다. 김혁.

중키에 다부진 체격은 오랜 세월 산에서 단련한 강철 체력을 품고 있었다. 고글 안에는 어떤 상황에서도 포기를 모르는 집념의 눈동자가 이글거렸다. 설산(雪山)의 복사광선에 검게 그을린 얼굴도 강인한 이미지를 구현하는 데 한몫했다.

혁의 뒤를 따르는 노란색 등산복의 남자는 영준이다. 혁보다 열 살 어린, 서른한 살의 남자. 영준은 혁과 달리 호리호리한 체형이었다. 잘 타지 않는 피부는 10년이 넘게 산을 타면서도 비교적 하얀 편이었다.

제일 뒤를 따르는 대원은 여자였다. 그녀의 이름은 소희. 영준과는 연인 사이로 의심받을 정도로 절친한 동료였으며 혁이 가장 아끼는 후배였다. 평상복 차림일 때는 귀여운 아가씨의 외모였으나 등산 경력으로 치자면 혁만큼 베테랑 등반가였다.

그들은 무릎까지 푹푹 빠지는 눈을 헤치며 앞으로 나갔다. 정상으로 향하는 마지막 캠프인 제4캠프를 출발한 시간이 새벽 1시 반. 끝없는 설원을 헤치며 정상부 헤드월(Head Wall) 중간 '아일랜드' 지점에 도착한 시간이 아침 7시였다. 설벽 중간에 섬처럼 솟아 있다고 해서 붙여진 이름이다. 그들은 아일랜드를 떠나 정상으로 향하는 길이었다.

베이스캠프에 무전을 해서 정확한 길을 확인했다. 그들은 눈이 깊은 기존 루트를 벗어나 정상부 우측 피라미드에서 뻗어내린 암릉을 타고 오르는 등반 코스로 접어들었다. 무쇠처럼 단단하게 언 눈과 바위로 뒤덮인 코스를 오르는 혼합 등반은 엄청난 체력 소모를 요했다.

북봉(北峰) 너머로 떠오른 태양이 디아미르 빙하를 덮었던 산 그림자를 지우며 서서히 정상부로 다가오자 풍향이 바뀌었다. 무시무시한 강풍이 그들을 덮쳤다. 혁이 걸음을 멈췄다.

"움직이지 마!"

혁이 돌아보지 않고 말했다. 뒤따르던 영준과 소희도 걸음을 멈췄다. 그들은 악마의 입김을 느꼈다. 소리조차 기괴한 강풍은 죽음의 공포를 떠올릴 만큼 싸늘했다. 그러더니 갑자기 폭설이 퍼부었다. 몇 시간 전만 해도 햇빛이 맑은 최적의 날씨였는데 눈은 평지에서는 짐작하지도 못하는 양과 속도로 쏟아져 내렸다.

"조심해! 화이트아웃이다!"

혁이 소리쳤지만 미친 바람 소리에 막혀 바로 앞에 있는 영준에게도 들리지 않았다. 모든 것이 하얗게 보여 방향감각을 잃은 상태였다. 겁에 질려 함부로 움직였다간 이 산에 묻힌 수많은 인간 제물 중 하나가 될지도 모른다. 그들은 화이트아웃 상태가 끝나기를 기다리며 바위처럼 몸을 웅크린 채 버티기에 들어갔다.

해발 8125미터. 지상의 상식과 법칙은 효력을 발휘하지 못하는 공간, 산의 정령이 지배하는 영역, 바로 그곳이 낭가파르바트였다.

낭가파르바트는 지구 최대의 절벽으로 꼽히는 히말라야 산맥 북서쪽 끝 카슈미르(kashmir) 지역에 자리하고 있는 산이다. '벌거벗은 산'이라는 뜻을 가진 이 산은 지역 주민에게는 디아미르(Diamir), 즉 '산 중의 왕'이라는 이름으로 불리기도 했다.

히말라야 14좌 중에서 K2, 안나푸르나와 함께 가장 등반하기 어려운 산으로 꼽히는 낭가파르바트는 수많은 등반가의 목숨을 앗아간 탓에 '마(魔)의 산'이라는 칭호까지 얻었다. 김혁 대장을 비롯한 두 명은 낭가파르바트에 붙여진 여러 별명이 정당한 것임을 온몸으로 체험하는 중이었다.

그렇게 강풍과 폭설에 고문당하기를 1시간 반. 산신령의 노기가 겨우 수그러들자 그들은 다시 움직이기 시작했다.

— 괜찮습니까?

망원경으로 지켜보며 가이드 해주던 베이스캠프에서 무전이 왔다.

"오케이. 계속 간다."

혁은 무전에 대답해주었다. 혁은 러셀(눈을 헤치며 앞으로 나가면서 뒷사람들에게 길을 터주는 일)을 하며 대원들을 이끌었다. 혹한에 드러난 얼굴 피부에 감각이 없었다. 옷에 부착된 온도계를 확인했다. 영하 25도.

낭가파르바트를 정복하면 혁은 히말라야 14좌 중 11개의 산을 정복하는 셈이었다. 남은 산은 칸첸중가, 로체, 브로드피크. 칸첸중가를 제외하면 비교적 부담이 적은 산들이었다. 사실상 이번 낭가파르바트 등반이 히말라야 14좌 완등이라는 목표에 마지막 장애물이었다.

"가자. 다들 힘내자!"

혁이 큰 소리로 대원들을 독려했다. 다행히 영준과 소희 모두 많이 지친 모습은 아니었다. 그들은 한 걸음 한 걸음 정상을 향해 올라갔다.

해발 8000미터가 가까워오자 산의 경사도가 70도에 달했다. 까마득한 빙벽에 피톤(빙벽에 박는 쇠못)을 박고 자일(등산용 로프)을 이으며 죽을 힘을 다해 기어 올라갔다. 오후 3시 반쯤 고도계를 확인했다. 정확히 해발 8000미터. 이제 남은 거리는 고작 125미터. 지상이었다면 20초 만에 달려갔을 거리였다.

낭가파르바트의 신은 필시 여신이리라. 몇 시간 전에 그들을 동사시킬 뻔했던 폭설이 무색하게 이번에는 태양이 공격했다. 사방이 눈과 얼음이다. 반사된 태양 광선은 고성능 고글을 뚫고 눈을 아프게 했다. 혁은 최대한 눈을 보호하면서 빙벽을 탔다.

어느 순간 매서운 바람이 혁의 얼굴을 때리고 지나갔다. 동시에 그가 설치했던 피톤이 툭 빠져버렸다. 땅이 꺼지는 느낌이었다. 혁은 자일을 꽉 움켜쥐었지만 아래로 떨어지고 말았다.

"대장님!"

소희의 찢어지는 소리가 빙벽에 메아리쳤다.

이렇게 죽는구나.

혁이 막 생을 포기하려던 찰나의 순간 자일이 툭 멈췄다. 혁은 잠시 심호흡을 하고 아래를 내려다보았다. 수백 미터의 절벽이 괴물의 아가리처럼 그를 기다리고 있었다.

"형! 조금만 버텨봐요!"

발코니처럼 생긴 암벽에 있던 영준이 자일을 잡아주었다. 까딱했으면 함께 낭떠러지로 추락할 위험을 무릅쓰고.

혁은 자일을 붙잡은 채 8000미터의 높이에 대롱대롱 매달려 있었다. 주위를 둘러보았다. 푸른 빙벽 표면에 태양 광선이 부서지며 오묘한 빛으로 빛났다. 수천 년, 어쩌면 수만 년 동안 조용히 숨 쉬며 제물을 기다려 왔을지도 모른다.

아찔한 시간과 공간의 아가리 속에서 혁은 형용하기 힘든 쾌감을 느꼈다. 목숨을 걸고 사지(死地)에 도전하는 선배 탐험가들이 그러했듯 그 역시 타고난 영혼이 그랬다. 위험에 비례한 만큼의 행복감을 느끼는 족속. 그래서 점점 더 힘든 도전으로 스스로를 몰고 가는 사람.

"아직은 끝이 아닌가 보다."

혁은 자일을 잡고 올라갔다. 마침내 영준이 있는 바위 위로 올라왔을 때 혁은 영하 10도 아래의 기온임에도 땀이 범벅이었다.

"고맙다, 인마."

혁이 영준의 어깨를 툭 쳤다. 그거면 된다. 함께 산을 탄 지 10년. 그들은 헤아리기 힘든 위협과 고난을 함께 이겨내고 기쁨도 같이 나누었다. 이제는 형제보다 더 형제 같은 사이였다.

뒤에서 빙벽을 타고 온 소희도 합류했다. 셋은 서로를 꼭 끌어안았다.

— 무슨 일 있습니까?

산의 굴곡에 가려 그들의 모습이 오랫동안 보이지 않자 베이스캠프에서 무전이 왔다.

"아무 일도 없다. 잠깐 줄다리기 좀 하느라고."

혁은 농담을 하고 출발했다.

얼마 지나지 않아 또 눈보라가 몰아쳤다. 눈의 양은 그렇게 많지 않았지만 바람이 너무 거셌다. 10미터를 오르는 데 한 시간씩 걸리는 상황. 혁은 시계를 보았다. 파키스탄 현지 시간으로 오후 5시. 이제 정상은 불과 50미터 정도 남았는데 오늘따라 날씨가 유난히 변덕스럽다. 이대로라면 정상에 오른다 해도 밤이 되기 전에 하산하기는 힘들다. 비박(bivouac, 산에서 하룻밤을 보내는 것)을 각오해야 할지도 모른다.

망원경으로 지켜보고 있던 베이스캠프에서 무전이 왔다.

— 괜찮습니까? 바람이 심한 것 같은데요?

혁은 가장 싫어하는 순간에 직면하고 말았다.

내려가야 하나?

그의 고민을 알아챈 듯 영준이 밝은 표정으로 말했다.

"형. 뭐해요? 얼른 올라갑시다!"

영준은 그런 존재였다. 최악의 상황에서도 빛이 되려고 하는 사람. 영준은 혁이 갖지 못한 밝은 성격을 타고났고 그래서 그를 더 아꼈다.

"대장님. 정 안 되면 내려오면서 비박하죠, 뭐. 아까 그 바위 발코니에서 자면 딱이겠던데요."

소희가 한 수 더 떴다. 혁이 베이스캠프로 무전을 했다.

— 계속 간다. 상황을 봐서 필요하면 비박을 하겠다.

— 괜찮겠습니까?

— 걱정 말고 길이나 잘 봐줘.

혁은 다시 힘차게 자일을 타고 올랐다.

등정과 하산의 갈등을 거듭하며 마침내 정상을 눈앞에 두었다. 겨우 5미터 남짓. 혁은 몸속에서 번개가 치는 기분을 경험했다. 매번 히말라야의 고봉을 정복할 때마다 느끼던 거룩한 감정이었다. 세상의 끝을 목격하는 기분. 삶의 다른 어떤 순간과도 비교불가한 환희. 혁은 얼마 남지 않은 몇 걸음의 감각을 온몸으로 받아들이며 정상에 발을 디뎠다.

산 중의 왕, 낭가파르바트 위에 서다. 멀리서 봤을 때는 뾰족한 점처럼 보이나 수십 명이 족히 설 수 있는 평탄한 곳이었다. 장엄한 카라코람과 힌두쿠시 산군(山群)이 눈앞에 펼쳐졌다. 어느 방향을 보아도 준산(峻山)들의 바다였다. 그 사이사이 이름 모를 수많은 빙하가 꿈틀댔다. 그동안 올랐던 히말라야의 산들, K2와 가셔브룸 1 · 2봉이 구름 위로 우뚝 솟아 올라 혁을 반겼다.

안녕. 다시 만났구나.

"반갑다."

혁은 감격에 몸을 떨며 K2봉에 인사를 건넸다. 몇 달 전 역시 영준과 소희와 함께 죽을 고비를 몇 번씩 넘기고 정복했던 산이었다.

"형!"

"대장님!"

뒤따라 올라온 영준과 소희가 혁을 얼싸안았다. 그들은 세상의 꼭대기에 선 자만이 누릴 자격이 있는 엑스터시를 함께 경험했다.

— 여기는 낭가 정상! 베이스캠프 나와라.

혁이 무전을 쳤다. 곧이어 무전을 통해 베이스캠프의 환호성이 전해졌다. 현지인 셰르파들이 쏘는 총소리가 축포를 대신했다.

낭가 정상을 강타하는 모진 바람은 등정의 기쁨을 충분히 누릴 여유를 주지 않았다. 게다가 이제 곧 일몰이다. 하산을 서둘러야 했다.

— 정상의 온도는 영하 10도. 곧 하산하겠다.

베이스캠프와 교신을 한 뒤 주변의 풍광을 몇 커트 촬영했다. 그리고 다시 하산을 시작했다. 이제 정복하기 위한 등반이 아니라 살아남기 위한 하산이었다.

태양이 히말라야 산맥 위로 장엄한 노을을 드리우다 사라졌고 어둠이 찾아왔다. 그들은 헤드랜턴 불빛에 의지해 경사 70도의 절벽을 내려와야 했다. 산의 정령은 기다렸다는 듯 천둥번개로 침입자를 응징했다. 고도 8000미터에서 경험하는 섬광과 굉음은 지상에서의 경험과는 차원이 달랐다.

— 최대한 발전기를 돌리고 있습니다! 힘내십시오!

베이스캠프에서 무전이 왔다. 아래에서 쏴주는 빛이 그들의 길에 도달하기는 했으나 천둥번개와 함께 날아든 거센 눈보라에 빛은 별 소용이 없었다. 결정적으로 무전기의 배터리가 끝나면서 베이스캠프와의 교신도 끊겼다.

"최대한 내려간다. 제4캠프에서 비박을 목표로 한다."

혁은 영준과 소희를 독려하며 길을 헤쳐나갔다. 그러나 이번에는 그의 뜻대로 되지 않았다. 현지시간으로 자정까지 내려온 고도는 7500미터. 현지 안내인인 셰르파를 비롯한 일행이 기다리고 있는 해발 제4캠프보다 불과 100미터 높은 고도였으나 그 차이는 무의미했다. 빙 둘러서 가야 하는 루트라 거리가 먼데다가 자칫하다가는 길을 잃어버릴 위험도 있었다.

다시 선택의 순간이 왔다. 혁은 몇 가지 중요한 상황을 체크했다. 일단 지금 있는 곳은 세 명이 안전하게 머물만한 평지다. 온도는 영하 12도. 미친 듯이 몰아치던 눈보라가 잠깐 그치고 밤하늘이 맑았으나 10분 뒤의 날씨도 예측할 수 없다. 무엇보다 체력이 바닥났다.

주위를 둘러보았다. 히말라야의 밤하늘은 하늘에 가까운 만큼 더 아름답다. 은하수의 물결이 손에 잡힐 듯 찬란하다. 별똥별이 혜성처럼 선명하다. 생사가 오락가락하는 그 순간에도 혁은 자연의 장관에 잠시 넋을 빼앗겼다.

비박을 결정했다. 비박색을 풀어 최대한 바람을 막았다. 비상식량을 나눠 먹고 침낭을 꺼내 몸을 돌릴 틈도 없이 딱 붙어서 셋이 누웠다. 한꺼번에 다 자면 안 된다. 저체온증으로 얼어 죽기 십상인데다 시시각각으로 변하는 기상 상황도 살펴야 한다. 먼저 소희가 눈을 붙이기로 했다.

새끼고양이처럼 새근새근 코 고는 소리가 바람 소리와 뒤섞여 묘한 조화를 이루었다. 혁은 방금 전에 본 밤하늘을 생각했다.

왜 히말라야의 밤하늘은 지상에서 본 밤하늘과 색이 다를까? 그냥 검은색이 아니다.

"형."

영준이 나지막이 혁을 불렀다.

"왜?"

"다음에 로체부터 가면 안 될까요?"

낭가파르바트 다음 산은 칸첸중가로 결정해놓았다. 매도 먼저 맞는 편이 낫다고 부담스러운 칸첸중가부터 오를 생각이었다. 분명히 뜻을 모아놓고서는 이제와 딴소리를 하는 영준이다.

"왜?"

"한 템포 쉬었다 가는 것도 좋잖아요."

그러고 보니 영준은 이번이 세 번째 히말라야 등정인데 험한 산들만 골라 탔다. 마칼루에 이어 K2, 그리고 이번 낭가파르바트까지.

“내려가서 얘기하자.”

“알겠어요.”

“몸은 괜찮지?”

“견딜만해요.”

혁은 영준의 팔을 툭툭 쳐주었다. 이렇게 같이 비박을 한 것만도 수십 번이었다. 영준이 말했다.

“낭가파르바트에서 비박을 하게 될 줄은 몰랐어요. 그래도 이 정도면 양반이죠?”

“그럼. 헤르만 불이 했던 비박에 비하면 7성급 호텔이지.”

“낭가파르바트 첫 등정한 사람이요?”

오스트리아의 산악인 헤르만 불은 1954년 다른 대원들과 함께 낭가파르바트 등정에 도전했다. 그때까지 낭가파르바트는 30명이 넘는 산악인의 목숨만 거둬들였을 뿐 그 어떤 인간에게도 빗장을 풀지 않은 산이었다. 정상을 향해 최종 캠프를 떠난 헤르만 불은 대장의 퇴각 명령을 거부했다. 대열에서 이탈한 그는 새벽 2시에 단독으로 출발, 17시간 만인 오후 7시에 정상에 섰다. 정상 정복 때 그는 산소통도, 배낭도 집어던진 채였다.

문제는 그다음부터였다. 낭가파르바트 정상에 선 것은 저녁 7시. 되돌아오기에는 너무 늦은 시각이었다. 그는 캄캄한 밤에 홀로 하산을 시작했다. 식량이 떨어져 물 한 모금조차 마시지 못한 채 산소결핍증으로 인한 환각에 시달리며 하산을 했다. 엎친 데 덮친 격으로 아이젠 한 짝이 등산화에서 벗겨져 낭떠러지 아래로 사라졌다. 남은 장비라고는 등산용 스틱 2개뿐. 정상 부근에는 잠시 앉아서 쉴 곳조차 없었다.

"헤르만 불은 꼿꼿이 선 채로 정상의 빙벽에 기대 비박에 돌입했지. 세계 등반 사상 가장 유명한, 이른바 '죽음의 비박'이야."

혁은 선배 등반가들의 이야기를 할 때면 눈동자가 만년설처럼 반짝반짝 빛났다.

"정상을 떠난 지 무려 41시간 만에 일행이 있는 캠프로 돌아온 그의 모습은 사람들을 경악하게 만들었어. 분명히 29세의 건장한 청년이던 그가 80세 노인으로 변해 있었기 때문이지. 몸의 지방질을 다 써버린 상태에서 근육의 단백질까지 연료로 쓰면서 하산을 하다 보니 급속하게 노화가 진행된 거야. 시체와 다름없는 상태로 돌아온 셈이지."

영준도 흥미로운 표정으로 혁의 이야기를 들었다. 10년 전, 영준을 등산의 세계로 처음 이끈 사람이 바로 혁이었다. 아니, 정확히 말하자면 혁이 이끌었다기보다는 영준이 혁을 따랐다.

"형. 이번에 내려가면 누나랑 정리하세요."

영준이 불쑥 말했다. 혁은 어둠 속에서 눈을 크게 떴다.

"그게 맞잖아요. 형도 그렇게 생각하죠?"

혁은 대답하지 않았다. 영준은 그의 대답을 기다리고 있었다.

"미안하다. 생각해보마."

"형을 원망하지 않아요. 저도 형을 이해하니까요. 물론 누나의 입장도 이해해요."

"그 얘긴 다음에 하자."

"저로서는 이상한 기분이에요. 분명히 친누나와 매형인데, 마치 친형하고 형수 같달까? 아니 그것보다 이 표현이 정확하겠다. 형 만나기 전까지 누나는 저한테 엄마였어요. 그런데 형을 만난 뒤로 아빠가 생긴 기분이었어요. 이제 전 아빠와 엄마 모두 소중해요. 두 분이 행복해지셨으면 좋겠어요. 같이 있어서 행복하다면 바랄 게 없겠지만…."

"말도 안 되는 소리 마라."

"누나를 이제 그만 놔주세요."

"내가 영희를 잡고 있는 거 같냐?"

"그럼 도대체 왜 그러고 계신 겁니까? 둘 다."

긴 정적이 흘렀다.

"누나를 아직 사랑하세요?"

혁은 대답하지 않았다. 바람조차 숨을 죽이고 있었다. 영준도 더는 말이 없었다.

한 시간쯤 눈을 붙인 소희를 깨웠다. 그다음은 영준이 잠을 청했고 한 시간 뒤 마지막으로 혁이 수면 시간을 가졌다. 그리고 새벽 4시 반. 그들은 다시 하산을 시작했다.

다행히 바람 없는 맑은 날씨였다. 설원을 헤치고 온 뒤 빙벽을 내려갈 차례였다. 아침 해가 충분한 빛을 비추는 가운데 순조롭게 하산이 진행되었다. 이번에는 영준이 앞장섰다.

칼날 능선이라고 불리는 지역이 나왔다. 그곳은 눈사태와 낙석 위험이 많아서 피톤을 박고 자일을 이용할 수 없는 지역이었다. 그들은 손과 발로 깎아지른 암벽을 더듬으며 이동했다.

"오후에는 베이스캠프에 도착하겠는데요?"

앞장선 영준이 특유의 밝은 목소리로 분위기를 띄웠다. 그때 멀리 위에서 둔탁한 소리가 들렸다. 혁은 반사적으로 고개를 들어 소리의 정체를 확인했다. 낙석이었다. 사람 머리통만 한 바위 몇 개가 수십 미터 위에서 툭툭 떨어지고 있었다. 그가 소리쳤다.

"조심해!"

셋은 모두 최대한 바위에 몸을 밀착했다. 두 개의 큰 바위가 아슬아슬하게 그들을 스치고 떨어졌다. 뒤이어 길쭉한 돌이 영준의 머리에 떨어졌다. 헬멧을 쓰긴 했지만 상당한 충격을 받았다.

"영준아!"

소리치면서 혁은 본능적으로 크랙(바위틈)에 피톤을 박고 자일을 걸었다. 앞에 있는 영준의 이마에서 피가 쭉 흘러나왔다. 그의 눈은 이미 풀려 있었다.

"정신 차려, 영준아!"

"영준아!"

혁과 소희가 동시에 소리치며 영준의 의식을 깨우려고 했다. 손발에 힘이 풀린 영준이 잡고 있던 암벽을 놓고 떨어지는 찰나, 혁이 그의 손을 낚아챘다. 영준도 본능적으로 힘을 주어 손을 잡았다. 혁은 왼손으로는 자일을, 오른손으로는 영준의 손목을 움켜쥐었다.

절대 놓지 않겠어.

어금니를 꽉 물었다. 아래는 끝이 보이지 않는 까마득한 낭떠러지였다. 사방으로 시퍼런 빙하의 계곡이 날카로운 이빨을 드러냈다.

"야, 인마. 지금 뭐하는 거야? 형, 힘들다. 빨리 정신 차려."

혁이 간절하게 소리쳤다. 깨진 영준의 머리에서는 점점 더 많은 피가 흘러나와 아래로 줄줄 떨어졌다. 소희가 찢어지는 목소리로 외쳤다.

"그러지 마, 영준아! 제발!"

혁과 서로 오른손을 마주 잡은 채 협곡에 대롱대롱 매달려 있던 영준이 천천히 눈을 떴다. 그는 겨우 고개를 들어 혁을 보았다. 그리고 의미를 알 수 없는 희미한 미소를 지어 보였다.

"형. 우리 참 좋았는데. 그렇죠?"

"영준아!"

"고마웠어요. 전부 다."

혁도 알고 있었다. 자일도 없이 손힘으로만 이렇게 잡고 있는 건 고작해야 몇십 초를 못 버틴다. 자칫하면 피톤이 버티지 못하고 같이 추락할 염려도 있었다. 그래도 그는 영준의 손을 놓을 생각이 없었다.

"영준아. 제발 힘 좀 내. 올라와봐!"

애타는 혁의 목소리와 달리 영준의 음성은 평온했다.

"형한테 할 말이 있어요."

"아무 말도 하지 마. 힘을 아껴!"

"아니요. 꼭 들어줘야 해요."

영준은 도저히 그 순간에 어울리지 않는 이야기를 했다. 어쩌면 혁이 가장 듣기 두려웠던 말이기도 했다.

한줄기 바람이 얼음 계곡을 휩쓸고 지나갔다. 산은 거대한 짐승처럼 몸을 떨며 우우 울었다.

혁은 느낄 수 있었다. 영준이 손에서 힘을 풀어버리는 것을. 그는 혁과 시선을 마주한 채 미지의 골짜기 아래로 점점 멀어져갔다. 마침내 보이지 않는 점으로 소멸했다.

안 돼!

피 끓는 오열이 낭가파르바트 칼날 능선에 울려 퍼졌다.

D — 7

서울 대현동. 7월이 며칠 남지 않은 어느 날 오후. 한 여자가 샤워 꼭지 아래 서 있다. 찬물을 받은 하얀 알몸 위로 소름이 잠깐 돋았다가 사라진다. 그 느낌을 즐기듯, 여자는 눈을 감고 기분 좋은 표정이다.

그녀가 살고 있는 5층짜리 원룸 건물 제일 위층 방은 겨울에는 냉장고, 여름이면 찜통으로 변했다. 작은 에어컨이 있긴 했으나 전력 효율이 최악인 구식 모델이라 내키는 대로 틀었다간 전기세가 보름치 식비보다 많이 나왔다. 찬물 샤워는 그녀가 더위를 이겨내는 좋은 방법이었다.

그녀의 이름은 서민주. 스무 살에 자취를 시작해 스물일곱인 지금은 자취 생활의 달인이라고 자부했다. 민주는 더위를 식힐 정도만 샤워를 한 후 단단히 물을 잠갔다.

수건으로 물기를 눌러 닦으면서 거울을 봤다. 검은 단발머리에 쌍꺼풀 수술 외에는 칼을 댄 적이 없는 수수한 얼굴이었다. 적당히 오뚝한 코에 도톰하지도 얇지도 않은 입술.

민주는 평범한 축에 드는 자신의 외모에 불만도 뿌듯함도 없었다. 20대 초반에는 외모에 관심이 많았다.

코를 좀 높이면 이목구비가 살지 않을까, 머리를 바꿔야겠어, 요즘은 이런 화장이 유행이라는데….

그러나 스물다섯이 넘으며 먹고 사는 문제로 관심의 추가 옮겨졌다.

아직 민주는 젊고 건강하고 예뻤다. 그러나 어떻게 보면 27세라는 나이는 젊음의 내리막을 걷는 나이다. '젊다'는 표현은 통해도 '어리다'는 표현은 어색해지는 나이. 민주는 알았다. 이제부터 달이 이지러지듯 점점 젊음의 생기가 흐려질 것임을.

이러다가 어느 날 화장실 거울 앞에 서서 부인할 수 없는 주름을 보며, 나도 이제 나이 들었구나, 쓸쓸함을 맛보는 순간이 오겠지.

두렵거나 슬프지 않았다. 지금까지 잘 해왔던 대로 씩씩하게 살아가면 된다. 민주의 낙관적인 성격은 입가에 머금은 장난기 있는 미소로 드러났다. 거울 속 자신을 보며 구호를 외쳤다.

"서민주, 화이팅!"

화장실에서 나와 시계를 확인했다. 2시다. 짧은 청반바지를 먼저 입고 흰색 면 재질의 민소매 티셔츠를 골랐다. 지하철에서 읽을 책과 소지품이 든 백팩을 멨다. 핸드폰을 집어들었다. 홀드 버튼을 눌러 혹시 받지 못한 전화나 문자가 있는지 확인한다. 없다. 민주는 연락을 주고받는 사람이 많지 않았다.

민주의 핸드폰 초기 화면에는 인터넷에서 다운 받은 에베레스트 산 사진이 있었다. 맑고 푸른 네팔 하늘을 배경으로 우뚝 솟아 있는 지구의 최고봉 에베레스트 산. 그 옆에 민주가 띄워 놓은 글귀가 보였다.

— 부끄럽지 않게 살자.

민주의 좌우명이었다.

마지막으로 챙긴 소지품은 몇 달 전 네이버 카페 중고나라에서 5만 원을 주고 구입한 구형 아이팟. 이어폰을 귀에 꽂고 2NE1의 노래를 플레이했다. 외출 준비를 마친 민주는 힘찬 발걸음으로 집을 나섰다.

민주는 방배동의 꽃집 〈Belle〉에서 일하는 아가씨였다. 플로리스트 민간자격증과 화훼장식기능사 자격증 두 가지를 모두 딴 어엿한 플로리스트였지만 민주는 스스로를 꽃집아가씨라고 불렀다. 어감이 예뻐서였다. 그래서 카카오톡 대화명도 꽃집아가씨.

처음부터 플로리스트가 꿈은 아니었다. 평범한 2년제 대학을 졸업해서 사무직으로 일하던 어느 날이었다. 심야 버스에 몸을 싣고 집으로 오는 길에 우두커니 밖을 내다보고 있다가 갑자기 막막함을 느꼈다.

계속 이렇게 살아도 되나?

그녀를 책임져 줄 사람은 자신밖에 없었다. 평생을 일용직으로 전전하다 당뇨까지 얻은 아빠는 엄마와 함께 고향에서 살고 있었다. 막내딸의 생계에 도움을 주기는커녕 두 내외가 먹고 살기도 겨우겨우 입에 풀칠이었다.

결혼을 약속한 남자도 없었다. 있었다고 해도 마찬가지였으리라. 그녀는 남자에게 경제적으로 기대고 싶은 마음은 조금도 없었으니까. 돈 잘 버는 남자를 만나서 편하게 살아보려는 생각은 한 번도 해본 적이 없었다. 연애를 할 때도 데이트 비용을 꼭 절반씩 내야 마음이 편했다.

자격증을 따야겠다고 마음먹었다. 회사에 사표를 내고 나니 겨우 1년 정도 버틸 돈이 남았다. 편의점 아르바이트를 하면서 플로리스트 학원에 등록했다. 한눈팔지 않고 부지런히 뛰었다. 어렵사리 자격증을 땄고 꽃집에서 일을 시작했다.

꽃향기를 맡으며 콧노래 부르면서 하는 일이 아니었다. 빳빳한 줄기를 다듬고 이곳저곳 가시를 쳐내느라 손은 노무직 남성의 손처럼 거칠어졌고 꽃을 사러 새벽 한두 시에 양재동 꽃시장을 찾는 일도 다반사였다. 어느 정도 인정을 받기 전까지는 예술적인 감각보다 체력을 요구하는 분야였다.

그래도 즐거웠다. 뭔가 혼자 힘으로 이루었다는 성취감. 긴 인생을 봤을 때 언제 잘릴지 모르는 계약 사무직의 공포에서 벗어났다는 해방감. 그 정도면 충분했다. 같이 일하는 주리 언니가 했던 말만큼 민주를 잘 나타내는 표현도 없었다.

— 넌 마가레트 꽃 같아. 소박하면서도 당당해.

앞날을 미리 짐작해보면 그리 순탄해 보이지만은 않았다. 가게를 차리려면 적지 않은 돈이 든다. 이렇게 꽃집에서 일해서 받는 돈을 모은다고 생각하면 10년이 걸려도 힘들어 보인다. 방송국이나 백화점, 패션쇼 같은 곳의 디스플레이를 전문으로 하는 업체에 취직할까 고민도 해보았다. 그러나 스스로에게 자문하게 되었다.

내가 그런 계통에서 이름을 얻을 만큼 미적 감각이 있을까?

돌아오는 대답은 부정적이었다. 자신감 부족인지 자신을 냉정하게 보는 것인지는 몰라도 선뜻 내키지 않았다. 아마 타고난 밝음이 없었더라면 민주는 많은 도시 노동자들처럼 일상의 톱니바퀴에서 조금씩 지쳐갔을 테다. 그러나 민주는 실현 가능한 목표를 위해 열심히 살았다.

10년 뒤 나만의 꽃집을 열어야지. 규모는 작더라도 향기와 미소가 봄날처럼 머무는 곳.

민주는 소중한 꿈을 되새기며 이대 지하철역 입구를 향해 걸음을 옮겼다.

같은 시간. 동호는 잠에서 막 일어났다. 탁 트인 침실 창문으로 한강이 내려다보였다. 오랜만에 잔 늦잠이었다. 며칠 동안 제대로 못 잔 잠을 몰아서 자다 보니 벌써 오후다.

황금 같은 휴가 첫날을 이렇게 보낼 수는 없지!

동호는 재빨리 준비를 하고 집을 나섰다. 삼성동 아이파크, 그중에서도 펜트하우스 80평 복층이 동호의 집이었다. 정확히 말하자면 그의 어머니 양미자 회장 소유의 집.

동호는 차량 정비를 위해 폭스바겐 양재동 서비스 센터를 찾았다. 정기 점검할 기간이 돼서 엔진 오일도 갈아야 했고, 무엇보다 열흘 동안의 황금 같은 여행을 앞두고 애마의 상태를 확인해보고 싶었다. 결과는 이상 무. 점검이 끝난 차를 받아 시동을 걸고 센터를 빠져나왔다.

동호는 차를 유난히 아꼈다. 예전에 타던, 엄마가 선물해 준 BMW 528 세단에는 별로 애정이 없었다. 그러나 528을 엄마에게 반납하고 얼마 전에 새로 산 SUV 차량 티구안은 친구처럼 살갑게 대했다. 동호가 직접 번 돈으로 산 첫 차였기 때문이기도 했다. 유리 재질의 천장을 통해 차 안에서 넓은 하늘을 볼 수 있다는 점도 좋았다. 타이거와 이구아나를 합쳐서 만든 티구안이라는 유일무이한 이름도 마음에 들었다.

"가자, 구안아."

동호는 사람을 부르듯 중얼거리며 가속 페달을 밟았다. 그러나 오후의 강남대로는 꽉 막혀 있었다. 가속 페달보다는 브레이크 페달을 더 많이 밟아야 했다.

괜찮다. 내일이면 시원하게 뚫린 고속도로를 달릴 테니까.

동호는 스스로를 위로했다.

동호는 종합병원에 근무하는 서른세 살의 정형외과 의사였다. 1년 만의 휴가를 이용해 혼자 여행을 떠날 예정이었다. 앞으로 열흘 동안 전국 팔도 2000킬로미터, 한국의 산과 들을 누빌 생각을 하니 가슴이 벅차올랐다. 그 전에 해야 할 일이 하나 있었다.

얼마 전에 어린 환자 한 명이 들어왔다. 골목에서 놀다가 차에 치일 뻔했던 동생을 구하고 대신 자기 다리가 부러진 열네 살 소녀였다. 이름은 조아람. 어린 나이여서 뼈가 잘 붙는다 해도 2톤 트럭 바퀴에 깔린 다리뼈는 워낙 여러 조각으로 으스러졌다. 제대로 접합이 될지, 또 접합 수술 이후 정상적인 성장에 문제가 없을지 여러모로 걱정이었다.

아람이는 씩씩하게 수술을 잘 견뎌냈다. 동호는 대견한 아이에게 선물을 사주고 싶었다. 아람이는 꽃을 좋아해서 나중에 플로리스트가 되는 게 꿈이라고 했다. 긴 산행을 떠나기 전에 병실에 들러 큼지막한 꽃다발을 안겨줄 생각이었다. 깜짝 이벤트에 기뻐할 아람이의 얼굴을 생각하니 마음이 촉촉해졌다.

단골 꽃집은 없었다. 매일 출퇴근길에 병원 근처에서 봤던 꽃집이 떠올라서 그곳으로 향했다.

조금만 기다려, 아람아. 아저씨가 깜짝 놀라게 해줄게.

동료들이 보기에 동호는 평범한 의사일지도 몰랐다. 성실하고 마음씀씀이가 좋은. 그러나 그는 태생부터가 평범하지 않았다.

동호의 엄마 양미자 회장은 세간에는 대한민국 사채 시장에서 제일 큰 대부업체 대표로 유명했다. 사실 양 회장은 현금으로만 치면 재벌보다 자금 회전력이 좋은 거부였다. 동시에 코스닥 시장에서 유명한 인물이기도 했다. 공격적인 M&A, 쉽게 말하면 기업 사냥의 귀재라 불리면서 벤처 사업가들에게는 공포의 대상이었다.

과정을 요약하면 간단했다. 재무구조가 허약하거나 경영이 미숙한 기업들 중에서 빼먹을 거리가 있는 대상을 골라 무차별적으로 무너뜨린 후 싸게 사들였다. 그리고 도마 위에서 생선을 다듬듯 냉정하게 정리해서 다시 시장에 되팔았다.

그 과정에서 해고되는 사람들이 느끼는 슬픔이나 절망 따위는 안중에도 없었다. 자본 논리에 스러지는 청년 기업인들의 꿈과 열정도 동정의 대상이 아니었다. 하늘 아래 양 회장이 애정을 갖는 존재는 딱 두 가지였다.

돈과 아들.

바로 그 아들이 동호였다.

동호는 양 회장이 평범한 주부였던 서른 살에 얻은 외아들이었다. 냉혈한으로 소문난 양 회장에게도 인간적이고 평범했던 시절이 있었음을 증명하는 유일한 흔적이기도 했다.

양미자 회장은 원래 증권회사의 사무직 여직원이었다. 같은 사무실에 근무하던 증권맨과 결혼해서 동호를 낳았다. 남편은 대한민국 금융전문가 1세대였다. 그녀는 남편의 어깨너머로 주식을 배웠다.

동호가 태어난 지 얼마 안 있어 일이 터졌다. 남편이 투자 판단을 잘못해 회사에 막대한 손실이 불가피해진 금융 사고였다. 과욕으로 회사 규정까지 어겨가면서 무리하게 돈을 끌어 쓴 탓이었다. 감당할 수 없는 돈을 물어내야 했다. 괴로워하던 남편은 결국 목숨을 끊었다.

다른 여자 같았으면 주식은 쳐다보지도 않았으리라. 그런데 미자는 달랐다. 남편의 죽음은 미자를 더 독하고 강하게 만들었다. 그녀는 식당

허드렛일을 하는 대신 남편이 남긴 얼마 안 되는 재산으로 주식을 시작했다. 남편에게 틈틈이 배운 실력에 만족하지 않고 무서운 열정으로 공부에 매달렸다.

타고난 냉정함과 승부근성이 있었던 미자는 빠른 속도로 돈을 불려나갔다. 아이는 친정 엄마에게 맡겨놓고 온종일 여의도에 머물렀다. 미자는 증권주에 집중적으로 투자해 엄청난 수익을 내면서 아들과 둘이서 평생 먹고 살만큼의 재산을 만들었다. 남편이 죽은 지 5년 만이었다. 그러나 그녀는 만족하지 않고 더 기세를 올렸다. 그녀에게는 단순히 좋은 투자처를 찾는 능력 외에도 동물적인 감각이 있었다.

미자는 80년대 말 증시가 1000포인트에 이르는 시점에 기막힌 타이밍으로 빠져나왔다. 그리고 얼마 안 있어 절반 가격으로 떨어진 주식을 다시 쓸어 담았다. 그녀는 비상한 머리까지 겸비한 탐욕스러운 자본가로 변모했다. 30대에 모은 돈으로 40대에는 야금야금 땅과 건물을 사들여 부동산 폭등의 수혜를 입었다.

50대에는 아예 투자사를 만들었다. 그녀가 투자한 인터넷 회사들이 줄줄이 대박이 터졌다. 그녀는 수십 배로 폭등한 코스닥 주를 현금화시킨 뒤 사채업과 기업 사냥에 본격적으로 뛰어들어 기하급수적으로 부를 불렸다. 그리고 그녀는 M&W라는 그룹을 만들었다. 기존의 투자회사, 대부업체, 그리고 기업 사냥을 통해 사들인 알짜 기업들을 자기 회사로 포섭했다.

양 회장은 동호에게 불만이 많았다. 그녀는 아들이 자신의 제국을 상속받기를 원했다. 유가증권과 현금 자산이 1조가 넘고 강남구와 서초구에만 10층 이상 빌딩이 스무 채가 넘는, 그야말로 천문학적인 재산을 넘겨주고 싶은 사람은 세상에 오직 단 한 사람, 동호였다. 양 회장은 다른 사람을 절대 믿지 않았으니까.

이제 양 회장의 나이도 육십이 훌쩍 넘었다. 10년 뒤에는 판단력은 물론 건강도 장담할 수 없다. 그런데 동호는 양 회장의 뜻과 정면으로 대치하는 길을 걸었다.

경영학을 전공하기를 원했던 동호는 재수를 하면서 이과 공부를 더해 가면서까지 의대를 지원했다. 그것도 굳이 정형외과를. 비슷한 재력가들의 자제와 어울리기를 바랐지만 별 볼일 없는 친구들과 즐겨 어울렸다. 아프리카에 몇 달씩 봉사활동을 갔다 오질 않나, 혼자 떠나는 여행이 좋다며 틈만 나면 훌쩍 떠나버리지를 않나, 양 회장으로서는 동호가 이해가 가지 않았다.

아직 늦지 않다고 생각했다.

지금이라도 경영 수업을 받으면 충분하다. 평생 이뤄낸 황금의 제국을 상속할 자격이 있는 사람은 동호뿐이다. 나의 피를 이어받았으니 내가 이룬 것들을 계승할 능력도 이어받았을 것이다. 아직은 스스로 그 능력을 깨닫지 못하고 있을 뿐.

그러나 그런 의사를 비출 때마다 동호는 대립각을 세웠다.

— 어머니, 죄송해요. 저는 돈에는 관심이 없어요. 돈을 다루는 재주도 없고요.

— 니가 아직 어려서 그렇다. 나도 니 나이 때는 평범한 월급쟁이에 불과했어. 세상을 어떻게 살아야 할지 모르는 바보였다고.

— 그렇다면 좀 다른데요? 저는 세상을 어떻게 살아야 할지 알겠거든요.

— 어떻게 살고 싶은 게냐?

— 사랑하는 사람과 함께 살고 싶어요. 지금처럼 힘닿는 대로 사람들을 도와주고요.

— 사랑? 멍청한 소리 하지 마라. 그렇다면 이 에미의 재산은 다 어떻게 할 셈이냐?

— 그건 어머니 마음대로 하세요. 어머니가 힘들게 번 돈이잖아요.

— 너라면 어떻게 운용을 하겠니? 의견을 듣고 싶구나.

— 기부를 하면 어떨까요? 그 정도 재산이라면 수만, 수십만 명 아이들에게 희망과 꿈을 줄 수 있어요. 재단을 설립하셔도 좋고요.

— 맙소사. 대체 어쩌다가 이렇게 된 거니?

— 어쨌든 저에게는 물려주지 않는 게 좋겠군요. 전 틀림없이 그렇게 할 테니까요.

양 회장이 하늘 아래 겁내는 유일한 존재 또한 동호였다.

"엄마, 나 왔어."

학원에서 돌아온 안나는 아파트 현관문을 열고 들어서면서 큰 소리로 엄마를 불렀다. 부엌에서 저녁을 준비하던 엄마는 고개를 내밀었다.

"우리 안나 왔어? 오늘은 별일 없었고?"

안나는 다가와서 엄마를 쓱 안았다. 그들 모녀의 인사법이었다.

둘에게는 몇 가지 철칙이 있었다. 특별한 일이 아니면 저녁 식사는 함께한다. 외출했다 들어오면 포옹으로 인사한다. 그리고 또 하나. 한 남자에 대한 이야기는 꺼내지 않는다.

"배고프지? 씻고 와."

엄마는 안나의 머리를 쓱 쓰다듬어 주고 다시 요리로 돌아갔다.

안나는 방에 들어가 가방을 의자에 걸었다. 입고 나갔던 옷을 벗고 반바지 반팔 트레이닝복으로 갈아입고 손을 씻었다. 작년에 엄마가 이태원 가구 골목에서 싸게 구입한 앤틱 풍 식탁에 앉았다.

"이사 준비는 잘 돼?"

안나가 물었다.

"응. 그럼. 별거 없어. 어차피 장사는 이번주까지 계속 할 거야."

"나도 한 번 엄마 새 가게 가보고 싶다."

"개업식 날 와. 그날 아주 볼만 할 거다. 살다 보니 이런 좋은 날도 오는구나."

안나는 열일곱 살 고등학교 1학년 학생이었다. 그녀는 엄마의 새 가게에 관심이 많았다.

엄마는 꽃집을 해서 혼자 안나를 키웠다. 안나가 아주 어릴 때부터 아빠는 고정된 수입이 없었고 집에 있는 날보다 없는 날이 더 많았다. 게다가 안나가 열 살쯤 되던 해부터는 엄마 아빠의 사이가 급격하게 나빠져서 아빠는 아예 밖에 따로 나가 살았다. 한 달에 한 번 정도 따로 밖에서 만나는 게 부녀간의 시간 전부였다.

처음에는 동네 상가 귀퉁이에서 작은 꽃집을 하던 엄마는 안나가 중학교에 들어가면서 대로변에 꽤 큰 규모의 꽃집을 열었다. 〈Belle〉라는 예쁜 이름을 단 그곳에는 엄마 말고도 두 명의 언니가 일했고 장사도 꽤 잘 되는 편이었다. 그리고 일주일 뒤, 오픈을 앞둔 반포 시저스 타워로 가게를 옮긴다.

시저스 타워는 123층짜리 초고층 빌딩이었다. 이전까지 타워팰리스 3차 건물이 갖고 있던 최고 높이 기록을 간단하게 갈아치워버리는 층수와 높이였다. 시저스 타워는 모든 면에서 국내 최고였다. 일단 초현대식 감각으로 마무리한 디자인부터가 기존의 빌딩들과는 달랐다. 빌딩 안의 설비는 물론이고 타워 안에 입점한 기업과 명품숍, 쇼핑몰의 규모, 심지어 주차장 크기까지 단일 건물로는 대한민국 1위였다.

정부의 도심 개발 방향에 반감을 품은 환경주의자들은 시저스 타워를 가리켜 '한국의 바벨탑'이라고 불렀다. 일본 동북부 대지진이 준 섬뜩한 경고에도 불구하고 초고층 빌딩을 올린다는 건 넌센스라는 주장이었다. 그들은 한국도 지진으로부터 안전한 지역이 아니며 지진으로부터 취약한 초고층 빌딩보다는 자연친화적인 도시 개발로 방향을 선회해야 한다고 주장했다. 공사 기간 내내 건설 현장 주변에서 시위를 하기도 했다.

— 자연의 경고 무시하는 자본의 탐욕, 무너지면 누가 책임질 것인가?

— 지진에도 화재에도 취약한 초고층 빌딩 건설을 반대한다.

다소 섬뜩한 구호들이 환경보호단체 회원들의 손에 들려 뉴스 전파를 탔다.

그러나 자본주의 사회에서 자본의 논리보다 센 힘은 없었다. 공사는 차질 없이 진행되었고 결국 시저스 타워는 거대한 위용을 드러냈다. 막상 건물이 완공되자 일본 대지진을 들먹이며 고개를 가로젓던 사람들도 감탄해 마지않았다.

안나도 시저스 타워에 관심이 많았다. 또래 아이들처럼 그 안에 생길 쇼핑몰과 공연장, 근사한 식당 때문이 아니었다. 바로 그곳에 엄마의 꽃집이 이사를 가기 때문이다. 빌딩의 규모에 걸맞게 유명 연예인이 총출동하는 초대형 이벤트로 기획된 시저스 타워 오픈식이 1주일 남았다.

"친구들도 구경하러 많이 올 거야. 가게 들르라고 해도 되지?"

안나가 물었다.

"물론이지요, 우리 공주님! 자, 제육볶음 대령이요."

안나는 입에 침이 고였다. 손맛 좋은 엄마의 요리 중에서도 안나가 제일 좋아하는 제육볶음이다. 모녀는 마주 보고 앉아서 저녁밥을 먹었다.

"맛있어, 엄마."

"고마워, 우리 딸."

"저녁에 나갈 거지?"

"응."

"지금 가게, 아니면 옮길 가게?"

"반포에 가봐야지. 인테리어 공사 마무리가 잘 됐나 확인도 해보고.

진열장부터 착착 넣어야 되니까."

"힘들지 않아?"

"괜찮습니다요."

그때 안나의 반바지 주머니에 있는 핸드폰이 드르륵 울렸다. 피가 섞인 사이에서만 가능한 텔레파시라고 해야 하려나. 안나는 누구의 문자인지 확인하지 않아도 알 수 있었다.

안나는 저녁을 다 먹고 방에 들어가서 핸드폰을 확인했다. 예상대로 아빠였다.

— 엄마 개업식이 언제라고 했지? 날짜하고 가게 이름 좀 알려줘라.

안나는 재빨리 문자 답장을 적어 보냈다.

— 일주일 뒤야. 아빤 뉴스도 안 봐? 시저스 타워 오픈식 날이잖아. 가게 이름은 그대로야. Belle.

한참 뒤 답장이 왔다.

— 알았다.

— 올 거야?

— 아니. 화분이나 하나 보내려고.

— 와. 오는 게 맞는 거 같아.

— 아니야. 우리 안나 시간 될 때 밥이나 먹자.

아빠는 항상 '우리 안나'라고 불렀다. 안나는 그 표현이 마음에 들었다. 사실 아빠가 지어준 '안나'라는 이름도 마음에 들었다. 한자 이름도 아니고, 흔한 영어 이름도 아니었다. '안나푸르나'라는 히말라야의 높은 산에서 딴 이름이라고 했다.

— 수확의 여신이라는 뜻이야. 아빠처럼 떠도는 인생 말고, 많이 거두는 인생을 살라고 그런 이름을 붙여줬어.

몇 년 전에 아빠가 설명해준 적이 있었다.

안나가 아기였을 때부터 아빠는 한 해의 절반 이상을 산에서 보냈다. 그것도 목숨이 위태로운 히말라야, 알프스 등등 외국의 험준한 산에서. 우리나라에 있을 때도 뭐가 그리 바쁜지 딸과 보내는 시간은 일주일에 하루가 될까 말까였다. 등산용품 가게를 운영하긴 했지만 적자가 안 나면 다행이었다. 엄마는 그런 아빠의 삶을 끔찍하게 증오했다. 법적으로 이혼은 안 했지만 오래전부터 아빠는 따로 살았다.

그러다 결정적인 사건이 터졌다. 작년 여름에 외삼촌이 아빠와 함께 떠난 등반길에 절벽에서 추락했다. 시신 수습조차 어렵다고 했다. 비극적인 사건 뒤로 엄마는 아빠와 아예 연락조차 끊었다. 집에서 아빠 이야기를 꺼내는 것조차 금기시되었다. 등산과 관련된 뉴스가 나오거나 히말라야에서 찍은 다큐멘터리만 나와도 엄마는 TV를 꺼버렸다.

엄마와는 관계는 최악이었어도 안나는 이상하게 아빠가 밉지 않았다. 아빠가 싫은 이유를 대라면 열 가지도 넘게 댈 수 있었다. 아빠가 좋은 이유를 대라면 한참을 생각해도 그럴 듯한 이유를 대기 힘들었다. 고작 꼽아본다는 게 이런 것이었다.

어릴 때 사고 쳐서 나를 낳은 덕에 친구들 아빠보다 젊다는 것 정도? 아, 얼굴도 잘생긴 편이야. 배도 안 나왔고.

엄마에겐 비밀이었지만 안나는 한 달에 한 번씩 아빠를 만났다. 밖에서 만나기도 했고 아빠의 반지하 방을 찾아가기도 했다.

내일쯤 또 아빠를 만나야겠다, 생각하면서 문자를 보냈다. 아빠를 만나서 할 얘기가 있었다. 엄마와는 하기 힘든, 상상도 못할 이야기였다.

— 그래, 아빠. 내일 점심 어때?

— 콜.

여느 날보다 바쁘지도 한가하지도 않았다. 새침한 표정의 여대생이 와서 연극에 출연하는 친구에게 줄 꽃다발을 만들어 간 뒤 20분 동안 손님이 없었다. 민주는 하품을 하면서 기지개를 켰다. 윈도우를 통해 보이는 거리는 퇴근하는 차와 사람으로 붐볐다.

사장님은 새로 이전할 반포 가게를 둘러보러 간다고 나갔다. 이른 아침부터 나와 일했던 주리 언니도 막 퇴근했다. 민주 혼자서 저녁 8시까지 가게를 봐야 했다.

벽시계를 보니 저녁 7시다. 평소 같으면 6시쯤 저녁을 시켜 먹는데 오늘은 늦게 출근해서 식사가 늦었다. 그래도 가게에서 저녁을 때우고 가야 한 끼 식비라도 아낀다. 마음 착한 사장님은 먹는 비용만큼은 이유불문 지원해주었다.

자, 오늘은 뭐를 먹을까나? 보신각 자장면은 어제 시켜 먹었고 감미옥 산채비빔밥은 요즘 너무 자주 먹었어. 분식을 먹자니 밤에 배가 고파질 테고. 갑자기 햄버거가 먹고 싶었다. 멀지 않은 곳에 맥도날드가 있긴 한데. 그럼 퇴근한 다음 내 돈으로 사먹어야 하나?

늦은 저녁에 혼자 햄버거 먹는 모습을 떠올리자 속이 상했다.

"꽃바구니를 만들고 싶은데요."

난데없이 들리는 남자의 중저음 목소리에 민주는 화들짝 놀랐다.

"놀라게 해드렸다면 죄송합니다."

남자가 사과했다.

"아니에요. 제가 잠깐 정신을 놓고 있느라."

민주는 남자를 보며 멋쩍게 웃었다. 찰나의 순간 민주는 남자의 몸에서 풍기는 애프터 셰이브 향을 맡았다. 바다를 연상케 하는 향처럼 깊은 눈과 시선이 마주쳤다. 남자는 단순한 친절함보다 좀 더 수위가 높은 미소를 짓고 있었다. 분명히 그녀를 보며 웃고 있었다. 민주가 물었다.

"왜 그러세요?

"네?"

"아니, 저를 보고 웃고 계시잖아요."

"아. 저녁 메뉴를 하도 열심히 고르고 계셔서요."

"그게 웃긴가요?"

"아니요. 저도 배가 고파서요. 맛있겠다는 생각이 들어서."

"매일 시켜 먹으면 지겹죠. 잠깐만. 뭘 만들어달라고 하셨죠?"

민주는 자신을 물끄러미 응시하는 남자의 시선과 마주했다. 눈이 참 맑고 깊다고 생각했다. 민주는 슬쩍 시선을 돌렸고 자연스럽게 남자의 옷차림을 보게 되었다. 남자는 물이 빠진 청바지에 흰색 폴로셔츠를 입었다. 적당한 키에 반팔 셔츠 소매로 드러난 팔뚝은 무척 강인해 보였다.

아주 짧은 순간이었으나 민주의 의식과 무의식 양쪽의 영역에서 복잡다단한 작용이 일어났다. 배고픔이 싹 사라졌다.

"아가씨. 이렇게 하면 어떨까요?"

얼떨떨해하는 민주에게 남자가 제안했다.

"저도 지금 배가 많이 고픕니다. 그러니 2인분 식사를 주문해서 같이 먹죠. 계산은 제가 하겠습니다."

민주는 자기도 모르게 푭, 웃고 말았다.

이 남자, 희한한 재주가 있다. 말도 안 되는 소리를 기분 나쁘지 않게, 그것도 그럴 듯하게 들리도록 하는 재주.

"그래요. 손님만 바쁘지 않으시면."

"아가씨는 음식이 올 때까지 꽃을 만들면 되겠네요."

듣기에 따라서는 기분 나쁘기도 한 말인데 그가 발음하는 '아가씨'라는 단어가 달콤하게 들렸다. 민주는 미소 띤 얼굴로 고개를 끄덕였다.

"그럼 메뉴를 좀 살펴볼까요?"

남자는 카운터에 놓인 여러 장의 배달 음식점 메뉴판을 훑어보았다. 민주는 궁금했다.

과연 이 정체불명의 과감한 남자가 내 마음에 드는 메뉴를 고르려나?

그는 들고 있던 메뉴판을 다 내려놓았다. 그리고 예상 못했던 초이스를 내놓았다.

"햄버거 어때요? 근처에 맥도날드가 있으니까요. 차를 갖고 왔으니 제가 다녀오겠습니다."

민주는 팔에 소름이 돋았다.

민주는 상하이 치킨 버거를 골랐고 남자는 베이컨 토마토 디럭스를 선택했다. 둘 다 세트로. 둘 다 제로 칼로리 콜라로.

"그럼 다녀오겠습니다. 천천히 만들고 계세요."

남자가 막 꽃집을 나가려는 순간 민주가 그를 불러 세웠다.

"저기요."

남자가 어깨를 으쓱하며 돌아보았다.

"뭘 만들어줘야 할지 말씀을 해주셔야죠."

"아, 맞다."

이 남자. 꺼벙한 귀여움까지 갖추고 있다.

"제가 꽃 선물을 해본 적이 별로 없어서요. 예쁜 꽃들로 큼직하게 만들어주세요."

"가격은 얼마쯤 예상하시는데요?"

"10만 원 정도면 좋겠네요."

대박. 어, 잠깐. 10만 원짜리 꽃바구니라면? 연인 외에 다른 경우는 없다. 역시 이렇게 멀쩡한 남자한테 여자 친구가 없을 리가 없지.

민주는 민들레 홀씨처럼 휘날리던 마음을 재빨리 수습했다. 그것은 참혹하게 끝난 연애로 인해 생긴 학습 효과였다.

남자를 보고 첫눈에 설레다니, 참 오랜만에 있는 일이긴 했다.

"예쁘게 만들어주세요."

남자는 서운한 말을 덧붙이고는 꽃집을 나갔다.

이상한 기분이었다. 정말로 평범한, 네이버에서 '평범한 여자'라고 검색하면 이미지 사진으로 등장할 만큼 평범한 여자였는데 왜?

동호는 운전을 하고 가는 내내 꽃집아가씨를 생각했다. 처음부터 몰래 그녀를 훔쳐볼 생각은 없었다. 문을 열고 카운터 앞까지 왔는데도 여자가 모르고 있길래 잠시 그녀를 지켜봤을 뿐이다. 저녁으로 뭘 먹을까 심각하게 고르는 그녀의 얼굴이 생후 3개월 된 몰티즈 강아지 새끼마냥 귀여워 보였다.

그뿐이 아니었다. 더듬거나 빼지 않고 하고 싶은 말을 또박또박 하는 태도가 마음에 들었다. 목소리 역시 평범했으나 너무 가늘지도 허스키하지도 않는 적당함이 좋았다. 성형을 안 한 듯 자연스러운 얼굴 라인도 플러스 10점.

그러고 보니 이따가 병문안을 갈 어린 환자 아람이의 꿈도 플로리스트라고 했는데. 아람이가 크면 그 아가씨처럼 되려나?

우연치고는 묘하다는 생각이 들었다. 동호는 그녀가 입은 앞치마 가슴께 붙어 있는 명찰에서 본 이름을 기억했다.

서민주.

애써 여자의 얼굴을 지우려고 했다. 이런 식으로 만나서 호감을 표시하면 바람둥이처럼 보일 게 뻔했다. 게다가 그 정도로 귀여운 인상이라면 남자 친구도 있을 텐데.

동호는 맥도날드에서 상하이 치킨 버거와 베이컨 토마토 디럭스 세트를 포장해서 나왔다. 조수석에 포장 봉투를 놓고 손바닥으로 마른세수를 했다.

"무슨 생각을 하는 거야, 이 멍청아?"

동호는 혼잣말을 하고 시동을 걸었다. 멀지 않은 거리인데도 퇴근 시간이라 20분이나 걸렸다. 맥도날드 포장 봉투를 들고 꽃집 문을 열었다.

무지개를 처음 본 아이처럼 동호의 마음이 떨렸다. 테이블 위에 놓여 있는 꽃바구니에는 사계절의 아름다움이 함께 공존했다. 파스텔 상자처럼 동호가 아는 색깔이 전부 담겨 있다. 자연의 질서에 의해 탄생된 꽃은 한 여자의 손끝에서 또 다른 질서로 재배치되었다.

동호는 양손에 들고 있던 햄버거와 핸드폰을 테이블 위에 내려놓고 꽃바구니를 들었다. 풍성한 볼륨에 비해 가벼운 무게였다. 작은 꽃밭의 향기를 음미했다.

동호에게 있어서 냄새란 크게 두 가지 의미였다. 피 냄새와 약 냄새. 냄새의 스펙트럼에서 가장 피하고 싶은 냄새만 매일 맡던 그에게 꽃향기는 아득한 기쁨을 선사했다.

"정말 좋네요."

동호는 선물을 줄 사람이 아니라 받은 사람처럼 꽃바구니를 계속 들고 서 있었다. 동호의 얼굴에는 흡족한 표정이 가득했다.

민주는 동호를 보면서 마음이 불편해졌다.

정말 가관이군. 아주 생각만 해도 좋아 죽겠어요? 여자 친구를 엄청 사랑하나 보네. 아니, 유부남일 수도 있지. 아니면 유부남인데 아내 말고 다른 여자 친구에게 꽃을 선물하려는 나쁜 자식일지도 몰라.

그런 마음이 드는 동시에 부끄러웠다.

정신 차려, 서민주. 이 사람은 손님이야. 너는 플로리스트고. 니가 만든 작품을 보고 이렇게 기뻐하는데 너도 좋아해야지. 지금 도대체 무슨 생각을 하는 거야?

동호는 꽃바구니를 내려놓고 벽에 걸린 선물용 카드 하나를 집었다.

"이 카드도 같이 계산할게요."

민주는 동호의 행동을 지켜보았다. 동호는 여전히 싱글벙글한 얼굴로 카드를 썼다. 슬쩍 고개를 들어 내용을 엿보았다.

— 우리 귀여운 아람이~ 많이 아프게 해서 미안해요.

거기까지 쓰는 것만 보고 민주는 고개를 돌려버렸다. 여자의 부당한 질투심이 폭발했다. 상황을 모르는 동호는 정성껏 쓴 카드를 꽃바구니에 꽂고는 둘을 위한 식사를 준비하려고 했다.

민주는 차갑게 말하고 말았다.

"햄버거는 집에 가서 먹을게요."

그 말에 동호의 표정이 싹 변했다. 동호는 막 종이백에서 햄버거를 꺼내려다가 동작을 멈추고 민주를 쳐다보았다.

"왜요?"

"어차피 곧 문 닫을 시간이고요. 약속도 있고요."

민주는 자기가 왜 그런 거짓말을 하는지 몰랐다.

무슨 약속? 혼자 집에서 메가 TV로 〈1박 2일〉을 다시 보기로 한 자신과의 약속?

"아, 그렇군요."

동호는 잠시 뭔가를 생각하는 듯하더니 종이백에서 햄버거를 꺼내 테이블 위에 내려놓았다. 반씩 커팅 된 햄버거 두 쪽을 들고 물었다.

"같이 먹게 될 줄 알고 커팅을 해왔어요. 하나씩 놓고 갈까요, 아님 상하이 치킨 버거만 두 쪽 놓고 갈까요?"

맙소사. 커팅까지? 아주 선수시군요? 지금 이 꽃을 받으실 분도 그런 배려와 매너로 꼬셨지요? 그런 짓은 한 사람한테만 하세요. 귀여운 아람 씨한테 말이에요.

"저는 베이컨 토마토 디럭스 안 먹어요."

역시 거짓말이었다. 맥도날드에서 주문을 할 때마다 항상 베이컨 토마토 디럭스와 상하이 치킨 버거 사이에서 망설이는 민주였다.

"알겠습니다. 제가 괜한 짓을 했군요."

동호는 반으로 잘라진 상하이 치킨 버거 두 쪽과 제로 콜라, 프렌치 프라이드 감자를 내려놓았다. 흥분했던 표정은 어느새 사라졌다.

동호는 지갑을 꺼내 신용카드를 내밀었다. 민주는 카드를 받아 10만 원을 결제했다. 동호도 민주도 말이 없었다.

두근거리던 관계가 돈이 오가는 관계로 바뀌었구나. 그래, 민주야. 넌 그럴 여유가 없어. 쓸데없는 감정놀음을 할 상황이 아니라고.

거래가 끝난 둘은 잠시 어색하게 서 있었다.

"안녕히 가세요."

민주는 눈도 마주치지 않고 돌아섰다. 동호는 당황한 표정이 역력했다. 동호는 맥도날드 봉투와 핸드폰을 챙기고 마지막 인사를 건넸다.

"맛있게 드세요."

그리고 동호는 꽃집을 나갔다. 동호가 완전히 사라지자 민주는 비로소 한숨을 토해냈다. 두 개로 쪼개져 있는 햄버거가 멍청해 보였다.

내일부터 동호는 열흘간의 여행을 떠난다. 일주일 뒤 민주는 시저스 타워로 떠난다. 동호가 돌아오면 민주는 없을 것이다. 잠깐 마주쳤다 떨어진 도시의 두 남녀는 그렇게 인연을 마무리했다. 이름도 연락처도 모른 채로.

D—6

혁은 이른 시간에 집을 나섰다. 한여름 더위가 슬슬 달아오르기 시작하는 오전 10시. 딸과의 점심 약속에 늦지 않기 위해 일찍 나선 길이었다. 혁은 다시 문자를 확인했다.

— 반포 롯데월드 옆 아웃백 레스토랑이야.

버스 안은 사람들이 별로 없었다. 혁은 자리에 앉아 물끄러미 밖을 응시했다.

처남이자 가장 아끼는 후배 영준의 죽음 뒤로 혁은 은둔자 생활을 했다. 사람이 싫었다. 누구보다 미운 사람은 바로 자신이었다. 모두 다 내 책임이라는 죄책감이 영혼을 좀먹었다. 우울증에 대인기피증까지 겹쳤다. 술 없이는 하루도 잠들지 못했다.

악몽도 자주 꿨다. 배경은 항상 낭가파르바트의 칼날 능선. 그런데 꿈은 실제 사건과는 조금 달랐다. 까마득한 낭떠러지로 떨어지는 사람은 영준이 아니라 혁이었다. 꿈에서 깨도 잔상이 오래 이어졌다. 혁은 궁금했다.

불길한 예지몽일까? 꿈에서라도 영준을 지켜주고 싶었던 걸까?

영준은 원래 산을 타는 사람이 아니었다. 어릴 때부터 육상선수였다. 사람들의 이목을 끄는 100미터나 마라톤이 아닌, 5000미터라는 애매한 종목. 고등학교 때까지만 해도 제법 잘 뛰었다. 소년체전에서 5000미터로 금메달을 땄을 때 주변 사람 모두 영준을 부채질했다.

이 정도 소질이면 거리를 늘려 마라톤에 도전해야 한다. 이봉주나 황영조를 뛰어넘는 마라토너가 되라.

영준을 맡았던 코치는 반신반의했다. 영준은 마라토너치고는 체격도 큰 편인데다가 10000미터가 넘어가면 지구력도 떨어졌다. 하지만 제자가 성공하기를 바라는 마음이 객관적인 판단을 흐렸다.

영준은 열여덟 살이 되던 해부터 마라토너로 전향하는 혹독한 훈련에 돌입했다. 아직 어렸던 영준은 자기가 맞는 길을 가는지 확신이 없었다. 어른들이 밀어주고 끌어주는 데로 갈 뿐.

그러던 어느 날 영준은 아침 훈련을 하다가 쓰러졌다. 한번 쓰러진 그는 일어날 줄을 몰랐다. 결국 응급차에 실려 가야 했다. 무리한 훈련으로 인해 인대와 근육이 심각하게 손상을 입은 상태였다. 병원에서 내린 진단은 명확했다.

더는 달리면 안 된다. 더 뛰다가는 걷지도 못할 위험에 처한다.

영준은 몇 달간의 휴식과 물리 치료 끝에 겨우 일상생활이 가능해졌다. 병원에서 퇴원했을 때 영준은 돌이키기 힘들 정도로 엉망이 된 삶과 마주해야 했다. 그동안 운동만 하느라 공부는 뒷전이었다. 병원 신세를 지느라 한 학기를 온통 쉬어 학교도 1년을 더 다녀야 했다. 막막함이 열여덟 소년을 짓눌렀다.

그때부터 영준은 엇나갔다. 매일 훈련을 하느라 사춘기도 제대로 못 치르고 넘어간 그였다. 그동안 쌓였던 청춘의 불만과 처지를 비관하는 분노가 뒤섞여 위험한 인화물질로 변했다. 영준은 가슴에 담긴 가솔린에 불을 붙인 채 술을 마시고 사람을 때리고 물건을 훔쳤다. 학교에서도 퇴학을 당했다.

아무도 영준을 막지 못했다. 부모님도 두 손 두 발 다 들었고 누나의 말도 소용없었다. 영준의 미래는 정해진 듯 보였다.

그때 손을 내민 사람이 혁이었다. 당시 혁은 스물아홉 살, 영준이 열아홉 살이었다. 혁은 어릴 때 영준의 누나와 결혼하면서 그때 벌써 네 살 된 딸 안나를 두고 있었다. 혁은 다른 가족들처럼 설교나 협박을 하지 않았다. 대신 산으로 이끌었다.

영준은 신세계에 눈을 떴다. 부상으로 중단을 하긴 했지만 오랜 세월 운동으로 다져진 체격 조건에다 분출할 데 없는 에너지까지 더해져 초보치고는 놀라울 만큼 빠른 속도로 산을 탔다. 에너지를 분출할 출구가 생기자 영준은 술도 마시지 않고 싸움을 하지도 않았다.

영준은 스무 살 생일 때도 혁과 함께 산에 있었다. 대청봉에 나란히 앉아 구름 낀 설악산을 내려다보았다. 신비로운 기운이 둘을 감쌌다. 위대한 영혼과 교감하는, 어떤 합일의 영역으로 들어서는 기분이었다.

— 생일 축하한다.

— 고마워요, 매형.

— 이제부터 그냥 형이라고 불러.

혁은 워낙 과묵한 성격이었다. 주로 영준이가 이런저런 이야기를 많이 하는 편이었다. 육상을 그만둔 뒤 한참 사고뭉치로 지낼 때만 빼고 영준은 기본적으로 밝고 유쾌한 아이였다. 한참 이야기를 듣던 혁이 조용히 말을 건넸다.

— 영준아. 등산은 육상하고 다르다. 달리기는 빠른 놈이 최고지만 산은 빨리 타는 게 중요하지 않다. 산은 배우기 위해서 탄다.

— 뭘 배워요?

— 나도 아직 모르겠다. 그걸 알아내기 위해 산을 타는지도 모르겠다.

그리고 이어진 긴 침묵 동안 둘은 무언의 대화를 나누었다. 그날 이후 둘은 매형과 처남이 아니라 형과 동생이 되었다.

그 뒤로 영준은 혁이 경영하는 등산용품 매장 일을 도우면서 그림자처럼 그를 따랐다. 혁이 오르는 산에는 영준이 함께 있었다. 모르는 사람은 친형제로 오해하기도 했다. 혁과 영희의 사이가 점점 나빠지는데도 혁과 영준의 사이는 변함이 없었다.

혁이 외국으로 장기 등산을 떠날 때면 영준이 한국에 남아 매장을 책임질 때도 있었다. 겨우 적자가 안 날 정도의 매상을 올리는 가게였지만 소홀히 하는 법이 없었다. 영준은 혁에게 가족 이상의 가족, 동료 이상의 동료였다.

그런 영준을 잃은 뒤 혁은 심장 한쪽을 떼어낸 사람처럼 기운이 없었다. 산도 타지 않았다. 신사동의 반지하 단칸방에 틀어박혀 온종일 면벽 수행을 하며 지냈다. 그런 혁을 찾아온 유일한 사람이 딸 안나였다.

안나 역시 사춘기 때는 다른 아이들과 크게 다르지 않았다. 감정 과잉의 상태로 면전에서 혁을 증오하고 저주하기도 했다. 질풍노도의 시기가 끝나자 안나는 또래 아이들에 비해 몸도 마음도 한층 성숙한 소녀로 자랐다. 안나는 혁을 이해하거나 용서하지는 못하면서도 받아들일 줄 알았다. 아빠라는 존재는 다른 사람으로 대체 불가능한 존재임을 인정했다.

영준의 실종사고 이후 좀비처럼 지내는 혁을 일으켜 세운 사람도 안나였다. 안나는 매달 한두 번씩 불쑥 혁의 반지하 방을 찾아왔다. 억지로 혁의 손을 이끌고 밖으로 데리고 나왔고 태양을 마주하게 했다. 그러다가 한 달쯤 전 어느 일요일 아침에 청계산 데이트를 준비했다.

혁은 거의 1년 만에 맛보는 산의 공기에 전율하며 걸었다. 8천 미터가 넘는 히말라야의 고봉을 오르는 길보다 수백 미터 청계산을 오르는 길이 더 가슴 두근거렸다.

— 그거 알아, 아빠?

— 뭐?

— 나는 아직도 아빠가 참 밉다.

— 그런데 왜 이렇게 챙겨주니?

— 오래오래 살라고. 그래야 오래오래 미워하지.

등산을 해본 적이 없었을 텐데도 안나는 힘들다는 말도 없이 묵묵히 혁의 옆을 따라오고 있었다. 정상에 올랐을 때 혁은 느꼈다. 딸이 슬그머니 손을 잡고 있음을.

아무 말도 하지 않았지만 혁은 안나의 목소리를 들었다.

아빠, 힘내요.

그렇게 딸과의 데이트를 마치고 돌아온 날, 죽음의 공포에도 끄떡없던 산사나이는 홀로 뜨거운 눈물을 흘렸다.

미안하다.

텔레파시가 딸에게 전해지기를 간절히 기도했다.

안나의 노력에도 불구하고 마음의 병은 쉽게 고쳐지지 않았다. 여전히 혁은 술 없이는 잠들지 못했고 반지하 방 밖으로 나가지 않았다. 잘 씻지도 않고 이발도 면도도 하지 않아서 가끔 생필품을 사러 나갈 때 마주치는 사람들은 혁을 슬슬 피하기도 했다.

혁은 지금 청계산 데이트 이후로 처음 안나를 만나러 가는 길이다. 이발도 하고 면도도 했다. 월세방 옆에 있는 슈퍼마켓에 가는 일을 제외하면, 오랜만의 외출이다.

문득 버스 창으로 눈부신 빛이 밀려들어 와 혁의 눈을 자극했다. 고개를 돌려 빛의 정체를 확인했다. 영준을 잡아먹은 낭가파르바트의 빙벽이 가로막고 있었다. 아찔하도록 깊고 투명한 빙벽 표면에 햇빛이 부서졌다. 수천 년, 어쩌면 수만 년 동안 제물을 기다려 온 모습이다.

맙소사. 그는 신음을 내며 버스 앞좌석을 꽉 움켜잡았다. 앞에 앉아 있던 여드름투성이 청년이 혁을 돌아보았다.

서울 한복판에 이런 빙벽이 있을 리 없어. 정신 차려.

혁은 창밖을 찬찬히 살폈다. 산이 아니라 건물이었다. 시저스 타워가 하늘에 닿을 듯 솟아 있었다. 버스는 천천히 코너를 돌아 정류장에 멈춰 섰다. 오픈을 눈 앞에 둔 며칠 남은 시저스 타워를 구경 온 시민이 사진을 찍고 감탄을 하며 빌딩 주변에 모여 있었다.

혁은 123층짜리 건물을 쳐다보며 생각했다.

아무리 봐도 낭가파르바트의 빙벽을 닮았어. 아니, 그것보다 더 비슷한 게 있는데….

혁은 이상한 기분에 소름이 돋았다.

— 메아리 소리가 들려오는 계곡 속에 흐르는 물 찾아 그곳으로 여행을 떠나요.

동호는 차 안에 울리는 노래를 따라 부르면서 기분 좋게 가속 페달을 밟았다. 조용필의 노래를 이승기가 다시 부른 버전의 〈여행을 떠나요〉였다.

꽉 막힌 도시에서 달리지 못했던 욕구를 해소하고 싶었던 티구안은 밟는 데로 쭉쭉 달려주었다. 88대로를 타고 미사리 쪽으로 빠졌다. 조금 있으면 중부고속도로로 접어들 참이다. 그리고 호법 나들목에서 영동 고속도로로 갈아타고 첫 번째 목적지인 설악산으로 향할 예정이다. 휴가철이긴 해도 평일 오전이라 도로는 한가했다.

철저하게 계획을 세운 여행이 아니었다. 마음 가는 데로 달리고 머물고 오르고 쉴 심산이었다. 설악산 다음에 어디로 갈지도 정해놓지 않았다. 그저 어렴풋이 제주도 올레길을 걸어보면 어떨까 생각했다.

전날 밤 기억이 문득 났다. 꽃바구니를 선물 받은 아람이는 예상보다 훨씬 더 기뻐했다. 동호는 시간을 따로 내서 선물을 챙겨주기 잘했다는 뿌듯함에 젖었다.

동호는 어린 아이들을 좋아했다. 지은 죄도 없이 고통 받는 아이가 세상에는 너무나도 많았다. 동호는 유니세프에서 열세 명의 아이를 후원하고 있었고 기회만 닿는다면 평생을 아이들을 돕는 일에 나서고 싶었다. 아직은 구체화시키지 않았지만, 멀고도 간절한 소망이었다.

아람아. 씩씩하게 자라렴. 항상 동생을 지켜주고.

동호는 꽃향기를 맡으며 환하게 웃는 아람이의 얼굴을 떠올렸다. 그러다 문득 꽃바구니를 만들어준 꽃집아가씨가 생각났다.

쾌활하고 친절하던 태도가 왜 갑자기 돌변했지? 내가 뭘 잘못했나? 아니면 남자 친구가 있는데 내가 급작스러운 관심을 보여서 경계를 한 걸까?

동호는 아쉬움을 애써 누르며 민주의 잔상을 떨쳐냈다.

"인연이 아닌가 보다."

동호는 혼잣말을 하며 음악 볼륨을 높였다. 동시에 핸드폰이 울렸다. 힐긋 보니 모르는 유선 번호였다. 음악 소리를 줄이고 전화를 받았다.

"네, 이동호입니다."

"여보세요? 아니 이게 어떻게 된 거예요?"

잔뜩 흥분한 젊은 여자 목소리였다. 어디서 들어본 것 같기도 한.

"여보세요? 누구시죠?"

"몰라서 그래요? 저 그 핸드폰 주인이거든요?"

장난전화구나. 핸드폰 주인이라니.

"지금 전화 받기 곤란합니다. 다시 걸지 말아주세요."

동호는 전화를 끊었다. 스마트 폰의 넓은 배경 화면에는 동호가 깔아 놓은 사진과 글귀가 선명했다.

별사람이 다 있군. 단순한 장난일까, 아니면 정신이 좀 이상한 걸까?

다시 전화가 울렸다. 동호는 에혀, 한숨을 쉬며 전화를 받지 않았다. 잠시 뒤 문자가 들어왔다.

정말 집요한 사람이네.

동호는 핸드폰을 들어 문자를 확인하려고 했다. 잠금 설정을 풀기 위해 액정 화면에 뜬 아홉 개의 점을 큰 기역 모양으로 이었다.

— 죄송합니다. 다시 시도하세요.

어? 이건 뭐지?

동호는 다시 패턴을 그렸다. 분명히 제대로 패턴을 그렸는데도 또 경고 메시지가 떴다.

핸드폰이 울렸다. 아까와 같은 유선 번호였다. 동호는 전화를 받았다.

"네!"

"저 어제 저녁에 봤던 꽃집아가씨예요. 손님이 제 핸드폰을 바꿔 가지고 가셨어요."

동호의 머리에는 평범하면서도 마음을 끄는 여자의 얼굴과 함께, 앞치마에 붙은 명찰을 통해 알아낸 '서민주'라는 이름 세 글자가 그려졌다.

"무슨 말씀이신지 모르겠네요. 이건 제 핸드폰인데요. 배경 화면만 봐도 아는데."

"저도 그래서 제 핸드폰인 줄 알았어요."

"네?"

"손님 핸드폰 바탕 화면 사진이 저하고 똑같아요."

"그럴 리가요. 저는 문구까지 써놨는데."

"그 문구가, 부끄럽지 않게 살자, 맞죠?"

동호는 잠시 멍했다. 원래 핸드폰에 기본으로 깔려 있는 화면도 아닌데 본인이 직접 설정한 사진이 똑같을 확률이 몇 퍼센트나 될까? 그것도 연예인 얼굴도 아니고 에베레스트 산의 사진이라면. 게다가 적어놓은 글귀까지 똑같다니?

내 좌우명이잖아.

지문이 똑같은 사람을 마주친 심정이었다.

"여보세요?"

동호가 말이 없자 민주가 다시 한 번 확인했다.

"아, 네. 듣고 있습니다."

"핸드폰 다시 바꿔야죠. 어디세요?"

"아, 지금 제가 운전 중인데…."

동호는 도로 표지판을 확인했다. 자기도 모르게 막 중부고속도로 진입로에 접어들기 직전이었다.

"안 돼!"

동호는 핸들을 확 꺾었다. 뒤에서 따라오던 차가 요란한 경적을 울리며 난리를 쳤다. 동호는 대형 사고를 가까스로 면하고 도로 옆에 비상깜박이를 켜고 차를 세웠다. 쿵쿵쿵 뛰는 가슴을 겨우 진정시켰다.

"죄송합니다. 차를 세웠어요. 그럼 제가 꽃집으로 가면 될까요?"

"그렇게 하세요. 저는 저녁때까지 있을 테니까요."

전화를 끊고도 동호는 한참 가만히 앉아 있었다.

비현실적이야. 어떻게 이런 일이?

동호는 주위를 살폈다. 왼편으로 시속 100킬로미터가 넘는 속도의 차들이 씽씽 달렸다. 쭉 뻗은 아스팔트 위로 여름 태양은 점점 더 뜨겁게 달아오르고 있다. 꿈속 공간이 아니라 분명히 현실의 공간이었다.

동호는 핸드폰을 살펴보았다. 갤럭시S 검은 케이스에 검은색 젤리 케이스를 씌운 가장 흔한 형태의 스마트 폰이었다. 홀드 버튼을 누르자 에베레스트 산의 모습이 배경 화면에 나타났다. 그리고 그 옆에, 푸르디푸른 네팔 하늘 위로 오랫동안 지켜 온 동호의 좌우명이 선명했다.

— 부끄럽지 않게 살자

같은 시간. 방배동의 꽃집 <Belle>.

"그래서, 온대니?"

영희가 걱정스러운 얼굴로 물었다.

"네. 언제 올지는 모르겠어요. 지금 운전 중이라고 하네요."

"참 나, 별일이다. 어떻게 액정 화면에 똑같은 사진을 넣어 다닐 수가 있지?"

"그러게 말이에요."

손님이 들어왔고 민주는 집들이 선물로 갖고 갈 화분을 골라주었다. 그사이 영희는 반포에 들렀다 오겠다며 가게를 나갔다.

주리는 어젯밤에 과음을 했다며 온종일 힘들어했다. 주리는 민주보다 세 살이 많은 서른 살의 새색시였다. 구청 직원과 우연히 눈이 맞아 초스피드로 결혼한 지 석 달째인 주리는 술을 몹시 좋아했는데 남편 또한 애주가였다. 하루걸러 하루씩 술 냄새를 풍기며 출근하는 통에 영희가 보통 눈치를 주는 게 아니었다.

"아, 어제 너무 달렸다. 민주야, 손님 오면 좀 깨워줘."

주인아줌마가 나가자 주리는 바로 테이블 위에 팔을 겹치고 고개를 파묻고는 눈을 붙였다. 살집 좋은 주리의 몸이 착 달라붙는 윗도리를 통해 적나라하게 드러났다.

민주는 동호의 핸드폰을 들어보았다. 민주 역시 황당하긴 마찬가지였다. 어젯밤에도, 오늘 아침에도 혹시 놓친 문자나 통화가 있나 확인하기 위해 홀드 버튼을 눌러봤었는데 핸드폰이 뒤바뀐 줄은 몰랐다. 모델과 색상, 배경 화면까지 똑같으니 그럴 수밖에.

민주는 물끄러미 핸드폰을 보다가 문득 암호를 풀고 싶은 욕구에 사로잡혔다.

운전 중이라고 했으니까 벌써 오지는 않겠지?

민주는 홀드 버튼을 눌러 아홉 개의 점을 띄우고 패턴을 그려보았다. 사람들이 가장 많이 할 것 같은 모양부터. 직선으로 세 개씩 연결을 해보고, 'ㄹ' 모양으로도 만들어보고 대각선으로도 그어보았지만 핸드폰은 풀리지 않았다. 오기가 생겼다.

손님이 없을 때마다 틈틈이 패턴을 풀어보았다. 그러다 문득 자신의 패턴을 그려보았다. 제일 왼쪽 위의 점에서 오른쪽 아래로 대각선을 그은 다음 다시 제일 왼쪽 아래의 점까지 잇는 모양이었다. 붉은색으로 변하면서 경고 메시지가 떴다.

— 죄송합니다. 다시 시도하세요.

기적은 두 번 일어나지 않았다.

한 시간쯤 지났을까. 점심을 시킨 후 다시 동호의 핸드폰을 집어들었다. 별생각 없이 큰 기역 모양으로 쓱 패턴을 그려보았다. 아홉 개의 점이 녹색으로 변하면서 화면이 열렸다.

이럴 수가.

이브 앞에 놓인 금단의 열매처럼, 알리바바 앞에 열린 보물 창고의 문처럼 동호의 핸드폰은 민주의 처분을 기다리고 있었다.

갈등이 시작되었다. 그러나 오래 계속되지는 않았다.

어차피 모르는 사람인데 뭐. 국가 기밀도 아니고.

민주도 모르고 있었다. 기어코 핸드폰을 열고 안의 내용을 엿보기로 결심한 동기는 나라를 망하게도 하는 힘, 여자의 질투라는 걸.

새 문자 메시지가 하나 들어와 있었다. 보낸 사람은 '아람이'.

오호, 바로 그 아람 씨. 여자 친구구나. 아니, 와이프? 혹시 내연녀? 아람 씨, 제가 만든 꽃바구니는 잘 받으셨나요? 마음에 드셨어요?

호기심이 방망이질 쳤다.

새 문자를 확인하면 몰래 열어본 티가 날 텐데? 괜찮아. 내 핸드폰이 뭐가 잘못된 줄 알고 이리저리 패턴을 바꿔보다가 우연히 열려서 확인해봤다고 하면 돼지 뭐.

민주는 문자를 확인했다.

— 선물 고마워용^^ 밤새도록 기분 좋아서 잠도 잘 못 잤어염!!!♥ 그런데 아저씽… 오빠라고 불러도 되죵??ㅋㅋ

민주는 잠시 문자를 분석해보고 창을 닫았다.

한창 사귀는 사이가 아니고 이제 막 연애 감정이 생기려는 단계구나. 아저씨라고 부를 정도라면 무척 어린 여자앤가 보네. 스무 살쯤? 영계 킬러구나. 설마 미성년자를 꼬실 정도로 악당은 아니겠지? 하여튼 선수임에는 틀림없네. 이 정도 초기 연애 단계에서 10만 원짜리 꽃선물로 진도를 확 앞당기다니. 어디 다른 문자들도 한번 볼까? 이번에는 발신 문자를….

민주가 막 핸드폰을 열려고 하는데 동호가 급하게 들어왔다.

"많이 기다리셨죠!"

민주는 동호의 핸드폰을 뒤로 숨긴 채 벌떡 일어났다. 침까지 흘리며 자고 있던 주리 언니도 얼떨결에 일어섰다.

"고의로 그런 건 아닙니다. 휴가라서 어제 밤사이에 연락 올 일도 없었고 핸드폰을 확인 안 해봤어요. 그쪽 핸드폰으로라도 무슨 연락이 왔더라면 제가 먼저 알아차렸을 텐데 지금까지 조용하더라구요."

민주는 더 기분이 나빠졌다. 두 가지 이유에서였다.

첫째, 밤사이에 연락 올 일이 없었다고? 그럼 당신을 오빠라고 부르겠다는 아람 씨의 애교 팍팍 문자는 뭔데? 어젯밤에 데이트를 해놓고도 딴소리야! 대체 나한테 그런 거짓말을 하는 의도가 뭐야? 내가 우습게 보여? 둘째, 내 핸드폰이 밤새 연락이 없었다고? 그래. 나 외톨이야. 외톨이야! 다리디리다라두! 내가 소외계층 되는데 당신이 뭐 보태준 거 있느냐고?

"됐어요. 찾았으니까 됐죠, 뭐."

민주는 그렇게 쏴붙이면서 동호의 핸드폰을 건네주었다. 마치 인질과 돈을 교환하는 것처럼 동호도 똑같이 생긴 핸드폰을 민주에게 건넸다.

"제가 혹시 실례되는 일을 했나요?"

동호가 물었다.

"아뇨. 왜요?"

"꼭 저한테 화난 분 같아서요."

"아닌데요?"

민주는 오버해서 어깨까지 으쓱 올렸다. 동호는 두어 번 고개를 끄덕이더니 민주 앞으로 한 걸음 성큼 다가섰다.

"제 이름은 동호입니다. 이동호."

왜 몸에 힘이 풀렸을까. 민주는 머리로 이름을 되뇌어 보았다. 동호. 이동호. 동호는 다시 말했다.

"기억해주셨으면 좋겠습니다."

"왜요?"

"전 이미 그쪽 이름을 알고 있으니까요."

민주는 앞치마 가슴께에 '서민주' 명찰이 달려 있음을 알았다. 사장인 영희가 정한 가게의 룰이기도 했다. 자기 이름을 걸고 친절한 태도로 고객을 대하라며 명찰 달기를 권했다.

"그럼 안녕히 계세요. 민주 씨."

동호는 마지막으로 눈을 한 번 더 마주치고, 꾸벅 인사를 하고 꽃집을 나갔다.

민주는 의자에 털썩 주저앉았다. 그 광경을 지켜보던 주리가 호들갑을 떨었다.

"야, 남자 잘생겼다!"

"무슨 소리야 언니. 제비 같이 생겼는데."

"제비는 무슨 제비. 저렇게 깔끔한 제비도 있냐? 야, 이런 것도 인연인데 연락처나 주고 받지 그랬어?"

"뭔 소리야. 여자 친구 있어."

"어? 니가 어떻게 알아?"

민주는 말문이 막혔다. 민주는 딴소리를 했다.

"아 됐고. 밥은 왜 이렇게 안 와?"

"아깝다, 야. 며칠 뒤에 우리 이사 가버리면 만날 일도 영영 없어지는데…."

"이사 안 가면 만날 일이 생기나?"

"혹시 아냐? 저 사람이 니가 마음에 들어서 또 여기 찾아올지."

"아 언니는 진짜 왜 자꾸 말도 안 되는 소릴 해?"

"야, 너야말로 괜히 오버해서 짜증내고 그래? 생전 안 그러던 애가. 아까 그 남자한테도 괜히 틱틱대는 말투더만 뭐."

"내가 뭘?"

민주는 태도가 누그러졌다. 생각해보니 정말 그랬다.

어차피 상관없다. 일상의 해프닝일 뿐이다. 해프닝 치고는 엄청나게 희귀한 해프닝.

민주는 괜히 실룩대는 마음을 애써 다잡았다.

안나는 약속시간에 딱 맞춰 도착했다. 사실 오기가 쉽지 않았다. 엄마 몰래 나와야 했으니까.

아빠를 만난 사실을 알면 엄마가 가만히 안 놔둘 텐데.

안나는 아웃백 레스토랑 안으로 들어갔다. 혁을 쉽게 찾을 수 있었다. 평일 이 시간에 혼자 앉아 있는 40대 남자는 그밖에 없었다. 혁은 안나를 보고 손을 번쩍 들어 자리를 알렸다.

안나는 자기도 모르게 흐뭇한 미소를 지었다. 혁의 옷차림 때문이었다. 청바지에 깔끔한 리바이스 라운드 면 셔츠다. 보통 때는 아래 위 모두 등산복을 입고 다녔는데. 지난번에 만났을 때 노숙자처럼 지저분하던 수염도 잘랐고 이발도 바로 전날에 한 깔끔한 모습이었다.

“잘 지냈어, 아빠?”

“나야 뭐 별일 있겠니. 넌 잘 지냈니?”

“학원 다니기 지겨워 죽겠어. 근데 아빠 오늘 완전 젊어 보여. 나 만난다고 신경 썼구나?”

“그냥 아무거나 입었어.”

“어젯밤에도 술 마셨구나? 아휴 냄새.”

“배고프지? 뭐 시켜라.”

안나는 메뉴판을 열었다. 안나의 눈은 런치 세트 메뉴 중에서도 제일 가격이 싼 품목을 찾았다. 외삼촌 일 이후로 혁은 가게도 문을 닫고 다른 사람에게 넘겼다. 돈도 별로 없을 텐데 괜히 비싼 밥값을 내게 하기 싫었다.

음식을 주문하고 기다리는 동안 안나는 창밖으로 보이는 시저스 타워에 시선을 빼앗겼다.

“정말 멋지지?”

안나가 시저스 타워를 바라보며 중얼거렸다.

“글쎄. 뭐가 멋진데?”

"높잖아."

"높으면 멋있어?"

"응. 나도 등산이나 배워 볼까? 지난달에 아빠랑 청계산 갔을 때 좋았는데. 아빠가 가르쳐주면 되잖아."

"엄마 앞에서 그런 말 하지 마라."

"왜 싫어? 연예인들이 자기 자식은 연예인 안 하기를 바라는, 뭐 그런 차원?"

"위험해."

"그런데 아빠는 왜 올라가?"

혁은 이 질문을 받으면 항상 대답을 못했다. 안나는 다른 질문을 했다.

"아빠가 오른 산들 중에는 시저스 타워보다 더 높은 산도 많지?"

"그럼."

"저 빌딩은 높이가 얼마나 될까?"

혁은 창밖을 잠시 내다보더니 대답했다.

"잘은 모르겠지만 한 500미터쯤?"

"얼마 안 되는구나. 아빠가 오른 산들은 8천 미터가 넘는 것도 많잖아."

"그렇긴 하지. 하지만 높이와 난이도가 비례하지는 않아. 높이로 치면 에베레스트 산이 제일 높은데 에베레스트 산보다 오르기 힘든 산이 많으니까."

"그런 산 위에 서면 어떤 기분이야?"

혁은 의심스러운 눈으로 안나를 응시했다. 안나는 속마음을 들킨 기분에 고개를 숙이고 파스타를 건져 먹었다.

"아까부터 왜 자꾸 그런 질문을 하니?"

"뭘?"

"산에 관한 것들."

포크를 내려놓은 안나는 흐음, 소리를 내며 망설이다가 결국 털어놓고 말았다.

"나, 등산 동아리에 들고 싶어."

혁은 들고 있던 포크를 탕 소리가 나게 접시 가장자리에 내려놓았다. 혁은 냅킨으로 입을 닦고 찬물을 한 모금 마셨다. 그리고 물었다.

"갑자기 무슨 소리야?"

"말한 대로야. 등산을 해보고 싶어."

"안 돼."

"왜?"

혁은 미간을 잔뜩 찌푸린 채 한숨을 내쉬었다. 안나가 말했다.

"사실 옛날부터 그랬어. 높은 곳만 보면 신기하고 저 위에 올라가면 어떤 기분일까, 그런 생각이 들었어. 롯데월드 자이로드롭을 타도 하나도 안 무섭고."

"등산은 단순히 높은 데 올라가는 게 아니야."

"그러니까 배우고 싶다고."

"이해를 못하겠다."

"피가 어디 가겠어?"

혁은 고개를 내저으며 다시 포크를 들었다. 아무 이야기도 못 들은 사람처럼 다시 투움바 파스타 면을 말아 올렸다.

안나는 자기 이야기를 아예 무시하는 혁을 보자 갑자기 심술이 났다.

"하여튼 엄마한테는 아빠가 허락해줬다고 할게."

"말도 안 되는 소리 자꾸 할래?"

아빠의 목소리가 커졌다. 안나도 지지 않았다.

"내가 무슨 나쁜 일 하겠다는 것도 아니잖아? 아이돌 가수들 쫓아다는 애들보단 훨씬 낫지 않아?"

"차라리 가수들을 쫓아다녀."

"왜 안 돼?"

"엄마 생각도 좀 해야지."

안나는 어이없는 얼굴이 되어 쏘아붙이고 말았다.

"엄마 생각? 엄마 생각하는 사람이 왜 그랬어?"

혁은 고개를 돌렸다. 갑자기 얼굴에 표정이 없어진 혁을 보자 안나는 미안한 기분이 들었다.

"미안, 아빠. 그런 말 하려던 건 아니었어."

"하여튼 등산은 안 돼. 나도 반대야."

"엄마는 그렇다 쳐도, 아빠는 왜?"

"아까 얘기했잖아. 위험하다고."

"세상은 더 위험하잖아. 지금 이 식당에도 겉으로는 멀쩡해 보이지만

나 같은 여고생들을 노리는 변태가 있을지도 몰라. 아빠는 TV도 컴도 잘 안 보니까 모르지? 요즘 무서운 사건 사고가 얼마나 많이 일어나는데."

"그런 차원이 아니야. 다치기도 쉽고 목숨을 잃기도 해."

외삼촌처럼? 이라는 말을 하려다가 말았다.

안나는 진지했다. 안나의 말대로 산에 끌리는 피가 유전된 것일지도 모른다. 어쩌면 혁이 안나푸르나라는 이름을 붙여주던 순간부터 그랬을지도 모른다. 안나는 궁금했다.

대체 산이 뭐길래 아빠가 영혼을 빼앗긴 걸까?

언젠가부터 안나는 세계의 명산들을 인터넷에서 찾아보곤 했다. 혁에게 물어보기도 했다.

— 아빠, 몽블랑 산에 오른 적 있어? K2는? 안데스 산맥에도 가봤어?

사진으로만 봐도 인간의 접근 자체를 거부하는 까마득한 산의 위엄에 압도당했다가도 아빠가 그 산을 올랐다는 사실을 알고는 자기가 정복한 것처럼 마음이 우쭐해졌다.

혁은 산 이야기를 거의 해주지 않았다. 올라가 본 적이 있다 없다 정도만 대답해주고 말았다. 안나가 궁금해하는 짜릿한 모험과 극적인 순간들에 대해서는 말을 아꼈다.

"그 얘기는 그만해. 난 절대 허락해주지 않을 거야. 엄마도 마찬가지일 테고."

"좋아. 그럼 엄마 아빠 허락을 안 받아도 좋은 나이까지 기다리겠어. 얼마 안 남았으니까. 대학에 들어간 뒤론 내가 하고 싶은 일들은 허락

안 말고 할 거야."

혁은 긍정도 부정도 하지 않고 안나의 시선을 피했다. 혁의 시선은 까마득히 솟은 시저스 타워로 향했다. 거대한 빌딩이 태양을 가로막고 음험한 그림자를 드리웠다.

혁은 10년 전 기억을 떠올렸다. 남태평양의 망망대해 한복판에 비현실적으로 우뚝 솟은 562미터 높이의 바위산을 등반했던 일이 있었다. 무척 특별한 도전이었다.

아마 시저스 타워와 높이가 비슷했지.

그러고 보니 생긴 모습도 비슷하다. 만만하게 여기고 덤볐다가 혼쭐이 났던 기억이 생생했다.

이유를 모르는 불길한 느낌이 들었다. 20년 동안 헤아리지 못할 만큼 많은 위험을 직면하고 넘어서면서 생긴 후천적 본능이었다. 태풍을 감지하는 새의 감각처럼 혁의 몸 어딘가 존재하는 안테나가 삑삑 경고음을 울렸다.

D—5

동호는 괴이한 꿈에서 깼다. 미지의 어둠을 뚫고 계속 달리는 꿈이었다. 어딘지도 어디로 향하는지도 몰랐다. 그저 숨이 턱에 차도록 달리고 또 달렸다. 그런데 누군가의 손을 잡고 있었다. 전날, 그리고 그 전날에도 만났던 여자, 꽃집아가씨 민주였다.

동호는 긴 숨을 뱉고 침대에서 몸을 일으켰다. 계획대로라면 설악산의 산장에 있어야 했는데 침대 옆에 넓게 트인 창을 통해 한강이 보였다. 수상 스키와 윈드서핑을 즐기는 사람들이 시원하게 물살을 가른다.

전날 핸드폰을 바꾸고 출발하려는데 어떤 힘이 동호를 잡아끌었다. 특별한 이유 없이 내키지 않는 기분. 1년을 고대하던 휴가였는데도 동호는 일단 출발하지 않고 서울에 남았다. 차라리 휴가를 취소할까 하다가 그것도 우스운 꼴일 것 같아 혼자 영화를 보고 집으로 돌아왔다.

저녁에 어머니 양 회장이 들어와서 동호를 발견하고는 의아해했다. 휴가 기간 내내 집에 없을 거라고 공언을 해놓은 터였다. 동호는 사정이 생겨서 여행이 좀 늦춰졌다고 둘러댔다.

혼란스러운 하루였다. 항상 의지와 계획대로 착착 움직이던 닥터 리는 불현듯 찾아온 감정의 균열에 넘어지고 말았다.

"자, 이제 어떻게 한다?"

동호는 침실에 딸린 화장실에서 퀵 샤워를 하고 방에서 나왔다. 양 회장이 거실에 앉아 신문을 보고 있었다. 그녀 옆에는 충실한 심복인 이 비서가 그림자처럼 서 있었다. 항상 아침 7시 전에 집을 나서는 양 회장의 습관을 생각하면 의외의 일이었다.

"안 나가셨어요? 이 비서님 안녕하세요?"

양 회장은 신문을 내리고 동호를 돌아보았다.

"일어났구나. 오랜만에 아침이나 같이 하자꾸나."

양 회장은 부엌으로 향했다. 동호는 약간은 얼떨떨한 기분으로 뒤를 따랐다. 10년이 넘도록 양 회장의 식사를 챙겨온 요리사가 야채죽과 계란프라이, 그리고 신선한 과일을 갈아 만든 주스를 준비해놓았다.

아침을 먹는 동안 모자는 별말이 없었다. 원래 대화가 많은 사이는 아니었다. 침묵 속에서 그릇과 수저 부딪히는 소리만 이어졌는데도 동호는 별로 어색함을 느끼지 못했다. 그만큼 원래부터 꼭 해야 할 말만 하는 관계였다.

"잠깐 얘기 좀 하자."

아침을 다 먹은 양 회장이 동호에게 말했다.

"말씀하세요 엄마."

"잠깐 갈 데가 있다. 이 비서?"

거실에서 기다리던 이 비서가 부엌으로 달려왔다. 이제 마흔을 갓 넘긴 이 비서는 출신이 베일에 싸인 인물이었다. 이름이 이준석이라는 정도. 원래 미국에서 금융학을 전공한 재원이었다는 말도 있고, 사채업계에서 험한 일을 도맡아 하던 깡패 출신이라는 소문도 떠돌았다. 어쨌든 양 회장은 그를 비서로 기용해 항상 옆에 데리고 다녔다. 이 비서는 무척이나 충성스러운 태도로 양 회장을 대했다. 그렇게 최측근에서 양 회장을 보필한 지 10년이 넘었다.

전두환에게 장세동이 있었고 이건희에게 이학수가 있었던 것처럼 양 회장에게 이 비서는 그런 존재였다. 회사 내의 직급도 부장인데다 기본 연봉만 1억이 훨씬 넘는 것으로 알려졌지만 양 회장은 아직도 그를 '이 비서'라는 이름으로 불렀다. 그 역시 기꺼이 그런 관계를 받아들였다. 운전기사나 집사가 할 법한 허드렛일도 필요하다면 마다하지 않았다.

"네, 회장님."

"박 기사 대기시켜. 이 비서도 같이 가지."

"알겠습니다, 회장님."

이 비서가 나가자 동호가 양 회장에게 물었다.

"어디로 가실 건데요?"

"가보면 안다. 외출 준비해라."

박 기사가 모는 차 조수석에 이 비서가 타고 뒷자리에 양 회장과 동호가 앉았다. 무역센터 앞 대로를 부드럽게 달리는 흰색 롤스로이스 세단 안에는 마리아 칼라스의 소프라노 아리아가 흘렀다.

"좋구나."

양 회장이 동호를 보며 뿌듯한 표정으로 말했다.

"뭐가요?"

"니가 이렇게 같이 있으니."

동호는 조수석에 앉아 있는 이 비서와 룸미러를 통해 눈이 마주쳤다. 이 비서도 기분 좋은 얼굴로 미소를 띠고 있었다.

얼마 안 있어 도착한 곳은 반포 시저스 타워였다. 100층이 넘는 빌딩은 거대한 육체를 자신만만하게 여름 아침 햇살에 드러냈다. 양 회장은 슬쩍 고개를 들어 시저스 타워를 쳐다보았다. 양 회장이 동호를 돌아보며 말했다.

"두바이에 있는 버즈 알 아랍 호텔 알지? 재작년 여름 휴가 때 같이 갔었잖니."

동호는 고개를 끄덕였다.

"그 호텔을 설계한 탐 라이트를 수석 디자이너로 한 건축가 팀이 디자인을 맡았단다."

굳이 엄마의 설명을 듣지 않아도 동호는 알고 있었다. 오픈식을 앞두고 각종 매체에서 엄청난 기사를 쏟아냈으니까.

버즈 알 아랍 호텔의 외관을 아랍의 범선에서 착안한 탐 라이트는 호주 시드니 북동쪽에서 640킬로미터 떨어진 해역에 있는 바위산 볼스 피라미드(Ball's Pyramid)에서 시저스 타워의 외향을 따왔다. 높이마저 562미터인 볼스 피라미드와 정확히 같은 562미터였다.

거의 직각으로 치솟아오르는 빌딩은 아득한 꼭대기에서 제일 높은 123층짜리 봉우리와 그것보다 9층 더 낮은 112층짜리 봉우리 두 개로 갈리는 형상이었다. 멀리서 보면 테러로 무너진 미국의 쌍둥이 빌딩처럼 나란히 빌딩 두 채가 서 있는 것처럼 보이기도 했다. 건물 외관은 모두 특수한 색처리를 한 강화 유리를 써서 낮에는 눈부신 발광체로 밤에는 건물 자체 조명으로 빛나는 예술 작품으로 변했다.

동호가 중얼거리는 투로 물었다.

"시저스 타워 구경시켜 주시려고요? TV에서 많이 봤는데."

"가보면 안다."

양 회장은 특유의 침착한 말투로 대답했다.

며칠 후에 공식 오픈이라 일반인들의 출입은 엄격하게 통제되었다. 짐을 옮기느라 드나드는 입주인들의 차량도 주차장 입구에서 철저하게 확인을 거쳐야 했다. 시저스 VIP 스티커가 붙은 양 회장의 차는 예외였다. 경비업체 직원의 경례를 받고 지하 주차장으로 들어섰다. 건물의 규모에 맞춰 주차장만 해도 지하 2층부터 7층까지, 여섯 개 층을 썼다. 쇼핑센터와 상가들이 있는 지하 1층을 지나 지하 2층 VIP 주차장 섹터에 차를 댔다.

차에서 내린 양 회장은 이 비서를 앞세우고 건물 안으로 들어갔다. 동호도 뒤를 따랐다. 에스컬레이터를 타고 지하 1층에서 지상 1층 로비로 올라갔다. 오픈식만 남겨뒀을 뿐이지 공사와 이사는 거의 다 끝난 상황이었다.

내부도 외관만큼 거대하고 화려했다. 1층에서 5층까지 천장을 틔워서 돔 공연장에 와 있는 기분을 느끼게 했다. 로비 중앙에는 스페인의 초현대 설치미술집단이 디자인했다는 매직 파운틴 분수가 있었다. 아래에서 위로 솟아오르는 물줄기가 사람만 한 크기의 금속 공을 회전시키는 착시 효과를 불러일으켰다.

바닥재부터 벽면까지 최고급 자재로 마무리를 해서 상업용 빌딩이라기보다는 특급 호텔의 이미지에 가까웠다. 빌딩의 71층부터 90층까지 스무 개 층은 특급 호텔로 영업을 하기 때문이기도 했다. 객실료가 우리나라 최고가를 경신했다는 뉴스도 여러 번 보도되었다.

오픈 당일 해외에서 초대한 유명 인사들도 호텔에서 묵을 예정이었다. 축구스타 데이비드 베컴과 빅토리아 베컴 부부, 영화배우 브래드 피트와 안젤리나 졸리 부부, 가수로는 브리트니 스피어스와 에릭 클랩턴 등등 세계의 톱스타들이 초대받았다.

실로 으리으리하다는 표현밖에는 할 말이 없었다. 평소 화려한 것들에 대해 거부감을 느끼는 동호조차도 엄청난 규모에서 나오는 중력에 끌려 주위를 둘러보았다.

이 비서는 전망용 엘리베이터로 안내했다. 엘리베이터 앞을 지키고 서 있던 안전요원은 이 비서가 보여주는 VIP 카드를 보더니 깍듯하게 경례를 붙였다.

시저스 타워에는 전부 28대의 엘리베이터가 있었고, 8대가 밖이 보이는 전망용 엘리베이터였다. 그리고 그중의 한 대는 VIP 카드를 소지한 사람들만 탈 수 있었다. 바로 동호가 탄 엘리베이터였다.

이 비서는 123층을 눌렀다. 엘리베이터는 진동과 소음이 거의 없었다. 매끄럽게 위로 올라가기 시작했다. 속도감을 느낄 새도 없이 금방 반 이상을 올랐다.

동호는 문득 아래를 내려다보았다. 30층에 달하는 고층 아파트들조차도 한참 아래로 멀어졌다. 60층이 넘어가자 강남은 물론이고 강 건너 강북의 풍경도 선명하게 시야에 들어왔다. 밤에는 야경이 아주 볼만하겠다 싶었다. 마침내 엘리베이터는 제일 마지막 123층에 도착했다. 금단의 성으로 들어가는 성문처럼 엘리베이터 문이 열렸다.

황금 동굴에 와 있나 하는 착각이 들었다. 넓은 복도를 따라 큼직큼직하게 사무실이 나눠져 있었다. 복도의 벽면과 사무실로 들어가는 문은 원목 표면에 금색으로 띠를 두른 인테리어였다. 천정에서 비추는 은은한 불빛과 어울려 호화로운 분위기를 연출했다. 123층은 어떤 언론 기사에도 보도된 적 없는 비밀의 공간이었다.

"설마 이게 진짜 금은 아니겠지요?"

동호가 벽을 따라 이어진 금색 띠를 보며 물었다.

"순금이야. 123층 한 층에만 전부 10톤이 넘는 순금이 들어갔다."

양 회장이 자랑스럽게 말했다.

복도를 따라 전부 다 똑같이 생긴 문이 늘어서 있었다. 문 옆에는 사무실의 주인인 회사 로고가 명찰처럼 박혀 있었다: 삼성, 현대, LG, SK, 한화, GS, 넥슨 등등 우리나라 굴지의 대기업은 물론이고 IBM, 구글, AIG 생명 같은 해외 기업의 로고도 심심찮게 보였다.

"123층은 임대 층이 아니야. 여긴 월세를 아무리 준다 해도 못 들어온다. 시저스 타워를 지을 때 일정액 이상을 투자한 기업들에게 영구 임대 형식으로 오피스를 나누어줬거든."

양 회장이 설명해주었다. 그리고 발길이 멈춘 문 앞에는 양 회장의 회사 M&W Inc. 로고가 선명하게 찍혀 있었다. 동호는 그 로고를 볼 때마다 괜히 가슴이 답답해졌다.

M&W 인코퍼레이션의 계열사는 모두 다섯 개였다. 먼저 본사 격인 M&W 인베스트먼트가 있었다. 주식과 부동산을 중심으로 한 투자 회사였는데 자산으로 따지면 국내 3위의 투자사였다. 그리고 기업 인수 합병을 맡은 M&W 컨설팅, 국내 사채 시장에서 가장 규모가 큰 대부 기업 캐시뱅크, 국내 2위의 온라인 게임업체 온플레이. 그리고 건설회사 M&W 건설이 있었다.

동호는 M&W Inc.라는 로고를 볼 때마다 언젠가는 회사를 떠맡아야 할 것 같은 생각이 들었다. 마치 자신의 책무를 외면하고 있는 불편한 기분. 그래서 12년 전, 처음 양 회장이 회사를 만들면서 유학을 제안했을 때도 동호는 극구 반대했다. 당시 동호는 혈기왕성한 의대 예과 1학년생이었다. 국내외 곳곳에 봉사활동을 다니던 동호에게는 받아들이기 힘든 일이었다.

— 싫어요, 어머니. 저는 평생 경영에 손 댈 생각이 없어요. 게다가 사채를 다루는 대부업체, 기업 사냥하는 회사를 경영하기 위해 유학을 다녀오라니요?

양 회장은 단호하게 말했다.

— 엠 앤드 더블유는 'Money & Wealth'의 앞 글자를 따서 만든 이름이다. 돈과 부는 모두가 원하는 가치야. 괜히 쓸데없는 도덕률을 갖다대지 말아.

동호는 분명히 알았다. 아무리 그가 거부해도 양 회장은 아들인 자신 외에 어떤 사람에게도 회사를 물려주지 않으리라는 걸.

"이거 받으시지요."

이 비서가 동호에게 카드키를 건네주었다. 동호는 의아한 표정으로 이 비서를 보았다.

"니가 직접 열어보거라."

양 회장이 턱짓을 했다.

동호는 카드키 리더와 비밀번호 버튼이 같이 달린 곳에 카드키를 댔다. 삑— 하는 전자음과 함께 문이 풀렸다.

사무실로 들어갔다. 그곳은 사무실이라기보다는 전망대에 가까웠다. 블라인드를 걷어놓은 한쪽 면이 전부 통유리였는데 서울이 발아래에 있는 기분이었다.

이미 가구 배치가 끝났다. 고급스러움이 물씬 풍기는 소파와 책상은 대한민국에서 가장 높은 곳에서 근무할 직원들을 기다리고 있었다. 제법 넓은 사무실은 네 개의 섹터로 나눠졌다. 일반 직원들이 근무하는 공간이 두 곳, 그리고 스무 명쯤 앉을 수 있는 회의실, 마지막으로 CEO실.

"동호야. 잠깐 들어가자. 이 비서는 잠깐 여기서 기다리게."

"네, 회장님."

양 회장은 동호를 CEO실로 데리고 들어갔다. 양 회장은 문을 닫고 소파에 앉았다. 동호는 이미 컴퓨터를 비롯해 필기도구까지 집기가 갖춰진 책상 앞에 앉아보았다. 적당히 푹신한 가죽 의자가 동호의 몸을 받혔다. 정면으로 탁 트인 창이 있었고 멀리 남산이 창문 한복판에 들어왔다.

"이제 여기서 근무하실 거예요? 아주 전망이 끝내주네."

"난 계속 삼성동 본사에 있을 거다. 여기는 새로 만들 계열사를 위한 사무실이야."

"계열사를 또 만들어요? 그럼 여섯 번째 회사네요."

"그런 셈이지."

동호는 고개를 끄덕이며 물었다.

"이번엔 어떤 회산데요?"

"그동안 지나치게 공격적으로 돈을 버는 데만 집중해왔다. 이 정도 규모로 그룹을 키우려면 그래야만 했지. 주변에서 안 좋은 이야기도 많이 들렸지만 신경 쓰지 않았다. 그런데 이제는 얘기가 조금 달라. 그룹의 이미지를 개선해야 할 시점이 온 거지. 그래서 그룹 이미지 개선을 중점으로, 문화 예술 분야의 투자와 공익사업을 하는 재단을 만들기로 결정했다."

동호는 예상치 못한 이야기에 눈을 크게 떴다.

문화 예술, 공익사업이라니?

그동안 엄마가 보인 행보와는 궤를 달리하는 방향이다.

"진심이세요?"

"삼성, 현대, LG, 다 그런 재단이 있다. 우리 M&W 그룹도 이제 그럴 만한 위치야. 그룹의 재무구조나 수익성 측면에서 보면 우리 그룹만큼 안정적인 회사도 없다."

"정말 생각 잘 하셨어요, 어머니."

동호는 박수를 짝짝짝 쳤다.

"재단 이름은 니가 지어봐라."

양 회장의 말에 동호는 박수를 멈췄다.

"제가 왜요?"

"니가 재단을 맡아줬으면 좋겠다."

그제야 동호는 이 사무실까지 온 목적을 알아챘다. 올 때부터 엄마가 또 사업을 하라고 설득하겠구나 쯤의 예상은 했다. 지금까지 수없이 그랬으니까. 단호하게 잘라서 거절할 생각이었다. 지금까지 수없이 반복된 엄마와 아들의 줄다리기였다.

그런데 이번에는 달랐다. 고도 자본주의 사회에서의 부의 재분배. 어쩌면 동호가 궁극적으로 하고 싶었던 일이기도 했다. 동호는 의사로 일하면서, 의료 봉사를 다니면서 절망에 부딪히곤 했다. 잘 사는 사람이 이렇게 많은 세상인데 밥을 굶고 치료를 못 받아 죽어가는 사람이 무수히 많다니.

그럴 때마다 스스로가 죄스러웠다. 50억이 넘는 아이파크 펜트하우스에서 요리사와 식모를 부리면서 사는 삶이 부끄러웠다. 그러면서 더욱 열심히 환자를 돌보고 짬나는 대로 봉사활동을 했다.

동호는 알았다. 그렇게 몸으로 때우는 방식으로는 본인의 만족감과 봉사의 의미는 충족시킬지언정 몇몇 이들에게만 도움을 주는 한계를 벗어나지 못한다. 보다 많은 이에게 보다 근본적인 접근으로 도움을 주고 싶었다. 그러기 위해서는 돈이 필요했다.

정형외과 의사로 평생 일해서 얼마나 많은 돈을 벌 수 있을까?

그런 생각을 하면 힘이 빠지기도 했다.

"어떻게 생각하니?"

멍하니 생각에 빠진 동호에게 양 회장이 물었다.

"좀 얼떨떨해서요. 어머니가 이런 제안을 하실 줄은 몰랐어요."

"단 조건이 있다. 재단도 엄연한 기업이야. 아무 생각 없이 돈을 쓰다간 금방 파산하고 말아. 공익사업도 엄연한 사업이고. 니가 이 일을 맡게 된다면 다른 대기업들의 재단 못지 않은 규모로 지원을 해주겠다. 물론 이런 일에 전문가들도 뽑아서 널 돕도록 해야겠지. 이 재단을 통해서 돈을 벌라는 얘기는 하지 않겠다. 다만 정해진 수준을 유지하면서 예산을 집행하고 재단을 꾸리라는 거야. 물론 문화 예술 사업을 통해 수익을 낸다면 그 돈 역시 니 재량껏 써도 좋아."

동호는 최근 들어 가장 진지한 시선으로 양 회장을 보며 물었다.

"다른 생각도 있으신 거죠?"

"다른 생각이라니?"

"이 제안을 통해서 제가 어머니 회사에 발을 담그게 하려는 의도는 없나요?"

양 회장은 속이 드러나지 않는 특유의 표정으로 동호를 마주 보았다. 그러다가 천천히 고개를 끄덕였다.

"인정하마. 그런 마음이 왜 없겠니. 니가 경영을 배우는 데 좋은 기회가 되리라 생각한다. 찜찜하지? 어쩔 수 없다. 하고 싶은 일을 하려면 댓가를 치러야 해. 나와 같이 일을 하는 게 정 내키지 않는다면 제안을 거절하면 된다. 그러나 이건 알아둬. 돈은 똑같이 돈이야. 돈에는 이념과 도덕도 없어. 비록 이 재단을 세우는 데 드는 돈을 번 과정이 마음에 들지 않았다 하더라도 재단을 통해 그 돈을 어떻게 쓰느냐는 또 다른 문제야. 치료비가 없어 죽어가는 아이를 살릴 수도 있고 돈이 없어 못 배우는 아이들을 위해 도서관을 지어줘도 돼. 오지에 사는 사람들을 위해 음악 공연을 열어줄 수도 있다."

양 회장의 말은 언제나 그런 식이었다. 상대방을 꼼짝 못하게 하는 힘이 있었다. 동호 역시 양 회장을 상대하기에는 아직 공력이 턱없이 부족한 젊은이였다. 양 회장은 덧붙였다.

"경영에 부담을 느낄 필요는 없다. 당분간 이 비서가 니 옆에서 도와줄 테고 시간은 충분해. 급하게 진행할 사업이 아니니까. 다만, 니가 이 제안을 거절한다면 엄마는 재단을 맡아줄 다른 책임자를 찾아봐야겠지. 그러나 너에게 적용할 기준보다는 훨씬 더 엄격하게 운영을 하도록 제한을 둘 거야. 공익사업보다는 최소한의 수익성이 보장되는 문화 예술 분야의 사업으로 무게추가 기울겠지. 그 차이만큼 어려운 이들에게 돌아갈 혜택이 줄어드는 셈이다."

동호는 갈등에 휩싸였다. 어린 시절부터 동호는 돈이 싫었다. 돈은 어린 동호에게 엄마를 빼앗아갔다. 커서는 엄마가 돈을 버는 방식이 혐오스러웠다. 절대로 엄마처럼 살지는 않겠다고 수백 수천 번은 다짐했다. 그런데 지금 엄마가 정반대의 제안을 하고 있다. 돈을 벌라는 게 아니라 쓰라는 것이다. 게다가 가난하고 배고프고 아픈 자들을 돕기 위해.

"동호야. 이리 와 봐라."

양 회장이 동호을 불렀다. 동호는 양 회장을 따라 123층 창문 앞에 섰다. 양 회장이 동호의 손을 잡았다. 동호는 움찔하는 기분에 몸이 경직되었다. 어릴 때부터 엄마의 스킨십에 익숙하지 않았다. 동호에게 엄마라는 존재는 다른 아이들처럼 물고 빨면서 키워주는 양육자가 아니라 돈을 벌어오는 존재였다.

"아래를 한번 봐라."

시선을 발 아래로 향했다. 정말 까마득한 거리였다. 수십 층짜리 건물들도 손톱만 하게 보이고 도로의 차들은 작은 점이 움직이는 것 같다.

사람은 아예 보이지도 않는다. 양 회장은 동호와 맞잡은 손에 힘을 주며 말했다.

"엄마는 저 밑바닥에서부터 기어 올라왔다. 30년 동안. 앞도 옆도 뒤돌아보지 않았어. 그래서 지금 여기 서 있다."

동호는 아무 말도 하지 않았다. 한편으로 엄마가 안쓰럽기도 했다. 무척이나 복잡한 감정이었다. 원망과 애정이 뒤섞인.

"니가 모르는 일이 있다."

한 톤 더 낮아진 양 회장의 음성은 동호를 긴장시켰다. 워낙 사람을 놀라게 하는 재주가 있는 어머니였다. 큰일을 벌이면서도 티를 내지 않았다. 이번에는 또 무슨 일인가 싶었다.

"이 건물… 엄마가 지었다."

동호는 다시 아래를 내려다보았다. 현기증이 났다.

대한민국에서 제일 큰 건물을 엄마가 지었다고?

조금 이상하기도 했다. 동호는 건설에 대해 문외한인데다 관심도 없었지만 그래도 시행사, 시공사의 개념 정도는 알았다. 수많은 언론보도에서 시저스 타워의 탄생에 대해 기사를 쏟아냈는데 왜 M&W 건설이라는 이름은 시행사로도 시공사로도 등장하지 않았을까?

M&W 건설의 태동은 10년 전, M&W 컨설팅이 한참 기업 사냥에 열을 올리던 시절로 거슬러 올라간다. 사냥감을 찾느라 혈안이 된 양 회장의 눈에 부도 위기에 처한 중견 건설 회사가 눈에 들어왔다. 원래는 아파트를 짓는 회사였는데 IMF를 겨우 극복해낸 뒤 자금 부족에 시달리는 처

지였다.

그 시절, 이미 부동산으로 톡톡히 재미를 보고 있던 양 회장은 단순히 부동산을 사고파는 데 만족하지 못했다. 직접 부지를 마련해 건물을 올리고 분양을 하면 훨씬 더 큰 이윤을 남긴다는 사실을 알고 건설업에 관심을 두던 참이었다. 그런 그녀에게 그 회사는 좋은 연결고리로 보였다.

양 회장은 회사를 인수해 이름을 바꾸었다. 주택 건설 쪽은 완전히 접고 상업용 빌딩만을 지어 분양을 하고 최대한의 수익을 내는 구조로 재편했다. 실제로 건물을 짓기도 했지만 규모가 큰 프로젝트에는 시행사로만 나서는 일이 많았다. 주변에서는 양 회장을 공격적이고 도전적인 성향으로 파악했지만 사실 그녀는 절대 욕심을 내지 않고 신중한 타입이었다.

실제로 공사를 하는 시공사는 오랜 건설 노하우가 필요하지만 시행사에 가장 필요한 능력은 자본과 안목이었다. 사업 규모를 검토하고 부지를 매입하고 분양 계획을 짠 다음 시공사를 정해 공사를 맡기면 그만이었다. 양 회장에게는 탄탄한 자금력과 탁월한 사업 감각이 있었다.

양 회장은 돈이 될 법한 땅을 기막히게 찾아냈다. 강남의 업무지구 요지들은 물론 신사동 가로수 길과 삼청동 길 같은 트렌드도 잘 짚어냈다. 영등포 구도심을 개발해 쇼핑몰 중심의 상업지구로 탈바꿈시킨 장본인도 양 회장이었다.

건설 사업의 인허가를 위해서는 관계 당국과의 좋은 관계도 필수적이었는데 관청의 로비 활동과 언론 플레이에도 양 회장만큼 공격적이고

능수능란한 사람은 없었다. 사채업을 하면서 의도하지 않게 조직폭력배들도 수하에 거느리게 되었는데 그들이 강남 최고의 룸살롱을 꿰고 있었다. 공무원은 어느 조직보다 더 술과 매춘을 좋아하는 족속이었고 그녀는 그들의 습성을 집요하게 이용했다.

양 회장의 진두지휘 아래 M&W 건설은 그룹의 막내로서 뿐만 아니라 최고의 부동산 개발업체로 명성을 떨쳤다. 연 매출도 국내의 엔간한 중견 건설사보다 훨씬 더 많았다.

"왜 믿기 힘드니?"

멍한 표정을 짓고 있는 동호를 보며 양 회장이 되물었다.

"몰랐어요. 언론보도에서 회사 이름을 들은 기억이 없어서요."

"당연하지. 이름을 바꿨으니까."

"네?"

"시저스 엠파이어. 이번 시저스 타워 컨소시엄을 만들면서 회사 이름을 바꿨다. 시저가 세운 제국처럼 우리 그룹이 번영하기를 바라는 마음에서. 이제 M&W 건설은 없어."

동호는 숨이 막혔다. 자신이 발 딛고 있는 이 거대한 구조물이 엄마의 욕망으로 빚어진 조형물 같다는 생각을 했다.

당신의 탐욕은 언제 멈출까요?

동호는 양 회장과 시선을 마주하지 못하고 고개를 돌렸다.

심호흡을 하며 손바닥으로 마른세수를 했다. 여전히 고민 중이었다.

욕망의 성전 안에서 나눔의 자비를 실현할 수 있을까?

양 회장이 동호의 턱을 손으로 잡아 시선을 마주했다. 양 회장은 동호의 마음을 읽기라도 한 듯 눈을 똑똑히 들여다보며 말했다.

"가장 높고 화려한 곳에서 가장 숭고한 일을 하라는 제안이야."

동호는 다시 고개를 돌렸다.

"조금만 더 생각해볼게요."

"무작정 기다릴 수는 없다."

"언제까지 답을 드리면 될까요?"

"나흘 주마. 우리 시저스 타워가 문을 열 때까지는 답을 줘야지."

우리 시저스 타워.

그 말이 동호의 귀에 메아리쳤다.

D—4

인천공항, 좀처럼 보기 힘든 행색의 여자가 막 국제선 출구를 빠져나왔다. 핫팬츠 길이의 청반바지 아래로 건강하게 뻗은 두 다리는 멍투성이였다. 흰색 민소매 면셔츠 밖으로 드러난 어깨와 팔도 반창고가 덕지덕지 붙었다. 선글라스를 머리띠처럼 올려 쓴 얼굴조차도 군데군데 긁힌 상처가 보였다. 곁을 지나가던 사람들이 힐금거렸지만 그녀는 주위의 시선은 아랑곳하지 않고 씩씩하게 카트를 밀고 나갔다. 소희였다.

공항은 한참 성수기를 맞아 여행객으로 붐볐다. 그 모습을 보자 비로소 한국에 돌아왔다는 실감이 났다. 유리 벽면으로 듬뿍 들어온 햇살이 공항 내부를 환하게 밝혔다.

긴 비행이었다. 아니 그보다 먼저 긴 등반이었다. 소희는 베네수엘라와 컬럼비아 국경 사이에 위치한 아우타나 산을 막 정복하고 오는 길이었다.

아우타나 산은 남미의 정글 가운에 우뚝 솟아 있는 테푸(꼭대기가 편편한 산)였다. 마치 거인이 칼로 산 중간을 베어버린 모습이다. 꼭대기에 형성된 숲에는 오직 그곳에서만 자라는 식물과 동물 곤충들이 신비로운 생태계를 유지했다. 사방은 직각에 가까운 절벽이었다.

높이는 1450미터. 그중에서 무려 750미터 길이가 단일 절벽이었다. 암벽 등반을 하는 이들에게 아우타나 남서벽만큼 짜릿한 도전욕을 불태우게 하는 절벽은 흔치 않았다.

베네수엘라 원주민 부족인 피아로아와 구아하보 족의 전설에 따르면 아우타나는 한때 전 우주를 키워낸 '생명의 나무'의 유물로 여겨졌다. 실제로 아우타나 산의 나이는 300만 년. 지질학자들에 따르면 선캄브리아 시대에 생긴 퇴적층 중에 파괴되지 않고 남은 지형이었다.

아우타나는 최근까지 어떤 인간에게도 방문을 허락하지 않았다. 2002년이 되어서야 처음 아우타나의 절벽을 정복한 사람이 탄생했다. 존 애런, 앤 애런 부부였다. 그 뒤로 거벽 등반에 미친 사람들이 목숨을 걸고 아우타나를 올랐지만 생명의 나무는 소수의 사람들에게만 그 과실을 맛보게 해주었다.

영준의 죽음 이후 소희는 혁과 마찬가지로 심각한 후유증에 시달렸다. 그러나 혁처럼 우울증과 대인기피증으로 이어지지 않았다. 대신 소희는 조금 다른 대상에 몰입하기 시작했다. 암벽 등반이었다. 우연히 등산 잡지에서 접한 여류 등산가 린 힐(Lynn Hill)의 사진이 소희의 관심을 촉발시켰다.

그 사진은 미국 캘리포니아 주 요세미티 국립공원에 있는 높이 2300미터 엘카피탄 산의 900미터짜리 암벽을 맨손으로 오르는 린 힐의 사진이었다. 푸른색의 짧은 트레이닝 반바지에 보라색 민소매 셔츠를 입고 로프만 허리에 걸친 채 거대한 수직 거벽을 오르는 린의 모습은 육중한 장비를 이고 지고 8천 미터 고봉을 올랐던 소희에게 신선한 충격이었다.

원래 암벽 등반에 소질이 있던 소희였다. 히말라야로 눈을 돌리기 전에는 국내 암벽 등반 대회에서 줄곧 랭킹 3위 안에 들었다. 린 힐의 사진을 보고 영감을 느낀 뒤, 소희는 본격적으로 암벽 등반에 매달렸다. 소희를 매혹시켰던 엘카피탄 산의 노즈 루트를 오른 뒤 암벽 등반가들에게 꿈같은 목표인 아우타나 남서벽에 도전한 것이다.

한 신문사의 후원으로 다른 등반가들과 함께 팀을 꾸려 떠났다. 소희가 대장이었다. 여성 산악인의 활약이 널리 알려진 요즘이지만 해외 등반 혼성팀의 대장을 여자가 맡는 경우는 드문 일이었다.

산전수전 다 겪은 산사람인 소희에게도 부담스러운 험로였다. 베네수엘라에 도착해서 열흘 동안 정글을 헤치며 나아가야 했다. 이름 모를 열대 식물과 괴상한 곤충들이 아마존에 왔음을 알려주었다. 강과 늪을 지나고 원시 부족들의 부락도 지나쳤다. 등반도 시작하기 전에 맹수나 식인종에게 잡아먹히면 어쩌나 겁도 났다.

마침내 아마존 정글의 지배자처럼 솟아오른 아우타나 앞에 섰다. 소희는 공포와 기대가 뒤섞인 감정을 억누르며 기도했다. 종교가 없는 소희였지만 산을 오르기 전에 항상 그 산의 정령에게 기도하곤 했다. 진심을 다해 경건한 마음으로 산을 오르겠사오니 노여움을 거두어달라는 기도였다.

그리고 암벽을 타기 시작했다. 만만치 않았다. 100미터를 오르는 데 온종일 걸리는 구간도 있었다. 여러 날을 벽에서 먹고 잘 계획이었기에 보급품을 끌어올리는 팀을 따로 꾸렸다.

천 미터가 넘는 낭떠러지 한복판에 해먹을 걸어놓고 허공에 붕 떠서 자는 날도 있었다. 이국의 달과 별이 부르는 자장가를 들으면서. 떨어지면 끝장이었다. 그런데도 피로에 취해 정신없이 잠을 잤다.

정상에 근접하자 열대림이 우거진 정글 우림이 등장했다. 멀리서 보면 돌에 붙어 있는 물이끼 같이 보였는데 그 자체로 하나의 독립된 세계였다. 단순한 등산이 아니라 미지의 영토를 개척하는 과정이었다.

팀의 대장이었던 소희가 의지할 대상은 오직 자기 자신뿐이었다. 자유등반 코스에는 마찰력만으로 직각의 벽을 올라가야 한다. 맨손의 지문과 등산화의 바닥이 돌 표면과 일으키는 마찰력. 혹독하면서 또 지루한 암벽 등반 훈련을 통해 강철처럼 억세진 몸도 한계에 도달했다.

— 다들 힘내자! 신세계가 우리를 기다린다.

힘들수록 소희는 다른 팀원들을 격려했다. 소희의 영원한 대장, 혁이 그랬던 것처럼.

월화수목금요일. 일주일이 지나고 다음날 새벽에 아우타나의 정상에 올랐다. 편편하고 넓은 정상은 여태 소희가 경험하지 못한 자연의 속살을 그대로 드러내 보였다. 1400미터가 넘는 직각의 암벽으로 인간의 접근을 막은 이유를 알았다.

기암괴석이 즐비한 바닥에는 보석 같은 물이 담긴 호수가 수십 개였다. 태어나서 한 번도 보지 못한 희귀식물과 짐승들이 오히려 신기한 눈으로 인간들을 구경했다. 노랑, 빨강, 보라, 분홍, 코발트색 꽃들이 함부로 핀 길을 걸었다. 수백 수천만 년에 걸쳐 형성된 동굴이 어지럽게 이어졌고 곳곳에 크고 작은 폭포가 노래했다. 지구의 나이를 고스란히 보여주는 단층이 선명했다. 그 비경을 상서로운 구름이 손으로 담고 있었다.

소희는 프랑스의 전설적 산악인인 레뷔파(Gaston Rebuffat)가 남긴 말을 떠올렸다.

— 산은 지구의 일부라기보다는 동떨어진 신비의 왕국이다. 이 왕국에 들어갈 유일한 무기는 순수한 의지와 애정뿐이다.

나이를 가늠 못할 돌 위에 앉아 그 아래 고인 물을 손으로 떠 마셨다. 미지의 샘물이 소희의 몸에 스며들었다. 무지개의 색을 고루 갖춘 깃털을 떨치며 커다란 새 한 마리가 곁을 스쳤다. 다른 대원들은 사진을 찍느라 바빴다.

— 대장님, 여기 와서 같이 사진 찍어요.

대원들이 소희를 불렀다. 다른 사람들과 함께 오른 산에서도 소희는 마치 혁과 영준이 함께 있는 착각이 들었다. 특별한 경험을 반복해서 공유한 이들만 가지는 신비로운 연대감이었다.

보고 있니, 영준아?

혁 오빠도 함께 왔다면 좋았을 텐데요.

도전과 실패, 사랑과 증오, 공포와 편안함, 그리고 내려놓음. 수많은 감상과 깨달음이 소희를 관통했다. 도시의 빌딩 숲과는 차원이 다른 아름다움이었다. 인간의 손길이 손톱만큼도 묻지 않은 그곳이 그토록 인간적으로 보이는 이유가 무척 궁금했다.

도시로 돌아가기 싫었다. 꽃처럼 새처럼 100퍼센트 순수한 자연의 일부로 살고 싶었다. 산악인 중에는 실제로 고원이나 초원 마을에 정착해 사는 사람들도 있었다. 어쩌면 소희도 오래전부터 그런 꿈을 조심스럽게 간직해왔을지도 모른다. 그러나 그 전에 꼭 해야 할 일이 있었다. 오랜 시간 소희의 마음에 얹혀 있던 짐이었다. 산을 오르며 수없이 마음을 비워도 덜어지지 않던 짐.

미뤄왔던 숙제를 하기 위해 소희는 한국으로 돌아왔다.

인천공항 무빙 워크 위에서 소희는 핸드폰 단축번호 1번을 눌렀다. 가장 익숙하지만 또 가장 낯선 남자의 음성이 흘러나왔다.

"여보세요?"

남자는 소희의 번호를 알아보지 못했다. 얼마 전에 새로 바뀐 전화기 번호를 문자로 보내줬는데 아직 저장하지 않았다.

"저 소희예요."

짧고 형식적인 안부 인사를 나누고 소희가 물었다.

"지금 잠깐 볼 수 있어요?"

민주는 걸음을 빨리 했다. 퇴근하고 지하철까지 걷는 길이 꽤 멀었는데 하늘은 금방이라도 비를 쏟을 듯 낮고 무거웠다. 우산도 없는데 괜히 젖기 싫었다.

망할 놈의 기상청. 인공위성이 수십 개나 떠 있는 세상에 다음날 날씨 하나 제대로 예측을 못하냐?

민주는 가끔 기술 문명의 불평등함에 의문을 갖곤 했다. 어떤 분야를 보면 인간이 못 할 일은 없어 보이는데 또 어떤 상황에서 보면 인간은 여전이 무력한 존재였다.

민주의 우려가 적중했다. 먼 북소리처럼 쿵쿵 하늘이 울리더니 비가 내리기 시작했다. 미리 우산을 챙겨온 사람들의 품에서 착착 각양각색의 우산이 펼쳐졌다. 퇴근길 도로를 가득 메운 차량의 와이퍼가 일제히 움직인다.

민주가 막 달리려고 할 때 이상한 기분이 들었다. 누군가 자신의 머리 위에 우산을 씌웠다. 돌아보니 동호였다.

"괜찮으시면 저녁 같이 해요. 또 약속 있으신가요?"

동호는 다짜고짜 그렇게 물었다. 민주는 허를 찔린 심정이었다.

"약속은 없어요. 그런데 같이 저녁을 먹는 일도 내키지 않네요."

민주는 덧붙이고 싶은 말을 참았다.

아람 씨랑 같이 드시지 그러세요? 오늘 아람 씨랑 안 만나는 날인가

봐요?

"혹시 남자 친구 있으세요?"

"아뇨."

"그런데 왜 이렇게 냉랭하게 구시는 겁니까?"

"제가 그쪽한테 친절해야 할 의무가 있나요?"

저는 여자 친구 있는 남자의 작업을 받아줄 만큼 한가롭지 못해요.

"제 이름은 동홉니다. 이동호."

"네, 알아요."

"기억해주셔서 고맙습니다. 좋아요. 민주 씨가 저한테 친절해야 할 의무는 없죠. 둘러대는 말 잘 못합니다. 그냥 이대로 헤어지면 안 된다는 생각이 들었어요."

"왜요?"

"인연이니까요."

"무슨 인연이요?"

"민주 씨는 그렇게 생각 안하세요? 스마트 폰 배경 화면에 같은 문구를 띄워놓고 다니는 사람이 몇 명이나 있을까요? 천만 명이 넘게 사는 메트로폴리스 서울에서 그런 두 사람이 마주치고 또 핸드폰을 뒤바꿔서 가져갈 확률은요?"

"확률이란 숫자에 불과해요. 전 잘 모르겠네요."

민주는 답답했다. 동호의 여자 친구 이야기를 꺼내고 싶었지만 그럴 수 없었다. 핸드폰을 억지로 훔쳐봐서 알아낸 사실이었으니까.

차라리 모르는 척 여자 친구가 있느냐고 물어볼까?

두려웠다. 없다고 대답할까 봐. 그럼 이 남자에 대해 조금이라도 남아 있는 호감이 싹 사라져버릴 것 같았다.

"민주 씨를 알고 싶습니다."

"그건 또 왜요?"

"제 마음이 그렇습니다. 저도 이렇게 대놓고 말하는 일, 부끄럽기도 하지만 솔직하게 말할게요. 민주 씨에게 끌립니다."

맞아요. 저도 당신이 저를 속이는 걸 모르고 있었다면 운명적인 만남에, 당신의 친절에, 이런 박력에 끌렸겠죠. 그런데 어쩌죠? 전 당신이 숨기고 싶은 사실을 알고 있는데.

후두둑 떨어지기 시작한 비는 소나기로 퍼부었다. 폭스바겐 마크가 찍힌 골프 우산이 둘의 머리를 가렸어도 보도블록에 튀어 오른 빗물이 둘의 다리를 적셨다. 동호의 청바지가 물에 빠진 사람처럼 축 늘어졌다. 샌들을 신은 민주의 종아리에도 흙탕물이 어지럽게 튀었다.

"일단 비부터 좀 피합시다!"

동호가 민주의 손을 잡아끌었다.

"이거 놔요!"

민주가 손을 뿌리쳤다. 동호는 민주의 손을 놓는 대신 불쾌하지 않을 만큼의 거리를 유지한 채 방향을 이끌었다. 민주는 빗속으로 뛰쳐나가야 하나, 이 남자를 따라가야 하나 잠시 망설였다.

그들이 도착한 곳은 낮에는 세차장으로 저녁이면 포장마차로 영업하는 방배동의 한 술집이었다. 비닐 텐트 지붕으로 빗줄기가 시원하게 퍼붓는 아래, 둥그런 철제 테이블에 파전과 콩나물 국, 그리고 참이슬 한 병이 놓였다.

"술은 안 마실래요."

민주가 소주잔을 슬쩍 밀어놓았다.

"강권하지는 않겠습니다. 후회하지나 마세요. 비오는 여름날, 파전에 소주 한잔이 얼마나 큰 행복인지 잘 아시겠죠."

민주는 애써 동호의 유혹을 외면했다. 실상 민주도 알코올이 땡겼다. 동호의 말대로, 술을 못하는 사람도 이런 빗소리를 들으며 잘 구운 파전 냄새를 맡으면 본능적으로 한 잔 생각이 나기 마련이다.

동호는 약이라도 올리려는지 자기 잔에만 적당하게 술을 담더니 홀짝 비웠다. 카아, 인상을 쓸 때 콧잔등에 주름이 모였다. 그는 젓가락을 양손에 하나씩 들더니 파전을 먹기 좋은 크기로 찢었다. 그리고 제일 맛있어 보이는 조각을 민주 앞으로 쓱 밀어주었다.

"드세요."

민주는 동호가 내민 파전을 입에 넣었다. 노릇노릇한 맛이 긴장을 조금 누그러뜨렸다.

"시장하실 테니 좀 드세요. 저도 배고파요."

서로 말없이 파전을 먹고 있는데 같이 주문한 오돌뼈 한 접시가 나왔다. 동호는 또 한 잔 혼자 따라 마셨다.

"참 성격 좋네요."

자기도 모르게 민주가 중얼거렸다. 그 말에 동호가 이가 드러나도록 씨익 웃었다.

"민주 씨도 성격 좋아 보이는데…."

"제가요?"

"괜히 저한테 날 세우시는 거 압니다. 대체 무슨 이유인지는 모르겠지만요."

정말 몰라요? 참 뻔뻔한 사람이네요. 저야말로 궁금해요. 왜 이렇게 들이대세요? 원래가 타고난 바람둥이인가요? 그렇다면 상대를 잘못 골랐어요. 저는 나쁜 남자도 바람둥이도 싫어해요.

비가 사람들을 불러 모았는지 포장마차는 금방 손님으로 가득 찼다. 시끌벅적한 대화 소리가 점점 더 거세지는 빗소리에 잘 어울렸다.

"요즘 제가 일생일대의 선택에 직면했습니다. 저로서는 정말 중요한 순간이에요."

동호가 불쑥 자기 이야기를 털어놓았다.

"그런데 저랑 이렇게 포장마차에 와 있어도 되나요?"

"그러니까 말입니다. 그렇게 중요한 결정을 앞두고 있는데도 자꾸만 민주 씨 생각이 났어요. 이렇게 절실한 감정 앞에서 자존심이나 체면은 중요하지 않다고 생각했습니다."

— 선물 고마워용^^ 밤새도록 기분 좋아서 잠도 잘 못 잤어염!!!♥ 그런데 아저씽… 오빠라고 불러도 되죵??ㅋㅋ

민주는 그저께 따먹은 금단의 열매를 생생하게 기억했다. 그러면서 깨달았다. 자신이 첫눈에 이 남자에게 반했음을. 그렇지 않았다면 굳이 꽃바구니에 넣을 카드를 엿보고, 수십 번 패턴을 그려 문자를 훔쳐보지 않았으리라. 그런 본능적인 끌림은 인생에 몇 번 안 찾아오는 기적 같은 순간이다. 그래서 동호가 더 미웠다. 하필이면 바람둥이에게 꽂히다니.

"좋아요. 그렇다고 쳐요. 절실한 감정, 인정한다고 쳐요. 그래서 저랑 뭘 어떻게 하길 바라는데요?"

조금은 공격적인 말투에 동호가 놀란 표정이었다. 동호가 힘주어 말했다.

"아까 말했듯이 당신을 더 알고 싶습니다. 우리의 인연이 정말 특별한 의미를 갖는 인연인지 아니면 단지 우연일 뿐인지 확인하고 싶습니다."

더는 질질 끌면 내상만 커지겠네.

민주는 마음을 굳게 먹고는 소주잔을 내밀었다.

"한잔 주세요."

동호는 소주잔을 들어 경쾌하게 절반 조금 넘는 양을 채웠다. 민주는 잔을 들어 짱, 건배했다. 그리고 원 샷. 몇 초 정도 민주의 눈빛은 애절함을 띠었다. 민주는 동호의 눈을 보며 물었다.

"만나는 사람 있어요?"

"만나는 사람이라면, 여자 친구 말입니까?"

"네."

동호는 다시 환하게 이가 드러나도록 미소 지으며 말했다.

"아뇨. 없습니다. 그렇다면 제가 여기서 이러고 있겠습니까?"

가슴이 쓰렸다. 민주는 한 잔 더 소주를 받았다. 동호와 눈을 마주치지 못하겠다. 고개를 떨군 채 안주를 집어먹다가 혼자 소주잔을 비웠다.

거짓말까지… 이젠 정말 끝이군. 빗소리가 왜 이리 슬프게 들릴까?

민주가 유난히 더 민감하게 반응하는 이유가 있었다. 마지막으로 사귀었던 남자가 민주 몰래 바람을 피우다 헤어졌다. 심지어 민주가 곁다리였다. 그 남자는 이미 다른 여자와 동거 중인 상태에서 재미로 민주를 만났다. 남자의 외모와 매너에 반했던 민주는 결혼까지 생각했는데 우연히 싸이월드 홈페이지를 통해 동거녀의 존재를 알게 되었다.

더 처절했던 부분. 민주는 며칠 동안 눈물로 밤을 지샌 뒤 남자에게 말했다.

— 그 여자와 정리하고 나를 선택한다면 받아줄게.

그런 민주에게 그는 이렇게 말했다.

— 뭐? 참 나. 속인 나도 나쁘지만 속은 너도 병신 아니냐? 어차피 여자 꼬셔서 재미 보려는 게 남자의 본능이야. 진짜 사랑인지 아닌지는 여자가 잘 판단해야지.

그리고 떠나갔다. 개 같은 이별 후, 후유증이 극심했다. 5개월을 더 헤어진 남자 친구의 디젤 청바지 할부금을 내야 했던 일은 애교 수준이었다. 민주는 우울증까지 앓았다. 아픔의 크기만큼 남자에 대한 불신이 남았다. 동호와의 결도는 술자리는 바로 그 결과물이었다.

민주는 술을 전혀 하지 못했다. 소주 두 잔에 맥이 확 풀렸다. 가뜩이나 격앙된 감정에, 더 있다가는 실수를 할 것만 같았다.

“저 먼저 일어날게요.”

“벌써요? 아직 온 지 한 시간밖에 안 됐는데요?”

“그래요? 다섯 시간쯤 된 줄 알았네요.”

민주는 가방을 챙기고 일어섰다.

“바래다 드리겠습니다.”

동호가 우산을 집어들었다.

“아뇨. 혼자 가고 싶어요.”

“네? 이렇게 비가 오는데요? 우산도 없잖아요?”

“동호 씨가 그랬죠? 비오는 여름날, 파전에 소주 한잔이 얼마나 큰 행복인지 잘 안다고. 행복하게 술 드세요. 저는 지금 비를 너무 맞고 싶어요. 가끔 그런 날 있잖아요. 혼자 비 맞고 싶은 날. 낭만이라고 이해해주세요. 그러니까 방해하지 마세요.”

몇 번 더 만류했지만 민주는 결국 동호의 손길을 뿌리치고 포장마차를 나갔다.

그야말로 폭우였다. 채 10미터도 걷지 못해 몸이 흠뻑 젖었다. 처량한 기분에 술기운까지 겹쳐 눈물이 나려고 했다.

낭만은 개나 주라지. 감기나 걸리지 않았으면.

혁은 비를 좋아하지 않았다. 등산하는 사람들에게 비는 모든 면에서 불청객이었다. 그러나 1년 전 등산을 그만두고 칩거를 시작한 이래 비가 좋아졌다. 특히 퍼붓는 비가 좋았다. 세상의 먼지들을 쓸어내려 가는 비.

그런 비가 내릴 때면 반지하 방에서 몇 걸음 나가서 하염없이 비를 구경하다 들어오곤 했다. 술이라는 친구와 함께.

담배도 많이 늘었다. 고등학교 때부터 몇 년 피우다가 산을 타면서 끊었던 담배였다. 영준의 사건 뒤로 다시 피기 시작해 이제는 하루에 두 갑은 태워내야 헛헛한 마음이 조금은 달래졌다.

"자알 내린다."

한 손에는 우산을, 한 손에는 담배를 손에 든 혁이 중얼거렸다. 혁은 거처가 있는 화곡동 주택가 골목에 서 있었다. 골목에는 사람이 아무도 없다. 갑자기 쏟아지는 폭우는 시끄럽게 떠들면서 골목에서 공을 차던 아이들도 쫓아내는 효과도 있었다.

문득 옛날 생각이 났다. 텅 빈 골목의 모습이 혁이 처음 서울로 올라와 지내던 흑석동 하숙집 골목과 닮았다.

혁은 지방에서 올라온 가난한 자취생이었다. 1년 동안 신입생으로 겪은 대학생활은 이질적이었다. 학생운동의 구호들도, 술 마시다 죽자는 식의 객기도, 문화인류학이라는 이름부터 생경한 전공과목도, 모두 남의 나라 이야기 같았다.

그러다 우연히 친구를 따라 간 북한산 등산이 혁의 인생을 바꿔놓았다. 등산화도 안 신고 운동화에 트레이닝복 차림으로 간 초행길에서 혁은 다람쥐처럼 산길을 누볐다. 체질적으로 산에 잘 맞는 몸이었다. 음악의 천재가 피아노 앞에 처음 앉는 순간처럼, 문학의 천재가 처음으로 쓴 시가 반짝반짝 빛나는 것처럼, 혁은 산과의 첫 만남이 떨리도록 좋았다.

혁은 산에 취미를 붙이면서 교내 등산 동아리에 가입했다. 자주는 아니었어도 평균 한 달에 한두 번은 주말을 이용해 전국의 산을 찾았다. 2학년으로 올라간 뒤 1학년 신입 회원들과 함께 MT를 겸해 강원도 삼척의 두타산 등산을 떠났다. 전날 저녁에 도착해 산에서 멀지 않은 여관에서 하루 묵으면서 술도 마시고 서로 얼굴도 익혔다.

3월 초의 쌀쌀한 날씨였다. 높이는 1350미터, 코스의 총길이는 16킬로미터. 아침 10시에 출발했다. 초보자가 타기에는 쉽지 않은 산행이었다. 경사도 꽤 있고 겨우내 내린 눈이 녹지 않아 등산로가 미끄러웠다. 계곡의 물도 얼어 있는 구간이 많았다. 다행히 특별한 부상이나 낙오자 없이 열 명이 조금 넘는 부원 모두 정상까지 올랐다.

정상에 올라가서 간단하게 휴식을 취하며 준비해온 간식을 먹었다. 어두워지기 전에 하산을 마치기 위해 오래 머물지 않고 산을 내려갔다. 하산이 얼마 남지 않은 산 중턱에서 비명이 울렸다. 놀란 부원들이 걸음을 멈추었다. 앞장서서 하산을 이끌던 혁이 달려갔다.

부원들이 둘러싼 가운데 신입회원 영희가 오른발을 감싸 쥔 채 주저앉아 있었다. 미간을 잔뜩 찌푸린 얼굴이 통증을 짐작케 했다.

— 괜찮아요. 걸을 수는 있어요.

영희는 애써 몸을 일으켰다. 발목을 심하게 삔 영희는 평지에서 절뚝거리며 걸을 정도는 되었지만 경사진 산길을 내려가는 일은 아무래도 무리였다. 혁이 나섰다. 영희와 혁의 짐을 2학년 부원들이 나누어 지고 혁이 영희를 데리고 내려가기로 결정했다. 혁은 미리 준비해온 압박 붕

대로 발목을 단단하게 감고 왼쪽 팔로 영희를 부축했다.

— 죄송해요, 선배님.

— 괜찮으니까 발목 다치지 않게 조심해.

원래 말주변이 별로 없는 혁은 전날 밤의 술자리에서 간단하게 자기 소개만 했다. 영희도 여자치고 수다스러운 편이 아니어서 그렇게 많은 이야기를 하지는 않았다. 둘은 내려오면서 나눈 대화를 통해 비로소 이런저런 정보를 교환했다.

영희는 산을 좋아해서가 아니라 여행을 다니고 싶어서 등산 동아리에 가입했다고 했다. 산 정상에 올라가 본 것도 처음이고 발목을 삔 일도 태어나서 처음이고 남자에게 기댄 적도 처음이라고 털어놓았다.

눈길을 끄는 미인은 아니었으나 선이 고운 얼굴이었다. 어깨 아래로 내려오는 살짝 곱슬머리를 고무줄로 질끈 묶었는데 반듯한 이마에 맺힌 땀을 닦아주고 싶다는 생각이 들었다. 찰싹 붙어서 내려오는 동안 영희의 호흡과 땀 냄새가 고스란히 전해졌다.

둘은 한 시간이면 내려올 길을 두 시간이 넘게 걸려 내려왔다. 매표소 앞에서 기다리고 있던 부원들이 둘에게 박수를 쳐주었다. 잘 어울린다는 말을 장난스럽게 건네는 이들도 있었다. 영희는 부끄러웠는지 얼른 여자 부원들이 있는 쪽으로 넘어갔다.

서울로 돌아온 지 보름쯤 지난 뒤 동아리 방에 있는 혁에게 영희가 찾아왔다. 영희는 수줍은 얼굴로 인사를 건넸다.

— 다리는 다 나았어?

— 네. 선배 아니었으면 큰일 날 뻔했어요.

— 다행이네. 산에서 잘못 다쳐 후유증 오래 가는 경우도 많거든.

— 술 한잔 사고 싶어서요. 지난번에는 고맙다는 인사도 못 드리고.

그날 밤 둘은 학교 근처의 허름한 주점에서 소주를 마셨다. 안주는 두부김치, 그리고 봄비 내리는 소리.

둘은 닮은 점이 많았다. 영희 역시 지방 출신으로 기숙사 생활을 했다. 말수가 적은 성격도 비슷했다. 그리고 가난하고 외로웠다.

그렇게 둘은 만남을 시작했다. 연애도 주인을 닮는다. 그 또래의 아이들처럼 닭살 돋고 울다 웃다 하는 연애는 아니었다. 믿고 참고 이해하는 사랑이었다. 그런 둘이 스물네 살에 아이를 갖게 된 일은 정말 의도하지 않았던 우연이었다. 둘 다 아이를 키울 자신은 없었지만 그렇다고 쉽게 낙태를 할 됨됨이도 아니었다.

뱃속의 아이가 5개월이 되던 때, 스물다섯 살의 나이로 혼인신고를 했다. 혁은 군대에서 제대한 지 얼마 안 되어 학교도 아직 1년이나 더 다녀야 했고 영희 역시 작은 회사의 사무직으로 일한 지 얼마 안 된 터라 모아놓은 돈은 쥐뿔만큼도 없었다.

가난했어도 시작은 여느 신혼부부들처럼 달콤하고 낭만적이었다. 그들은 진정으로 서로를 사랑했다.

혁은 학교를 다니면서도 부지런히 아르바이트를 하며 돈을 벌어 살림에 보탰다. 졸업을 하고 선배가 하는 등산용품 업체에 취직했다. 빠듯한 일상이 반복되면서 낭만과 달콤함이 서서히 옅어졌다. 혁은 한 달에 한

두 번씩은 꼭 산을 찾아 생활의 스트레스를 해소했다.

아이가 태어나고 영희가 직장을 그만두면서 문제가 생겼다. 영희는 예상치 못했던 산후우울증에 시달렸고 이제 막 사회생활을 시작한 혁은 문제를 어떻게 해결해야 할지 몰랐다. 울고 보채는 아기를 가운데 놓고 젊은 부부는 하루를 멀다 하고 언성 높여 싸웠다.

— 나보고 어쩌라고? 나는 좋아서 이러는 줄 알아?

싸우는 과정에서 둘 다 그런 식의 말을 유난히 많이 했다.

시간이 약이라는 말만큼 무책임한 말은 없다. 둘의 문제는 시간이 지나도 풀리지 않았다. 대신 잠복기의 바이러스처럼 조용히 숨을 죽였다. 안나가 어린이집에 다닐 나이가 되자 영희는 다시 직장을 잡았고 혁은 본격적으로 프로 등반가의 길을 걷기 시작했다.

혁은 타고난 산 사나이였다. 본격적인 등산을 한 지 몇 년 안 되어 히말라야의 산을 올랐고 빠른 속도로 고봉들을 정복했다. 엄홍길, 박영석 대장의 뒤를 잇는 차세대 등반가로 혁을 소개하는 잡지도 있었다.

오르는 산의 고도가 높아질수록 영희와의 거리는 멀어졌다. 한번 해외 등정을 떠나면 몇 달씩 집을 비우기가 보통이었다. 프로 등반가들은 스스로를 빵점 남편, 빵점 아내라고 일컫는다. 그럴 이유가 있어서다. 혁은 그중에서도 더 상황이 심각했다. 차라리 떨어져 있을 때는 나았다. 집에 있을 때 영희와 그 사이에 흐르는 냉기는 에베레스트 산 정상의 공기보다 더 차가웠다.

결국 누가 먼저랄 것도 없이 따로 사는 게 낫다는 결론에 이르렀다. 혁은 방을 얻어 나왔고 둘 사이는 냉전의 평화가 찾아왔다. 그러던 와중에 영준의 사고가 터졌다.

혁은 옛 생각을 멈추었다. 들고 있던 담배꽁초를 비 내리는 골목으로 튕겼다.

굵은 줄기를 보아하니 금방 그칠 비가 아니었다. 혁은 한참 더 비 구경을 하다가 방으로 들어갔다. 술병이 나뒹구는 방 꼴이 말이 아니었다. 칩거한 이후로 청소에 대해서는 별로 신경을 써본 적이 없다. 안나가 가끔 들러서 잔소리를 하면 같이 치우는 게 전부였다.

혁은 방바닥에 누워 눈을 감았다. 막막한 낭떠러지로 떨어지는 기분이 들었다. 그러다 불쑥 영준의 얼굴이 그려졌다. 그리고 영준이 남긴 마지막 말도.

혁은 냉장고를 열어 소주병을 꺼냈다. 잔에 따르지도 않고 병째 깊은 나발을 불고 주저앉았다. 머리가 핑 돌았다.

김혁. 어쩌다 여기까지 왔니?

D—3

신라호텔 중식당 팔선에서 제일 큰 방. 50대 중반으로 보이는 양복 차림의 남자 두 명과 양 회장 그리고 이 비서가 성찬을 앞에 두고 있었다. 1인당 58만 원 가격의 황(皇)코스 요리였다. 테이블 위에 캐비어 제비집으로 시작하는 스타트 메뉴가 놓여 있었다.

"자, 어서들 드시지요."

양 회장이 먼저 요리를 권했다. 다들 기분 좋은 얼굴로 식사를 시작했다. 와이셔츠에 청색 구찌 넥타이를 맨 사내는 건설교통부의 남태성 국장이었다. 그 옆에 앉아 있는 반 대머리의 사내는 S건설 이희태 상무였다. 참석자는 모두 시저스 타워를 있게 한 공신이었다.

국내 최고 높이의 초고층 빌딩 건축 계획을 놓고 수많은 반대 의견이 있었다. 그런 논란들을 하나씩 극복하고 결국 허가를 내준 실무 책임자가 바로 남 국장이었다. 그리고 이 상무는 실제로 시저스 타워를 쌓아올린 S건설의 시공 책임자였다.

"팔선은 역시 재료가 좋아요."

캐비어 제비집 다음으로 나온 특급 통꼬리 상어지느러미 찜 요리를 먹으면서 양 회장은 운을 뗐다.

"우리 같은 공무원들이야 뭐 이런 요리를 자주 먹을 수 있나요? 오늘은 가격표 생각 안 하고 먹겠습니다. 하하."

남 국장이 호탕하게 웃었다. 웃는 소리와 함께 가늘게 떨리는 남 국장의 눈매는 간사하면서도 영리해 보였다.

이어서 팔선의 시그니처 메뉴 중 하나인 홍삼 불도장이 상 위에 올랐다. 뽀얀 국물에 송이, 전복, 오골계, 상어지느러미 등 싱싱해 보이는 재료들이 먹음직스럽게 자리 잡았다.

"저도 뭘 하나 준비해왔습니다."

이 상무가 샴페인을 상 위에 올려놓았다. 황금색 라벨로 둘러싸인 병은 특이하게도 투명한 유리였다. 남 국장이 샴페인 병을 들어 신기하다는 표정으로 살펴보며 물었다.

"특이하게 생겼네?"

"크리스털이라는 이름의 와인입니다. 프랑스의 루이 뢰데르 사에서 생산하는 와인이지요. 오늘 자리에 잘 어울리는 샴페인이라 특별히 골라왔습니다."

원래 상사원 출신으로 해외 생활을 오래 한 이 상무가 자부심 가득한 목소리로 설명했다. 양 회장이 물었다.

"병이 투명하군요."

양 회장도 처음 보는 샴페인 병을 들어보았다.

"일화가 있습니다. 150년 전, 러시아 황제 알렉산드르 2세가 뢰되르 사에 특별 주문을 합니다. 자기가 마시는 샴페인이 남들이 마시는 샴페인과 다르기를 원했던 거죠. 그 결과 진짜 크리스털로 만든 초유의 호화스러운 샴페인이 등장했습니다. 확인이 안 된 일화이긴 한데 누군가 자기를 독살할지도 모른다는 황제의 의심 많은 성격 때문에 안의 내용물이 보이도록 병을 투명하게 만들었다는 설도 있습니다."

이 상무가 샴페인 마개를 땄다. 시원한 소리와 함께 열린 병에서 우아하고 부드러운 향이 피어 올라왔다.

"그럼 이 병이 크리스털이란 말인가요?"

남 국장이 물었다.

"아니요. 요즘은 유리병으로 나옵니다. 물론 보통 유리병이 아닌 고품질의 특수 유리지요. 제가 한잔씩 올리겠습니다."

이 상무가 양 회장과 남 국장의 잔에 샴페인을 한 잔씩 따랐다. 그리고 양 회장의 건배사와 함께 건배했다.

"황제를 위하여!"

양 회장은 샴페인의 풍부한 맛처럼 흡족한 기분을 느꼈다. 식당을 예약하고 자리를 마련한 쪽은 양 회장이었다. 국내 최고의 중식당에서 먹는 황제 코스 요리에 황제가 특별 주문한 크리스털 와인. 로마 황제의 이름을 딴 시저스 타워의 탄생을 축하하는 자리로 썩 어울린다는 생각이 들었다.

일품 전복 찜과 송로버섯, 활 바닷가재, 한우 갈비가 차례로 나왔다. 단골인 양 회장에게 인사하기 위해 주방장이 직접 찾아와서 잔을 올렸다. 그들의 대화는 한번도 어긋나거나 대립하지 않고 화기애애하게 이어졌다.

이제 3일 뒤면 그들의 합작품인 시저스 타워가 문을 연다. 시저스 타워는 셋 모두에게 있어 삶의 이정표로 자리할 존재였다. 직접 공사를 주도한 양 회장이나 이 상무는 물론이고 남 국장에게도 큰 베팅이었다.

남 국장은 공무원 자리를 그만둘 생각으로 프로젝트를 밀어붙였다. 처음부터 무리수가 많은 사업이었다. 전임자가 두 번이나 반려시킨 건이기도 했다. 고도 제한, 일조권, 교통 체증, 화재나 지진으로부터의 안전성 등등 공사를 가로막는 위험 요소가 너무나 많았다. 굳이 그 자리에 100층이 넘는 건물이 꼭 들어서야 하는지 필요성에 대한 의문도 제기되었다. 빌딩 준공 뒤 양 회장이 챙길 막대한 이익 때문에 관련 업계의 시선도 곱지 않았다. 솔직히 남 국장의 개인적인 판단으로도 반려시켜야 할 건이었다.

그런데 어찌된 일인지 장관으로부터 전화가 왔다. 긍정적으로 검토해 보라는 이야기였다.

장관이 그렇게 의사를 밝혔다면 분명히 더 윗선인 대통령의 의사 표시가 있었다는 이야긴데?

그때부터 남 국장의 머리가 빠른 속도로 돌아갔다.

대통령은 개발과 건설에 대해 우호적인 성향이다. 게다가 장관의 콜이 있었다. 실무자인 나에게 칼자루가 넘어 온 셈인데. 이 칼을 어떻게, 어디를 향해 휘둘러야 할까?

얼마 안 있어 양 회장이 독대를 신청했다. 바로 지금 그들이 있는 자리, 팔선의 VVIP 룸이었다. 양 회장은 남 국장의 고민을 덜어주었다. 양 회장의 논리는 분명했다. 남 국장이 책임을 져주면 그녀 역시 책임지고 대가를 지불하겠다는 요지였다. 남 국장은 양 회장의 손을 잡았다.

그리고 또 하나. 막대한 크기와 중량을 가진 건축물인 만큼 지반을 비롯한 여러 가지 환경과 안전 평가를 치러야 하는데 최대한 공기를 앞당길 수 있게 평가 과정을 간소하게 해달라는 부탁이 있었다.

그 정도야 뭐. 어차피 땅에 건물 올리는 일인데 10층이든 100층이든 똑같지.

일단 선을 넘고 나니 대범해졌다.

실무 책임자인 남 국장이 전면에 나서자 일은 순식간에 풀려나갔다. 공사를 진행하면서 반대 여론도 만만치 않았지만 일단 시작한 공사를 멈출 정도는 아니었다.

그리고 이제 대한민국 부동산의 황제로 등극할 존재가 탄생한다.

식사를 마친 그들은 부푼 배만큼 만족한 얼굴로 식당에서 나왔다. 200만 원이 넘는 저녁값은 양 회장이 부담했다.

"오늘 샴페인 잘 마셨습니다. 남 국장님은 제가 모셔드리겠습니다."

양 회장이 이 상무에게 인사를 건넸다. 이 상무는 말뜻을 금방 알아차렸다.

"별말씀을요. 그럼 3일 뒤, 황제의 탑에서 뵙겠습니다."

이 상무가 사라지자 양 회장은 남 국장에게 인사를 했다.

"조심해서 들어가십시오. 이 비서가 모셔다 드릴 겁니다."

"회장님도요. 오픈식 잘 치르시고요."

양 회장은 미리 기다리고 있는 기사의 에스코트를 받으며 사라졌다. 이 비서가 자신의 차로 남 국장을 안내했다. 이미 초대할 때 차를 놓고 오라는 언질이 있었던 터라 남 국장은 택시를 타고 왔다.

이 비서는 에쿠스 세단 뒷자리에 남 국장을 태웠다. 목동 신시가지 아파트 주차장에 도착할 때까지 둘은 대화가 없었다.

"저쪽으로 가서 차를 대게."

남 국장의 손짓을 따라 은색 그랜저 뒤에 차를 세웠다. 차에서 내린 남 국장은 그랜저 승용차의 트렁크를 열었다. 미리 동작의 합을 맞춰본 사람들처럼 이 비서도 자연스럽게 에쿠스 트렁크를 열었다. 그리고 안에 있던 사과 상자 두 개를 그랜저 승용차 뒤에 옮겼다. 남 국장은 이 비서를 보며 말했다.

"회장님께 후식까지 잘 먹었다고 전해드리게."

"들어가십시오, 국장님."

이 비서는 정중히 인사를 하고 차를 빼서 사라졌다.

남 국장은 그랜저 문을 열고 운전석에 앉았다. 시동은 걸지 않고 오디오만 나오도록 했다. 엘비스 프레슬리의 올드팝 〈비바 라스베가스, Viva Las Vegas〉가 흘렀다.

— 찬란한 도시의 불빛이 내 영혼을 꼬드기네. 여자와 돈은 도처에 널려 있지. 악마도 부러워할 삶을 살아가리라.

사과박스 한 상자는 1만 원 지폐로 1억, 5만 원 지폐로는 5억이 담긴다. 두 박스는 정확히 10억. 5만 원 지폐 2만 장이 실린 차 안에서 남 국장은 라스베가스로 떠나는 상상을 했다.

이미 오래전, 양 회장과 모종의 계약을 하면서 10억의 돈을 미리 챙겼다. 이제 10억 더. 약속한 20억의 돈을 모두 받은 셈이었다.

남 국장은 몇 달 뒤 신병을 이유로 사표를 제출할 계획이었다. 어차피 차관급 승진 가능성도 없고 정년도 몇 년 안 남았다. 출가한 딸과 대학생 아들은 한국에 두고 아내와 함께 캐나다로 이민을 갈 예정이었다.

아무래도 한국에 남아 있기는 찜찜하다. 남 국장은 뒤늦게 터진 로비 연루 사건으로 검찰 조사를 받다가 결국 자살한 동료를 떠올렸다.

퇴직하면서 차부터 바꿔야겠어.

남 국장은 10년을 탄 그랜저 핸들을 보며 고개를 끄덕였다.

30년 공직 생활의 대가로 자식 둘 키우면서 목동에 아파트 한 채 마련한 게 전부였다. 전형적인 중산층의 말년이 예정된 인생이었다. 궁핍하지는 않으나 여유롭지도 않은. 그러나 이제는 얘기가 다르다.

남 국장은 의자를 젖히고 누워 행복한 상상에 빠져들었다.

소희는 막막한 시선으로 혁의 반지하 방을 둘러보았다. 잔뜩 어질러진 옷가지, 매트리스만 덩그러니 놓인 침대, 구석에 모아놓은 빈 소주병들, 먼지가 눌러붙은 창틀과 일회용 음식 껍데기가 흉하게 허물 벗어 놓은 싱크대. 그리고 방 안에 깊이 찌든 홀아비 냄새.

무엇보다 슬픈 모습은 방의 주인 혁의 몰골이었다. 불과 1년 전만 해도 소희가 알던 남자들 중 가장 강인한 남자였다. 광채를 번득이던 눈은 힘을 잃었고 알코올 중독의 영향으로 손끝은 불안정하게 떨렸다. 칩거 생활 때문인지 피부도 탄력을 잃었다.

소희는 스위스에 있는 핀스터아어호른 산 등반을 계획하면서 혁을 처음 만났다. 10년 전. 소희가 본격적인 프로 등반가의 길을 막 시작했을 때였다. 이미 히말라야에서 두 개의 산을 정복한 혁은 젊고 공격적인 등반가로 이름이 알려져 있었다. 소희의 지인이 혁을 소개해주었다.

소희가 목표로 정한 핀스터아어호른 산(Finsteraarhorn Mt.)은 영국의 고고학자 거트루드 벨(Gertrude Bell)의 전설적인 등반 기록으로 유명한 산이다. 높이는 4273미터. 알프스 산맥의 주요 거봉 중 하나다. 특히 1천미터에 달하는 북동벽이 악명 높다. 날카로운 능선과 위협적인 지릉이 반복되는 북동벽 루트에 여성의 몸으로 과감하게 도전한 사람이 거트루드 벨이었다.

미스 벨은 산악 가이드인 푸러 형제와 함께 핀스터아어호른을 올랐다. 지독한 추위와 폭풍 속보다 더 무서운 존재는 쉴 새 없이 떨어지는 낙석이었다. 인간의 접근을 허용하지 않겠다는 위협처럼, 쩍쩍 갈라지는 소리와 함께 다양한 크기의 바위 파편이 그들을 괴롭혔다. 결국 벨과 푸러 형제는 정상을 정복하지 못하고 산을 내려와야 했다. 이틀 동안의 악몽 같은 비박을 하고서야 겨우 다시 지상에 도달할 수 있었다.

한 걸음 한 걸음이 이승에서의 마지막 발걸음처럼 느껴졌다는 벨의 회고담이 소희를 자극했다. 거트루드 벨 이후에 핀스터아어호른 등정에 성공한 등반가 모두 두려움에 압도당했다는 소감을 털어놓았다. 그리고 여전히 북동벽 루트를 택하는 이들은 많지 않았다.

경력이 많지 않았던 소희는 혁과 함께 2인 팀을 이뤄 등반을 시도했다. 루트는 미스 벨이 오르다 실패했던 북동벽 루트. 몇 달 뒤 에베레스트 등반을 계획하고 있던 혁에게도 좋은 경험임이 분명했다. 둘은 서로를 밀고 이끌어주며 1킬로미터 절벽을 기어올랐다. 적당히 흐린 날씨까지 뒷받침해주었다. 완벽에 가까운, 순조로운 등반이었다.

정상에 앉은 둘은 알프스 산맥을 내려다보며 벅찬 감정을 공유했다. 만년설, 빙하, 협곡, 검은 바위와 멀리 푸른 들. 그 순간 소희는 등산과 섹스가 비슷하다는 생각을 했다. 크고 작은 자극들로 감각의 고도가 상승하다가 정상의 순간에만 맛볼 수 있는 오르가슴. 소희는 위대한 산꼭대기에서 하는 생각치고는 불경스럽다는 죄책감을 가지면서도, 발끝에서 머리끝까지 빠짐없이 흐르는 전율에 몸을 부르르 떨었다.

혁은 그때도 별로 말이 없는 사내였다. 힘내자. 수고했어. 조심해. 이런 식의 짧은 말이 전부였다. 혁의 믿음직스러운 침묵이 좋았다. 서로 목숨을 걸고 올랐던 첫 등반에서 소희의 마음은 혁을 남자로서 받아들였다.

이미 결혼한 몸이었고 아이까지 있었지만 소희의 마음을 막지 못했다. 그러나 단 한 번도 밖으로 마음을 내보인 적은 없었다. 이은미의 〈애인 있어요〉를 우연히 듣다가 눈물을 쏟아낸 일을 빼면.

오히려 소희와 더 가깝게 지낸 사람은 후에 혁을 통해 친해진 영준이었다. 비슷한 또래의 친구인데다 사교적이고 친절하기까지 했다. 소희는 어렴풋이 알았다. 영준이 자신에게 호감을 갖고 있음을. 그런데 그 역시 드러내놓고 표현하진 않았다.

크레바스. 빙하 지대의 갈라진 틈새를 뜻한다. 수 미터의 얕은 곳도 있지만 수백 미터 낭떠러지도 있다. 눈에 덮여 있는 경우도 많은데 위를 지나가다 그대로 빠져 시체도 찾지 못하는 사고도 종종 일어났다.

혁과 영준, 그리고 그녀. 소희는 셋의 관계를 떠올릴 때마다 크레바스 생각이 났다. 얼핏 보기엔 슬쩍 갈라진 틈으로 보이지만 그 아래는 까마득히 깊은 공간.

시간이 지날수록 혁을 향한 감정은 깊어만 갔다. 사이가 별로 좋지 않다는 부인과 핸드폰 사진으로 본 적 있는 딸 안나를 생각하면 죄책감에 잠을 못 이루었지만 또 비밀스러운 마음 한편으로는 혁이 이혼하고 자유로운 몸이 되기를 바랐다.

어쩌면 영준도 소희의 감정을 눈치 챘을지도 몰랐다. 마치 혁을 향한 소희의 마음이 커지듯 그녀를 향한 마음을 속으로만 키우고 있는지도 모를 일이었다. 게다가 영준은 혁의 처남이었다.

어쩌다 이렇게 됐을까?

괴로웠다. 자신을 탓하며 기도하고 참회해도 소용이 없었다. 소희는 마음을 외면하기 위해 더 집요하게 산에 매달렸다.

등반 과정으로만 보자면 셋이 함께 있으면 완벽한 팀이었다. 서로를 진심으로 위해주었고 또 누구보다 잘 알았다.

작년, 낭가파르바트 등반을 떠나기 전 한국에서의 마지막 밤이었다. 종로에 있는 파전 집에서 단합대회 겸 단출한 술자리를 가졌다.

하루의 피로를 술로 푸는 직장인들 틈에서 동동주 잔을 기울이며 사사로운 이야기를 주고받았다. 낭가파르바트에 대한 이야기는 전혀 하지 않았다. 그동안 수없이 함께한 등반의 추억을 되새겼다. 주로 영준이 신나서 얘기하면 소희가 맞받아쳤고 혁은 빙긋이 미소 짓는 식이었다.

혁이 잠깐 화장실에 간 사이였다. 영준이 아무렇지도 않은 표정으로 물었다.

— 이제 너도 서른이 넘었는데, 매일 같이 산에만 다니면 어떡하냐?

— 왜? 너까지 결혼이 어쩌고 이런 얘기하려고?

— 외롭지 않아?

그렇게 묻는 영준의 말에 소희는 가슴이 쿵 내려앉는 기분이었다.

너, 알고 있었니?

영준은 특유의 선한 눈동자를 껌벅이며 대답을 기다렸다. 소희가 반문했다.

— 뭐가 외로워?

— 그냥. 지금처럼 계속 버틸 수 있겠느냐고.

그때 소희는 깨달았다. 그가 모든 사실을 다 알고 있음을. 그러면서도 꾹 참고 활짝 웃는 얼굴로 그녀를 대해주었음을. 그녀는 딴소리로 응수했다.

— 어차피 결혼해도 외로워지긴 마찬가지야. 마냥 좋은 건 신혼 때 잠깐이지. 애들이야 낳아서 키워봤자 크면 남이고.

영준은 물끄러미 소희의 눈을 들여다보았다. 도저히 피해갈 수 없는 눈빛이었다. 소희가 먼저 물었다.

— 너, 나 좋아하니?

영준은 고개를 끄덕였다.

— 여자로?

이번에는 조금 더 느리게 고개를 끄덕였다.

— 그런데 왜 보고만 있어?

— 니가 다른 사람을 보고 있으니까.

영준의 말에 소희는 돌로 가슴을 치는 고통을 느꼈다. 소희는 두 손에 잠시 얼굴을 묻었다가 다시 물었다.

— 너야말로, 다 알고 있으면서 괜찮아? 그렇게 아무렇지도 않게 같이 산을 오르고 웃고 떠들 수 있느냐고.

그때 영준이 했던 대답은 평생 잊지 못하리라.

— 가지려고 하다가 잃어버리는 것보다는 그냥 지켜보는 편이 낫잖아. 그래서 너도 아무렇지도 않은 척 같이 산을 오르잖아. 나도 똑같아.

영준아, 너….

— 소희 너도, 그리고 혁이 형도 나에겐 우열을 가릴 수 없이 좋은 사람들이야. 목숨을 바쳐도 아깝지 않을 만큼.

소희는 아무 말도 하지 못했다. 영준이 어느 때보다 분명한 목소리로 말했다.

— 기다릴게. 산이 우리를 기다리는 것처럼.

그때 혁이 돌아와서 대화는 중단되었다. 그리고 며칠 뒤 셋은 파키스탄으로 떠났고 영준은 낭가파르바트의 아득한 협곡으로 사라졌다.

그리고 1년 동안 소희는 가장 악명 높은 절벽만을 찾아다니며 올랐다. 혁을 향한 복잡한 심경에 영준의 죽음에 대한 슬픔까지 겹쳐 소희의 마음은 만신창이였다. 소희는 잊기 위해, 버리기 위해 기어올랐다. 그런데도 한 사람을 향한 미련은 끝끝내 떨치지 못했다.

그래서 결국 찾아왔다.

처참하다는 표현이 어울릴 정도로 쪼그라든 혁 앞에서 소희는 한참 동안 말을 하지 못했다. 혁은 반갑다는 인사를 건네면서도 얼굴이 썩 밝지 않았다.

"대장. 아직까지 이러고 있으면 어떡해요?"

소희의 떨리는 목소리에 안타까운 마음이 고스란히 묻어났다.

"너는 건강해 보이는구나."

혁이 애써 미소 지으며 말했다.

"지금 막 베네수엘라에서 돌아오는 길이에요. 아우타나에 올랐어요."

"그랬구나."

그렇게 둘은 어색하게 마주 보고 서 있었다.

소희는 겁이 덜컥 났다.

아직도 고통의 심연에서 나오지 못하고 있는 이 남자에게 내 마음을 전할 수 있을까? 사랑했다고, 사랑한다고 말할 수 있을까?

차라리 맨몸으로 에베레스트 산을 오르는 편이 쉬울 것 같았다. 소희는 조금은 비겁한 질문을 던졌다.

"사모님은요? 안나도 잘 있나요?"

아직 유부남이세요? 하고 물어보는 질문이었는데 반쪽짜리 대답이 돌아왔다.

"잘 있어. 며칠 전에도 안나를 만났어."

소희는 고개를 끄덕일 뿐이었다. 이혼을 했는지 확인해볼 용기가 차마 안 났다. 대신 혁의 손을 잡아끌었다.

"안 되겠어요. 어떻게 이런 집에 살아요?"

소희는 혁을 닦달해 같이 방청소를 했다. 그리고 마트로 데려갔다. 옷을 몇 벌 사고 여름용 침구류도 샀다. 라면이나 전자레인지용 음식이 아닌 진짜 음식거리를 사서 들어왔다.

"잠깐만 기다려요."

소희는 간단하게 요리를 시작했다. 계란 프라이와 떡갈비 구이, 그리고 삶은 브로콜리와 포장 김치를 앉은뱅이 상 위에 올리고 햇반을 두 개 데워냈다.

"대장님도 이 정도 요리는 하시잖아요? 제가 먹어본 김치찌개 중에 제일 맛있던 게 대장님이 산에서 끓여준 참치 김치찌개였다구요."

"그랬어?"

"앞으로는 이렇게라도 만들어 드세요. 라면 그만 드시고요."

혁은 대답이 없었다.

"귀찮아서 그래요? 그럼 제가 끼니때마다 찾아와 귀찮게 할 거예요."

그 말에 혁은 피식 웃었다. 소희는 불규칙하게 떨리는 그의 손을 잡아 주었다.

"이제 이런 생활 그만하세요. 다시 시작해요. 안나를 봐서라도요."

혁은 묵묵히 고개를 끄덕일 뿐이었다. 10년째 봐왔지만 속을 알 수 없는 얼굴이었다.

결국 하고 싶은 이야기를 꺼내지 못했다. 다만 속으로 약속했다.

대장. 기다릴게요. 산이 우리를 기다리는 것처럼.

D—2

동호는 사춘기 이래로 가장 복잡한 심경의 변화를 겪어내는 중이었다. 동호는 원래 고민을 오래 하는 성격이 아니었다. 그런데 양 회장이 꺼낸 사업 제안 앞에서는 망설임이 길어졌다.

— 가장 높고 화려한 곳에서 가장 숭고한 일을 하라는 제안이야.

자꾸만 양 회장의 음성이 메아리쳤다.

그리고 또 하나. 여자 문제. 그때까지 동호는 한 번도 진지하게 연애를 해본 적이 없었다. 물론 남자로서 욕구는 정상적이었다. 대학에 들어온 지 얼마 안 되었을 때는 친구들과 어울려 클럽도 다녔고 여학생들과 술자리도 잦았다. 그러다가 알게 된 여자와 사귀기도 했고 잠자리를 하는 관계로 발전한 경우도 있었다.

거기까지였다. 그 자신도 뭐가 문제인지 몰랐다. 다만 어느 정도 이상 여자와 가까워지면 마치 급브레이크 제동이 걸리듯 더는 나가지 못했다. 괴로웠다. 그러면서 아예 여자를 안 만나고 일에만 몰두한 지 벌써 2년째였다.

그러던 동호의 마음이 덜컹 움직여버렸다. 그것도 정말 우연히 본 평범한 여자에게.

동호는 운명이라고 생각했다. 그렇지 않고서야 어떻게 똑같은 사진과 좌우명을 역시 똑같은 기종의 핸드폰 바탕 화면으로 설정해놓을까.

동호는 분명히 보았다. 처음 만났을 때 민주의 눈빛이 우호적이었음을. 그런데 어느 순간 냉랭한 태도로 돌변했다.

아무리 여자의 마음이 갈대라지만 이건 너무하잖아?

고민하던 동호는 베스트 프렌드에게 상의하기로 마음먹었다. 연애의 달인. 줄여서 연달(戀達)이라는 별명이 붙은 친구, 배달봉.

일단 여자들은 달봉의 이름을 듣자마자 빵 터졌다. 사실 달봉의 외모는 썩 뛰어나기는커녕 좀 딸리는 수준이었다. 얼굴은 평범한 인상인데다 키는 170센티미터가 될까 말까 단신. 조금 마른 몸도 근육질과는 거리가 멀었다. 웃는 모습이 좀 귀여운 정도? 달봉의 가장 큰 무기 알파와 베타는 바로 자신감과 언변이었다.

달봉은 여자 앞에서 떠는 법이 없었다. 고양이가 쥐를 대하듯, 아르헨티나의 특급 공격수 메시가 북한 대표팀 수비수를 농락하듯 여유롭게 행동했다. 적당한 유머와 거슬리지 않는 상식으로 무장한 말솜씨로 여자를 들었다 놨다 했다. 거기에 정신과 의사라는 직함과 장기 할부로 뽑은 아우디 세단의 아우라가 어우러지면서 달봉만의 캐릭터가 만들어졌다. 재미있으면서 부담 없고 똑똑하면서도 잘난 척하지 않는 능력남.

남자들끼리 있을 때 털어놓는 달봉의 여성 편력은 놀라웠다. 지금까지 열 명이 넘는 여자와 열정적인 연애를 했고 같이 잔, 달봉의 표현을 빌자면 따먹은 여자는 200명이 넘었다. 달봉은 활동 구역도 안팎을 가리지 않아서 병원 내에서 간호사들과도 여러 번 스캔들이 있었다. 그래도 여자들은 그를 좋아했다.

동호는 달봉에게 SOS를 쳤다. 병원이 끝나자마자 갈 데가 있다고 해서 병원 구내식당을 찾아가 점심을 함께했다.

"아니 천하의 동호짱님께서 뭐가 아쉬워서 저를 이렇게 찾으시나요?"

시간이 별로 없다는 사실을 상기하고 바로 본론으로 들어갔다.

"여자가 생겼어."

"오, 축하해. 연애 상담이구나?"

동호는 민주와 관련한 이야기를 모두 털어놓았다. 흥미로운 표정으로 듣고 있던 달봉이 고개를 끄덕였다.

"결국 어떻게 하면 그 여자의 마음을 사느냐, 그 말이지?"

"그것도 그렇고. 연애를 하다가 어느 순간부터 몸과 마음이 뻣뻣해지는 이유도 알고 싶어. 그 여자와 시작하더라도 얼마 못 가 깨지기는 싫거든."

"벌써 널 10년 넘도록 봐오고 있잖아. 난 대충 그 이유를 알겠는데?"

둘은 대학교 동기간이었다. 동호는 오리엔테이션 술자리에서 달봉의 존재를 처음 각인했다. 왜 의대를 지원했느냐는 뻔하디 뻔한 선배의 질문에 여자를 꼬시기 좋을 것 같아서라는 개성 있는 답변을 내놓았던 달봉이었다.

동호는 달봉에게 친근함을 느꼈다. 다른 친구들에게 털어놓지 않은 집안 이야기를 털어놓을 정도로. 언변은 화려했지만 비밀을 지킬 줄 아는 성격이었던 달봉은 다른 친구들에게는 동호가 재벌 회장 아들이라는 말을 옮기지 않았다. 졸업 후 같은 병원에 오면서 둘은 더 가까워졌다.

"이유가 뭔데?"

"엄마. 영어로는 마더."

"우리 엄마?"

"환자들 상담을 해보면 놀랍게도 말이야, 여러 가지 정신적 문제가 있는 열 명 중 일곱 명은 엄마와의 관계에서 해답을 찾을 수 있어. 너도 마찬가지고. 좀 편하게 얘기해도 될까? 기분 나쁠 수도 있어."

"말해봐."

"할머니가 널 키워주셨다고 했지? 넌 유아기 때부터 엄마와 육체적으로 떨어진 환경에서 살았어. 어머니, 그러니까 M&W 그룹 양 회장님께선 바닥부터 거대한 제국을 만드느라 늘 바쁘셨고. 넌 아마 유아기 때 지독한 분리불안에 시달렸을 거야. 엄마가 널 영원히 버릴지도 모른다는 불안감. 그런 두려움이 여자를 만날 때 너의 심리에 작용하는 거지. 모든 남자에게 엄마는 첫 여자니까."

"정확히 말해봐."

"넌 어느 선을 넘어갈 정도로 여자와 가까워지면 그녀가 널 떠날지도 모른다는 공포가 생겨. 그러면서 굳어버리지. 그게 문제의 핵심이야."

동호는 한 대 맞은 기분이 들었다. 얼떨떨해하는 동호에게 달봉이 처방전을 주었다.

"엄마와의 관계를 다시 정립해야 돼. 너랑 어머님이 어떤 관계인지 잘 모르겠지만 니가 연애할 때 그런 장애를 겪는 걸 보면 아직도 모자지간에 필요한 정서와 친밀함이 부족한 거 같다."

동호는 자기도 모르게 고개를 끄덕였다.

"또래보다 훨씬 더 의젓하고 씩씩한 너를 보면서 그런 생각을 했어. 엄마의 부재를 견디기 위한 나름의 방법이었구나. 어쩌면 너는 엄마한테 잘 보이기 위해 열심히 공부하고 나쁜 짓을 멀리 했는지도 몰라."

"아니야. 그 반대야. 엄마는 내가 당신의 사업을 돕기를 원하지만 난 항상 정반대로 엇나갔어."

"이 친구야. 인생사가 수학 공식처럼 분명하면 나 같은 정신과 의사는 다 굶어죽게? 사람의 심리는 한 가지 방향으로만 움직이지 않아. 작용과 반작용, 역작용 등등 다양한 심리기제가 동시에 작용하지. 성장기에는 엄마한테 잘 보이고 싶었던 마음이 기본적으로 깔려 있었겠지. 하루에 한 번도 엄마를 보지 못한 날도 많았다면서. 아마 이렇게 열심히 하면 엄마가 나를 좋아하고 안아줄지도 몰라, 이렇게 컸을 거야. 그런데 성인이 된 뒤에는 그 반작용으로 엄마에 대한 원망, 혐오, 이런 감정들이 생겼겠지. 엄마의 삶의 방식에 환멸을 느끼기도 하고 말이야. 남녀를 비롯해 어떤 관계도 완벽한 사랑이나 완벽한 증오는 없어. 비율의 차이지. 그런 마음의 갈등이 너의 연애 감정까지도 방해하는 셈이야. 먼저 니 자신에게 솔직해져야 해. 내가 보기에 니가 이렇게 의사질을 하는 건 삽질 중의 개삽질이야."

"왜 그렇지?"

"넌 결국 엄마를 원하니까. 그리고 운명을 피할 수 없으니까. M&W 그룹은 너무나 거대해. 니가 속세의 연을 끊고 평생 아프리카에 가서 봉사활동을 하지 않는 이상, 넌 M&W 그룹으로부터 자유롭지 못해. 외면할 수 없는 운명이라고. 엄마와 화해하고 운명을 받아들여. 넌 지금 떼를 쓰며 버티고 있는 철없는 반항아 이상도 이하도 아니야."

동호는 카운터펀치를 맞은 권투선수처럼 혼란스러웠다. 입이 칼칼해져서 더는 밥도 뜨지 못했다. 동호는 수저를 내려놓고 달봉을 보고만 있었다. 그러다 물었다.

"니가 나라면 어떻게 하겠니? 난 뭘 어떻게 해야 할지 모르겠다."

"방법은 나도 몰라. 회장님께서 바쁘시기도 하고 연세도 고령이시니까 니가 먼저 접근해야겠지. 가족관계의 기본이 뭔지 알지? 자주 보고, 자주 말하고, 자주 만지는 거야. 너무 어렵게 생각하지 마. 결국 가족이란 마음을 열면 아무리 오래 쌓여 있던 앙금도 녹게 돼 있어. 괜히 가족이냐?"

동호는 왜 여자들이 달봉 앞에서 맥을 못 추는지 알았다. 달봉은 사람의 마음을 꿰뚫고 편하게 다독이는 재주가 있었다.

"나 올라가봐야 돼. 환자 약속이 있어서."

식사를 마친 달봉이 식판 위에 그릇을 포개며 말했다. 동호의 마음이 조급해졌다.

"잠깐만! 그 얘기도 해줘야지."

"아, 꽃집아가씨. 그래. 그건 말이야."

달봉은 몇 초 정도 고민하더니 거침없는 조언을 쏟아냈다.

"남자들이 다 다른 것처럼 여자들도 다 달라. 내가 경험한 바로는 루이뷔통 백 선물이 효과적이라는 점 정도를 빼면 열 명의 여자가 성격도 취향도 모두 다르지. 심지어는 잘생긴 남자를 싫어하는 여자도 있으니까 말이야. 내가 그 아가씨와 너의 관계에 조언을 해주려면 일단 그 아가씨에 대해 잘 알아야 해. 그런데 문제는 너도 그녀를 잘 모른다는 거지. 그럼 그냥 짐작으로 몇 가지 팁을 줄 테니까 들어봐. 내가 보기에 너는 연애 감정에 장애를 갖고 있다는 점을 빼면, 겉으로 보기에 킹카에 가까운 수준이야. 의사에, 성격 깔끔해, 잘생겼지, 몸 좋지, 뭐 재벌가의 유일한 상속인이라는 점은 너무 큰 팩트니까 뺀다고 쳐도 말이야. 그런 너를 꽃집아가씨가 거부한다?"

"그녀는 내가 의사인 줄도 몰라."

"이런이런. 연애의 첫 번째 단계. 일단 너를 알려야지. 니가 누군지도 모르는 여자를 어떻게 꼬셔? 클럽에서 만난 남자한테 몸 주는 골빈 여자가 아닌 다음에야. 일단 너를 알리는 게 첫 번째야. 가장 효과적인 방법으로."

"어떻게?"

"아까 말했잖아. 모든 여자들의 공통점."

"무슨 소리야?"

"루이뷔통."

동호는 내키지 않았지만 눈 딱 감고 달봉의 조언을 따르기로 했다. 집에서 멀지 않은 갤러리아 명품관을 찾아 루이뷔통 매장에 들렀다. 관심도 정보도 없던 분야였기에 가격대조차 몰랐다. 백만 원 정도 하지 않을까 예상을 했다.

쇼윈도에 전시된 모델과 같은, 제일 화려해 보이는 가방의 가격표를 확인하는 순간 동호는 눈을 의심했다. 예상 가격보다 정확히 다섯 배가 비쌌다.

— 무조건 루이뷔통 신상을 사. 다른 선물은 필요 없어. 괜히 꽃이나 인형 같은 걸로 데코레이션 치려고 하지 마. 촌스러우니까. 그리고 주면서 말해. 이 대사가 중요해. 잘 듣고 외워. 한 글자도 틀리지 않게 말해야 되니까. '당신을 잘 몰라서 통계적으로 가장 많은 여자들이 좋아한다는 선물을 샀어요. 앞으로 당신을 잘 알게 되면 당신만 좋아하는 특별한 선물을 사줄게요.'

— 끝이야? 정말 그렇게만 말하면 돼?

— 약으로 치면 비아그라야. 임상성공률 90퍼센트. 그녀가 가방 혐오

증이 없는 한 먹혀. 왜냐면 말이지, 들어봐. 만약 그녀가 된장녀라면 시작부터 세게 치고 들어오는 너의 재력을 궁금해할 거야. 평범한 여자라면 널 순진하다고 생각하며 재미있어 할 거야. TV 드라마를 좋아하는 여자라면 대사빨에 넘어갈 거고. 만약 안 통한다면… 이상한 여자니까 걍 패스해.

달봉의 자신만만한 조언이었다. 달봉이 모르는 사실이 있었다. 동호는 말만 재벌 아들이지 엄마인 양 회장에게 따로 돈을 받지 않았다. 어디까지나 의사 월급으로 생활을 유지했다. 불과 몇 달 전에 차를 사면서 오천만 원 가까운 돈을 써버린 터라 수백만 원짜리 가방을 또 덜컥 살 수 없었다.

긴장한 동호는 다른 디자인의 가방에 붙어 있는 가격표를 확인했다. 앞에 진열되어 있던 가방보다는 조금 쌌다. 그래도 몇백만 원씩은 했다.

고민에 빠졌다. 그러나 이미 금쪽같은 휴가를 날려버린 상황. 휴가비로 쓴다고 생각하며 직원에게 추천을 받았다. 가방마다 이름이 붙어 있었다. 직원은 스피디 백과 에스트렐라 백을 추천해주었다.

"정장을 선호하시는 분이라면 스피디가 좋겠고, 캐주얼한 느낌으로 메고 다니기엔 에스트렐라 백이 낫겠지요."

동호는 에스트렐라 백을 사서 꽃집 〈Belle〉로 차를 몰았다.

"당신을 잘 몰라 통계적으로 가장 많은 여자가 좋아한다는 선물을 샀어요. 앞으로 당신을 잘 알게 되면 당신만 좋아하는 선물을 사줄게요."

동호는 차 안에서 달봉의 필살 대사를 연습했다.

잘 해야 돼. 220만 원짜리 데이트 신청이니까.

마침내 민주가 있는 꽃집에 도착했을 때 동호는 굳어버리고 말았다.

사라졌다. 가게 간판도 꽃집도 없었다. 빈 점포에는 이미 다른 가게가 들어오기 위해 공사 중이었다.

이럴 수가.

동호는 망연자실한 얼굴로 한참 서 있었다.

닿을 듯 말듯 끊어질 듯 말듯. 민주와의 인연은 그랬다.

다시 닿으려나? 아니면 여기까진가?

손에 들린 핸드백이 비웃는 환청이 들렸다.

안나는 낮잠을 자고 일어났다. 생리를 민감하게 겪는 편이라 시작하고 며칠간은 몹시 피곤해했다. 학기 중에는 도리가 없었지만 방학 기간이니 학원을 빼먹고 낮잠을 자는 호사를 누릴 수 있었다. 엄마도 그 정도는 너그럽게 넘어가주었다.

"아, 졸려. 미쳤나 봐."

안나는 혼잣말을 하며 방에서 나왔다. 어쩐지 덥다 했더니 거실에 에어컨이 꺼져 있었다. 절약정신이 투철한 엄마 영희는 항상 30분 타이머를 맞춰놓는다. 안나는 에어컨을 켜고 부엌에 가서 정수기로 찬물 한잔을 빼마셨다. 그제야 정신이 조금 들었다.

공부를 시작하기 전에 예능 프로그램을 잠깐 보며 게으름 피고 싶었다. 공부하는 데 시끄러워서 방해가 된다는 이유로, TV는 안나가 고등학교에 올라갈 때 안방으로 들여놓았다. 안나는 거실 소파의 가필드 쿠션을 들고 안방으로 들어가 TV를 켰다. 아침 드라마가 나왔다. 보통 때라면 케이블 예능 재방송 채널로 돌려버렸을 테다.

불륜을 소재로 한 평범한 드라마의 평범한 장면이었다. 별거 중인 아내가 남편을 찾아가서 이혼 서류를 내미는 신.

— 당신이 마지막으로 남편 노릇한 게 언제야? 돈을 벌어다줬어, 애하고 놀아주기를 했어? 날 사랑해달라는 것까지는 바라지도 않아. 나한테만 충실해달라고 요구하지도 않아. 최소한의 역할만 해줬어도 내가 이렇게까지 하진 않았을 거야.

여자는 독한 눈빛으로 남편을 바라보며 가정법원 마크가 선명한 봉투를 내밀었다. 남편의 옷차림은 초라했고 원룸 방은 궁색하기 짝이 없었다. 안나는 아빠를 떠올렸다. 그리고 엄마를 떠올렸다. 물에 젖은 실타래처럼 생각이 복잡하게 엉켜들었다.

TV를 끄고 방구석에 웅크려 있던 안나는 결국 반바지에 반팔 티셔츠를 걸치고 집을 나섰다. 엄마가 뭐라고 잔소리를 할 게 분명했지만, 에라 모르겠다 싶은 심정이었다.

시내버스를 타고 반포로 향했다. 밖에 나오니 한결 기분이 나아졌다. 복잡한 생각들은 뒤로 미루고 잠시 눈을 감고 음악을 들었다. 생리까지 겹친 탓에 기분이 롤러코스터 레일마냥 요동쳤다.

시저스 타워 앞에 내렸다. 여름 햇살을 완벽하게 반사하는 건물의 외관은 볼 때마다 감탄이 나올 만큼 웅장했다. 뾰족 솟은 두 개의 탑 모양인 꼭대기 부분이 제일 마음에 들었다.

제일 윗층에 올라가 볼 수만 있다면! 세상의 꼭대기에 올라선 기분이겠지?

소녀의 가슴은 호기심으로 부풀어 올랐다.

아직 정식 오픈일은 이틀 남았는데도 주변에 구경을 하는 사람이 꽤 있었다. 관리를 맡은 업체 직원들은 입구마다 지키고 서서 건물 입주자들에 한해 출입을 허용하고 있었다.

안나는 핸드폰으로 전화를 걸었다. 신호가 한참 안 떨어지다가 영희가 전화를 받았다.

"응, 왜?"

"엄마. 나 좀 데리고 가줘라."

"무슨 소리야?"

"나 여기 건물 앞이야."

영희는 아직 오픈도 안 했는데 왜 왔느냐며 안나를 나무랐다. 대답은 간단하고 분명했다. 오고 싶어서. 안나는 시저스 타워가 자석처럼 자신을 끌어당기는 느낌을 받았다. 자꾸 보고 싶고 오고 싶고 오르고 싶었다.

돌아가라고 엄포를 놓는 영희에게 계속 떼를 썼다. 결국 영희가 밖으로 나와서 안나를 데리고 들어갔다. 안나는 거대하고 휘황찬란한 로비의 모습과 지금까지 본 적도 없을 만큼 멋진 쇼핑몰을 보며 입을 다물지 못하고 연신 탄성을 질렀다.

영희의 가게는 지하 1층에 있었다. 좀 구석 자리이긴 했는데 그러면 어떤가! 시저스 타워인데. 꽃집 이름은 바뀌지 않았다. 〈Belle〉.

"안녕하세요?"

안나는 가게에 들어가면서 큰 소리로 인사를 했다. 가게 안에 있던 민주와 주리가 돌아보며 반가워했다.

"우리 안나 이뻐졌네? 어머, 얘 가슴 커진 것 좀 봐."

주리가 호들갑을 떨었다.

마술 때문이에요.

얘기하려다가 말았다.

건물 오픈일과 맞춰 꽃집도 이틀 뒤 오픈이었다. 다른 준비는 다 끝났고 내일 시장에서 꽃을 떼오는 일만 남았다. 안나가 제안했다.

"엄마. 나도 내일 일 도와줄까?"

"됐어. 오히려 신경 쓰이고 불편해."

한방에 거절당한 안나는 머쓱해져서 구석 의자에 앉았다. 친구한테 카톡을 날릴까 하다가 그만두었다. 기분이 급 다운되어 친구한테도 짜증을 낼 거 같았다.

안나는 가만히 가게 안의 풍경을 지켜보았다. 영희는 입주와 관련한 서류를 작성하느라 바빴고 주리 언니는 예전 가게에서 옮겨온 컴퓨터가 잘 작동하는지 이것저것 만져보고 있었다. 민주 언니가 좀 이상했다. 민주는 멍하니 허공만 보고 있었다. 낯선 모습이었다.

가끔 가게에 놀러와 보면 항상 활기차고 부지런히 움직이는 언니였는데….

한참 그렇게 앉아 있는데 영희가 일어나서 안나에게 왔다.

"이왕 왔으니 저녁이나 같이 먹고 가."

"별로 배 안 고픈데?"

"엄마가 고파."

그러면서 영희는 민주와 주리를 보고 말했다.

"니들도 교대로 나가서 먹어. 여기 내일까지는 배달 안 되니까."

"네! 맛있는 거 먹어, 안나야."

주리가 활짝 웃으며 손을 흔들어주었다.

영희는 길 건너 아파트 상가에 있는 베트남 쌀국수 집으로 안나를 데려갔다. 안나는 쌀국수를 좋아했다. 나름 엄마가 신경 써줬다고 생각하며 괜히 꽁해 있던 마음을 풀기로 했다.

각자 좋아하는 국수 메뉴를 시켜놓고 기다리던 중이었다. 영희는 학원을 빼먹은 일에 대해 이야기했고 안나는 다시는 안 그러겠다고 다짐했다. 속으로는 그깟 게 뭐가 대수냐는 심정이었다.

주문한 쌀국수가 나오고 둘은 별말 없이 국수를 건져 먹었다. 그릇이 천천히 비어갈 무렵, 안나가 불쑥 물었다.

"엄마는 왜 아빠랑 이혼 안 해?"

예상치 못한 일격을 당한 사람처럼 영희는 입을 반쯤 벌린 채 안나를 쳐다보았다. 안나는 침을 꿀꺽 삼켰다. 아빠나 이혼 같은 단어는 암묵적으로 동의한 금기어였다. 어른스럽고 눈치 빠른 안나는 한 번도 그런 말을 꺼내지 않았다. 안나는 내친 김에 말을 이었다.

"그렇잖아. 엄마는 아빠가 싫겠지만 나는 아빠가 싫진 않아. 불쌍하기도 하고. 그런데 이렇게 계속 같이 있는 건 엄마한테도 아빠한테도 불행하잖아. 아직 엄마도 너무 젊고. 아빠도 젊고. 난 괜찮아. 나 때문에 엄마 아빠가 계속 그렇다면, 그럴 필요 없어."

충격을 받은 것처럼 보이던 영희는 담담한 표정으로 돌아왔다. 그러다 천천히 고개를 끄덕였다.

"무슨 말인지 알겠어. 하지만 안나야. 꼭 알아줬으면 해. 엄마 아빠가 사이가 안 좋은 이유는 너 때문이 아니야. 그리고 이혼을 하지 않고 있는 이유도 너 때문이 아니야. 그러니 괜한 죄책감 갖지 마."

"엄마는 괜찮아? 계속 이렇게 살아도?"

영희는 끝끝내 대답을 피했다. 안나도 더는 다그치지 않았다. 그렇게 슬픈 엄마의 얼굴은 처음 보았다. 미안했지만 차마 사과하지 못했다. 가슴이 먹먹하고 입이 안 떨어졌다.

시저스 타워에 반사된 노을빛이 둘 사이의 침묵으로 스며들었다.

D — 1

삼성동 코엑스 사거리의 G타워. 삼성역 사거리의 한 코너를 차지하고 있는 22층짜리 건물은 양 회장의 소유였다. M&W 그룹의 본사 격인 M&W 인베스트먼트가 있는 건물이었다. 동호는 오전 10시가 조금 넘은 시간에 22층의 회장실로 찾아갔다. 회사가 생긴 지 10년 동안 딱 두 번째 찾아가는 터라 비서들도 동호가 양 회장의 아들인지 몰랐다.

회장실에는 찾아온 손님이 많았다. M&W 그룹이 생긴 이래 최고의 이벤트, 시저스 타워 오픈일 하루 전이었다. 동호는 한 시간을 기다린 뒤에야 회장실로 들어갈 수 있었다.

"왔니? 오래 기다렸지?"

양 회장은 오랜 비즈니스 생활로 정형화 된 미소를 지으며 동호를 맞이했다. 회장실은 수십 명의 직원이 근무해도 충분할 크기였다. 동호는 숨이 막히는 기분이 들었다. 길게 심호흡을 한 뒤 입을 열었다.

"문화재단 사업, 한번 해보겠습니다."

동호의 말에 양 회장의 눈이 번쩍 뜨였다. 그녀는 귀를 믿지 못하겠다는 표정으로 동호를 보았다. 동호는 빙긋 웃는 얼굴로 고개를 끄덕였다.

동호는 어제 밤늦도록 자기 자신과 대화를 나누었다. 달봉의 말이 맞았다. 어린 시절, 하루에 한 번 얼굴 보기도 힘든 엄마의 손길을 그리던 아이는 아직도 엉엉 울면서 동호의 가슴 속에 살아 있었다. 그리고 M&W 그룹은 엄마를 완전히 버리지 않는 이상 결코 벗어날 수 없는 운명이었다. 동호는 더는 회피하지 않고 운명을 택하기로 결심했다.

"엄마가 많이 도와주셔야 해요."

양 회장은 이상하리만큼 별말 없이 동호를 보기만 했다. 동호는 그런 시선이 어색했다. 둘은 서로를 오랫동안 응시한 적이 없는 모자지간이었다. 사실 도와달라는 말도 처음이었다.

"왜 그렇게 보세요?"

"아니다. 아무것도."

동호는 조금 더 용기를 내서 양 회장의 손을 잡았다. 이번에도 양 회장은 긴장한 시선으로 동호를 보았다.

"일 시작하면 이것저것 여쭤볼 것도 많으니까 여기 자주 찾아올게요. 괜찮죠?"

"그래. 그러려무나."

잠시 불편한 정적이 흘렀다. 그때 동호의 핸드폰에 문자가 들어왔다.

— 어제 어땠냐? 빽 보니 빽가지?

어쩜 문자도 연달 배달봉 선생답구만. 짧고 라임이 있는 두 단어의 싼티 나는 조합. 그런데 어쩌지? 가방은 보여주지도 못했는데. 그녀가 어디 있는지도 모르겠어.

동호는 씁쓸한 생각에 잠겼다. 그때 양 회장이 물었다.

"병원일은 어떻게 할 거냐?"

"지금 휴가 중이에요. 복귀하는 대로 과장님 통해서 말씀드려야지요."

"그래. 알겠다. 내일 오픈식에는 올 거지?"

"네. 그런데 엄마는 바쁘시잖아요? 저를 볼 틈이 있을까요?"

"시저스 타워 준공을 계기로 그룹명을 바꾸기로 결정했다. 그동안 철저하게 비밀에 부쳐왔지. 내일부터 M&W 그룹은 없다. 내일은 단순히 시저스 타워의 생일이 아니야. 시저스 그룹이 태어나는 날이다. 나는 시저스 그룹의 양미자 회장이고 너는 시저스 문화복지재단의 이동호 이사장이다. 그러니 당연히 테이프 커팅식부터 공식 행사에 참여해야지."

동호는 깨달았다. 이제 그는 평범한 외과의사가 아니었다. 스스로 스케줄을 관리하기도 힘들 만큼 바쁜, 재벌가의 후계자로 발을 내딛는 순간이었다. 두려움이 밀려왔다.

잘 선택한 걸까? 내가 견뎌낼 수 있을까?

양 회장은 아직도 감격한 표정이었다. 그러다 천천히 양 회장의 표정이 굳어갔다.

"그럴 리가 없겠지만 만의 하나, 걱정이 들어 물어본다. 솔직히 대답해다오."

"물어보세요."

"혹시 내가 졸라서 억지로 결정한 일이냐?"

동호는 분명히 고개를 내저었다.

"아니요. 제 스스로 결정한 일이에요."

동호는 그다음 나오려던 말을 참았다. 양 회장은 다시 흡족한 표정으로 동호의 손을 잡았다.

"오전 11시다. 나는 일찍 먼저 나가 있을 테니 시간 맞춰 오거라. 잠깐만! 일단 내일 입을 옷을 맞춰야 할 텐데. 니가 제대로 된 양복이 없잖아?"

"아뇨. 양복 몇 벌 있어요."

"그런 걸 어떻게 입니? 양복은 제대로 맞춰서 입어야 해. 기다려라."

양 회장은 전화기를 들더니 비서실 직원 중 한 명을 불렀다. 탤런트라고 해도 믿을 만큼 우월한 미모의 직원이 방으로 들어왔다.

"강 비서. 우리 아들이야. 시저스 재단을 맡게 될 거고. 우리 아이가 병원에서 바쁘게 일하느라 그동안 옷을 제대로 살 기회가 없었어. 제대로 맞춰 입을 옷은 시간이 걸리니까 일단 급한 대로 내일 행사에 입을 양복을 좀 준비해줘."

"네, 회장님."

강 비서가 너무 정중하게 인사를 하는 바람에 동호도 얼떨결에 일어서서 허리 굽혀 인사했다. 양 회장은 동호에게 뭔가를 건네주었다.

"이제 니 방이니 니가 써야지."

시저스 타워 최고층을 포함한 모든 곳에 접근할 수 있는 VIP 보안카드였다. 동호는 보안카드를 집어 몇 초간 보다가 주머니에 챙겨넣었다. 양 회장은 의미심장한 미소를 띤 얼굴로 고개를 끄덕였다.

강 비서는 다른 남자 비서 한 명과 함께 동호를 에스코트해서 엘리베이터 앞으로 향했다. 동호는 어떤 상황인지 짐작이 가지 않았다.

"지금 어디로 가는 거죠?"

"청담동으로 모시겠습니다, 이사장님."

샤넬 향수 냄새가 은은하게 풍기는 강 비서가 정중하게 대답했다.

"청담동에는 왜요?"

"회장님 말씀대로 옷을 좀 준비해드리려고요. 특별히 선호하시는 정장 브랜드가 있으십니까?"

"그런 건 없는데. 그냥 백화점에서 파는 거 사 입는데. 캠브리지, 마에스트로…."

강 비서가 잘라 말했다.

"일단 무난한 브랜드로 에르메네질도 제냐를 추천해드리고 싶습니다. 혹시 입어보셨는지요?"

"아니요. 들어는 봤습니다."

"조르지오 아르마니나 보스 셀렉션도 잘 어울리실 듯합니다."

"아. 보스는 알아요. 휴고 보스 점퍼가 있어요. 엄청 비싸던데, 다른 건가요?"

"휴고 보스는 일반 라인이고 셀렉션은 프리미엄 라인입니다. 일단 내일 행사용으로 두세 벌 준비해드리겠습니다."

동호는 입을 다물었다.

그들만의 리그에 들어왔으니 그들의 룰을 따라야 한다.

동호는 잠자코 강 비서가 시키는 대로 하기로 마음먹었다.

강 비서는 전날 동호가 루이뷔통 가방을 사려고 들렀던 갤러리아 명품관으로 향했다. 강 비서는 익숙하게 매장을 누볐다. 직원들은 깍듯한 태도로 그녀의 주문에 따라 옷을 선보이고 동호에게 입혀보았다. 동호는 일부러 가격표를 보지 않았다. 다만 주로 입던 4, 50만 원대 기성 정장과 차이점을 잘 몰랐다. 동호의 눈에 루이뷔통 가방이나 MCM 가방이 로고만 다르고 비슷해 보이는 것처럼.

거울을 볼 필요도 없었다. 강 비서는 차분하고 신중하게 옷을 고른 뒤 아내보다 더 섬세한 눈과 손길로 동호의 어깨와 허리선을 잡아보며 옷이 잘 맞는지 확인했고, 가까이에서 또 멀리 떨어져서 실루엣을 보았다. 그렇게 네 벌의 양복을 샀다. 그게 끝이 아니었다. 와이셔츠와 넥타이, 구두도 사야 했다.

"그런 것들까지 다 살 필요는 없는데요. 집에도 좀 있고요. 어차피 안에 입는 건데."

쇼핑에 지친 동호가 둘러댔지만 강 비서는 단호하게 물리쳤다.

"제냐 자켓 안에 시장표 와이셔츠를 입으면 안 됩니다. 수트는 액세서리까지 다 격이 맞아야 제대로 선이 삽니다. 이사장님 취향에 최대한 맞춰드리겠습니다."

이것저것 다 사고 백화점에서 나왔을 때는 이미 오후 4시가 넘었다. 동호는 조르지오 아르마니 검은색 양복을 입은 채로 차에 올랐다.

"수트가 잘 어울리십니다. 이사장님."

조수석에 앉은 강 비서가 말했다. 동호는 이사장님이라는 표현도, 혼자 앉은 에쿠스 뒷자리도, 몸에 걸친 500만 원짜리 양복도 불편했다.

"본사로 모셔드릴까요?"

운전대를 잡은 남자 비서가 동호에게 물었다.

"집으로 갑시다. 좀 쉬고 싶네요."

"알겠습니다, 이사장님."

삼성동 집으로 가는 동안 동호는 눈을 감고 있었다.

아직 본격적으로 업무는 시작도 안 했는데. CEO 대접을 받는 일도 이렇게 피곤하구나. 괜찮아. 익숙해질 거야. 엄마를 버릴 수 없다면, 함께 가야지.

동호는 고심 끝에 내린 결정이 흔들리지 않도록 애써 스스로를 다독였다.

지하주차장에 동호를 내려준 뒤 두 명의 비서는 정중하게 인사를 하고 사라졌다. 낮잠을 좀 잘까 생각을 하던 동호의 눈에 하얀색 티구안의 엉덩이가 눈에 들어왔다. 어제 세워 놓은 동호의 차였다. 생애 처음으로 자기 돈을 주고 산 차.

앞으로는 기사가 모는 차를 타겠지. 구안아. 앞으로 너와 시간을 많이 못 보내겠구나.

동호는 오래 타지 않았으면서도 정든 차에 올랐다. 앞으로 이렇게 혼자 불쑥 운전을 할 기회가 몇 번이나 있을까, 생각하면서.

지하주차장에서 차를 몰고 거리에 올랐다. 이른 새벽부터 내린 소나기가 기세를 늦추지 않고 퍼붓고 있었다. 라디오에 맞춰져 있던 카스테레오를 껐다. 넓은 루프 유리 위로 떨어지는 빗소리를 들으며 달콤 씁쌀한 감상에 사로잡혔다.

동호는 시저스 타워로 향했다. 햇살 속에 서 있던 느낌과는 또 달랐다. 장대비를 맞으며 솟아오른 빌딩은 건물이라기보다 살아 있는 생물 같이 보였다. 기존의 생태계에는 존재하지 않는 거대한 괴물.

일기예보에 따르면 비는 오늘 저녁에 그칠 예정이라고 했다. 황제의 탄생에 걸맞는 날씨다. 한바탕 비가 쓸고 간 다음날 깨끗한 하늘이 시저스 타워를 위한 좋은 배경이 되어 줄 것이다.

동호는 주차장 입구에서 보안카드를 보여주고 지하 2층 VIP 섹터에 차를 댔다. 아직 오픈 하지 않은 건물 주차장은 너무 넓어서 황량한 느낌마저 들었다.

이제 내일부터는 이 공간을 수많은 차가 빽빽하게 채우겠지.

동호는 차에서 내려 에스컬레이터를 타고 지하 1층으로 올라갔다. 상가 주인들이 오픈 준비를 하느라 바삐 움직이는 모습이 동호의 눈에 잠깐 스쳤다. 다시 1층으로 오르는 에스컬레이터로 옮겨 타는데 동호의 눈이 번쩍 뜨였다.

Belle.

고등학교 1학년 불어 시간에 배운 평범한 프랑스 단어가 이토록 특별한 의미를 갖게 될 줄은 꿈에도 몰랐다. 동호는 점점 멀어지는 가게를 향해 자기도 모르게 손을 뻗었다. 1층에 올라왔을 때 동호는 바로 내려가는 에스컬레이터로 옮겨 탔다. 동호는 움직이는 계단 위를 뛰다시피 내려갔다. 그리고 Belle 앞에 섰다.

일단 업종은 같은 꽃집이었다. 쇼윈도 너머로 안에 있는 사람들을 확인했다.

그녀가 있었다.

머릿속 100개의 종이 울렸다. 눈앞에 화사한 색 가루가 흩뿌려지는 기분이었다. 두근두근. 심장이 먼저 반응했다. 막 문을 열고 들어가려는데, 잠깐! 이번에는 머리가 반응했다.

동호는 다시 지하 2층으로 내려갔다. 차 뒷자리에 실려 있던 마법의 가방을 챙겨들고 올라왔다. 연달 배달봉 선생의 가르침을 되새긴 뒤 꽃집 문을 열었다.

달봉아. 너만 믿는다.

누군가 들어오는 소리에 민주는 주인아줌마려니 했다. 아직 오픈 안 한 꽃집에 들를 손님은 없었으니까. 그런데 문을 열고 들어온 사람은 그 남자였다. 영원히 인연이 끊어진 줄 알았던 바로 그 사람, 이동호.

여길 어떻게 알고 왔지? 이거, 현실이지?

민주는 잠시 멍한 표정으로 동호를 보기만 했다. 그런데 그동안 봐왔던 캐주얼한 차림이 아니었다. 언뜻 봐도 럭셔리함이 뚝뚝 묻어나는 실크 양복에 튀지도 모자라지도 않는 색깔의 넥타이, 그리고 부드러워 보이는 가죽 구두까지. 동호는 완벽한 신사의 모습으로 서 있었다. 민주 옆에서 핸드폰으로 앵그리 버드를 하고 있던 주리도 입을 딱 벌린 채 동호를 보고 있었다.

동호는 뚜벅뚜벅 걸어서 민주 앞으로 왔다. 그리고는 루이뷔통 쇼핑백을 열었다. 에스트렐라 백을 불쑥 내밀며 말했다.

"당신을 잘 몰라서 통계적으로 가장 많은 여자가 좋아한다는 선물을 샀어요. 앞으로 당신을 잘 알게 되면 당신만 좋아하는 특별한 선물을 사 줄게요."

민주보다 주리가 먼저, '어떡해!' 하며 신음 비슷한 소리를 흘렸다. 민주 역시 어리둥절했다. 동호는 민주 손에 가방을 들려주었다. 그리고 당당하게 시선을 마주하며 대답을 기다렸다.

무슨 말을 해야 할지 몰랐다. 민주는 자신의 인생에 이렇게 로맨틱한 순간이 찾아오리라고는 상상도 하지 못했다. 그 순간 민주는 아람이라는 존재를 잠시 잊었다. 아니, 앞에 선 멋진 남자 외에 다른 어떤 것들도 다 잊었다.

"야, 뭐라고 좀 해봐."

보고 있던 주리가 민주를 툭툭 쳤다. 그제야 민주는 정신이 들었다.

"전 정말 동호 씨가 왜 이러는지 이유를 모르겠어요."

"지금까지 이렇게 이어진 인연의 끈을 보며 확신했습니다. 진부한 표현이지만, 운명이라고요."

운명… 민주는 두 글자를 여러 번 되뇌었다.

"저를 좋아해주신다니 감사해요. 그런데 전 아무리 비싼 선물도 진심이 담겨 있지 않으면 반갑지 않아요."

"진심입니다."

"저는 잘 모르겠어요."

"어떻게 증명하면 될까요?"

민주는 혼돈에 빠졌다. 앞에 있는 남자의 눈은 진심을 담고 있었다. 그런데 민주가 알고 있는, 아니 엿본 것들은 시선으로 전해지는 진심을 가로막았다.

"여긴 어떻게 알고 오셨어요?"

"알고 온 게 아닙니다. 우리가 처음 만났을 때처럼, 똑같은 화면의 핸드폰이 뒤바뀐 때처럼, 그렇게 당신을 찾았습니다."

"우연히요?"

"우연이 반복되면 운명이 됩니다."

동호는 그동안 민주가 알았던 남자들과는 차원이 달랐다. 단호했고, 그 단호함이 만용으로 그치지 않으리라 생각하도록 만드는 묘한 신뢰감이 느껴졌다. 민주는 도대체 이 남자가 뭘 하는 사람인지 궁금해졌다.

"무슨 일을 하시는지 여쭤봐도 되나요?"

"관심을 가져주시는군요. 고맙습니다. 전 의사입니다. 아직까지는요."

아직까지는요, 라는 표현이 좀 의아하긴 했지만 거침없는 대답이었다. 민주가 말했다.

"조금만 시간을 주세요."

"죄송합니다. 저에겐 그럴 여유가 없습니다. 오늘 꼭 답변을 듣고 싶습니다."

"왜요?"

"오늘밤이 지나면 저는 당분간 개인 시간을 못 낼 겁니다. 그래서 마음이 급합니다. 기적처럼 이어진 우리 인연이 끝날까 봐요."

민주는 고민에 빠졌다. 아무리 생각해도 민주가 알고 있는 불편한 진실을 다 털어놓는 수밖에 없었다.

"알겠어요. 그럼 오늘 저녁 같이 할까요?"

"좋습니다. 그럼 연락처를 드리겠습니다."

동호는 지갑에서 명함을 꺼내 민주에게 건네주었다. '정형외과 전문의 이동호'라는 글자가 선명했다.

"저도 민주 씨 번호를 알고 싶습니다. 제 핸드폰에는 예전 가게 번호만 찍혀 있으니까요."

그러면서 동호는 핸드폰의 패턴을 풀어 건네주었다. 여전히 쌍둥이처럼 민주의 핸드폰과 똑같은 사진에 똑같은 문구가 보였다. 민주는 자신의 번호를 누르고 전화를 걸어 번호를 남겼다.

“자, 이제 우연이 아니더라도 만날 수 있겠죠?”

민주는 핸드폰을 건네주며 말했다. 동호는 입가에 미소를 띠며 고개를 끄덕였다.

“퇴근은 언제 하시나요?”

“사장님 돌아오시면 물어볼게요. 오픈 준비는 다 마쳤으니까 별일 없으면 8시쯤 나갈 수 있을 거예요. 제가 연락드릴게요.”

“알겠습니다. 그럼, 연락 기다리겠습니다.”

동호는 허리를 살짝 굽혀 인사했다. 그리고 아까부터 자신을 보고 있는 주리에게도 목례를 하고 꽃집을 나갔다.

“헐, 대박 깜놀!”

주리가 펄쩍펄쩍 뛰며 호들갑을 떨었다.

“야, 서민주! 너 전생에 나라를 구했니, 독립운동을 했니? 세상에 완전 훈남 꽃미남 닥터가 루이뷔통으로 데이트 신청을 해? 이건 혁명이야. 레볼루션이라구!”

주리는 민주가 들고 있던 백을 자기가 들어보며 거울에 비춰봤다.

“어머머머. 진짜 백이 사람을 달라 보이게 하는구나. 세상에는 두 종류의 남자가 있대. 루이뷔통을 선물로 주는 남자와 그러지 못하는 남자. 디자인도 너무 이쁘게 잘 나왔다. 어쩜 라인에 거짓이 없어.”

주리는 자기가 선물을 받은 것처럼 흥분했다. 민주는 백은 아무래도 좋았다. 다만 동호의 반응이 궁금했다.

카드를 훔쳐보고 핸드폰을 억지로 풀어본 일에 화를 내지는 않을까?

아님 아람의 존재를 솔직히 인정할까? 민망해할까?

동호는 시저스 타워 123층 사무실로 올라왔다. 며칠 전까지 문에 붙어 있던 M&W 그룹의 심볼은 그 사이 시저스 그룹의 심볼로 바뀌어 있었다. 동호는 보안카드로 문을 열고 들어가서 앞이 탁 트인 전면 유리를 보며 섰다.

산이 아닌 실내로 치자면 서울에서 가장 높은 고도였다. 남산 N타워 전망대보다 수십 미터 이상 더 높았다. 주변의 모든 건물이 한참 아래에 있는 탓에 마치 지상과 천상의 경계에 선 느낌이었다. 방금 전까지 거세게 내리던 비는 거짓말처럼 뚝 그쳤다. 어둠이 내리면서 빠른 속도로 구름이 물러가고 별과 달이 모습을 드러냈다.

동호는 천천히 사무실을 둘러보았다. 앞으로 매일 출근해서 시간을 보낼 공간이었다. 직원들이 일할 공간을 살펴보고 CEO실에 들어왔다. 아직은 자신의 방이라는 실감이 안 났다.

바쁘지만 하루하루 크게 다르지 않은 생활을 하던 동호에게 최근 1주일 동안 일어난 사건은 폭풍과도 같았다. 동호는 침착한 마음을 유지하려고 애썼다. 그러나 머리와 심장이 따로 노는 기분이었다. 들뜬 기분과 자제 안 되는 흥분이 혈액처럼 몸을 순환했다.

저녁 8시가 되자 핸드폰이 울렸다. 문자였다.

— 10분 뒤에 끝나요. 어디서 볼까요?

동호는 핸드폰을 들고 사무실을 나가면서 문자를 남겼다.

— 지금 가게 앞으로 내려가겠습니다.

동호는 엘리베이터를 타고 내려갔다. 123층에서부터 한 층 한 층 지상이 가까워짐에 따라 두근거림도 커졌다. 엘리베이터 안에서 문자를 보냈다.

— 달봉아, 고마워. 일단 성공인 듯!

바로 답문자가 도착했다.

— 형이라고 불러ㅋㅋ 이따 통화해.

동호가 〈Belle〉 앞에 막 도착했을 때 가게 문이 열리고 민주가 나왔다. 앞치마를 벗은 그녀는 무릎보다 조금 더 높은 치맛단의 베이지색 원피스에 동호가 선물한 에스트렐라 백을 맸다. 동호는 뿌듯함에 주먹을 꽉 쥐었다. 민주가 말했다.

"일 마무리가 조금 남았는데 사장님이 보내주셨어요."

"고마우신 분이군요. 차가 지하 2층에 있습니다. 일단 내려가시죠."

"어떻게 여기 차를 댔어요? 오픈 전이라 입주인들 외엔 주차가 안 될 텐데?"

"설명하자면 깁니다. 일단 나가지요."

동호는 민주를 차에 태우고 주차장을 빠져나갔다. 기다리면서 예약해 둔 반포 한강시민공원의 선상 카페로 향했다. 도착해서 주문을 할 때까지 둘은 별말이 없었다. 민주를 위한 파스타와 동호를 위한 소고기 필라프가 나왔을 때, 민주가 입을 열었다.

"밥 먹기 전에 먼저 물어볼 게 있어요."

"말씀하세요."

"아람 씨가 누구죠?"

동호는 전혀 예상하지 못했던 질문에 눈을 번쩍 떴다.

아람이? 민주 씨가 아람이를 어떻게 알지?

"아람 씨? 조아람 말인가요?"

"성은 몰라요. 조아람이었군요."

"환자예요."

"환자요? 그냥 단순한 환자에게 카드까지 써서 10만 원짜리 꽃선물을 주나요? 좋아요. 저부터 솔직하게 털어놓을게요. 처음 동호 씨를 만났던 날, 우연히 꽃바구니에 넣는 카드를 보게 되었어요. 거기서 아람이라는 이름을 봤어요. 그리고 동호 씨 핸드폰을 열어봤어요."

"패턴은 어떻게 풀고요?"

"여러 번 시도해서 풀었어요. 그 점에 대해선 사과할게요. 거기서 아람이라는 여자가 보낸 다정한 문자도 봤어요. 정확히 기억해요. 선물 받아서 너무 좋아 잠도 잘 못 잤다고. 오빠라고 불러도 되겠느냐고 물어보던 문자였죠. 하트까지 사랑스럽게 붙어 있는."

동호는 뭐라고 설명해야 할지 몰랐다. 민주가 말을 이었다.

"저처럼 작업하고 있던 여자인가요?"

"민주 씨!"

민주는 두 눈을 똑바로 뜨고 동호의 시선을 마주했다. 그때, 좋은 생각이 떠올랐다. 동호는 핸드폰을 꺼내 사진 문자 저장함으로 들어갔다. 그리고 아람이가 '잘 나왔죠? *^^*' 하는 문자와 함께 보내준 사진을 띄웠다. 꽃 선물을 준 날, 아람이의 부탁으로 함께 찍은 폰카 사진이었다. 열네 살 아이와 친절한 의사 선생님이 활짝 웃는 얼굴로 붙어 있는.

민주는 사진을 보며 멍한 얼굴이 되었다. 동호는 허탈한 기분에 힘이 빠졌다.

결국 오해 때문이었나?

"열네 살 꼬마 아가씨예요. 동생을 구해주려다가 자기가 대신 차에 치어 다리가 부러진 아이죠. 민주 씨 같은 플로리스트가 되는 게 꿈이랍니다. 그래서 좀 거하다 싶은 꽃바구니를 선물해준 거고요. 아람이 때문에 저를 오해하신 겁니까?"

민주는 어쩔 줄 모르는 표정으로 앉아 있다가 두 손에 얼굴을 파묻었다. 그러더니 세차게 고개를 흔들고 말했다.

"죄송해요. 정말 그런 줄은 꿈에도 몰랐어요."

"아니 그리고 남의 핸드폰은 왜 뒤집니까? 저는 민주 씨 핸드폰 안 뒤져봤어요."

"저도 카드를 안 봤다면 핸드폰도 안 열어봤을 거예요!"

동호는 좀 어이가 없긴 했지만 속이 후련해졌다. 민주는 민망함을 감추지 못하고 얼굴이 터질 듯 빨개졌다. 그 모습이 너무 귀여워 보여 간지럽기까지 했다. 동호는 겨우 마음을 진정하고 말했다.

"배고파요. 일단 밥부터 먹어요."

동호는 수저를 들어 불고기 필라프를 먹기 시작했다. 밥을 먹는 내내 자꾸 피식 피식 웃음이 나왔다.

아름다운 여름밤이었다. 하늘에는 소녀의 눈썹 같은 초승달이 떠 있고 초롱초롱 별이 빛났다. 그 아래 서울의 야경도 불빛으로 이루어진 정원인 양 수백 가지 서로 다른 색과 모양의 빛이 모였다. 저녁까지 내린 비로 수량이 풍부해진 한강은 물결 위로 반사된 빛을 반짝이며 평화롭게 흘렀다.

민주는 동호와 나란히 한강변을 걸었다. 10시가 훌쩍 넘은 시간인데도 사람이 많았다. 곳곳에 놓인 벤치에서는 연인들이 사랑을 속삭이고 더위를 피해 아예 잔디밭에 텐트를 치고 들어간 사람들도 있었다. 강아지들도 주인을 따라 여름밤의 산책을 즐겼다.

불과 몇 시간 사이 천국과 지옥을 왕복한 심정이었다. 댐의 문처럼 감정의 흐름을 틀어막고 있던 오해가 사라지자 걷잡을 수 없는 떨림의 물결이 민주를 휩쌌다.

운명.

민주도 동호가 했던 말에 공감했다.

— 우연이 반복되면 운명이 된다.

"근데 민주 씨는 왜 핸드폰에 에베레스트 산 사진을 띄워놨습니까?"

"전 너무나도 평범한 소시민이니까요. 하루하루 살아가기도 바쁜 삶을 살잖아요. 그래서 사진으로나마 세상에서 제일 높은 곳을 매일 보고 싶었어요. 저도 핸드폰 보고 신기했어요. 에베레스트 산도 여러 가지 사진이 있는데 어떻게 그중에서도 똑같은 사진을 골랐을까요?"

"전 그냥 네이버 이미지 검색에서 제일 먼저 나오는 사진을 다운받았습니다."

"저도 그래요."

둘은 웃으면서 하이 터치를 했다. 동호가 말했다.

"전 나중에 꼭 가보려고요. 프로 등반가가 아니니까 정상에는 못 오르겠지만 트래킹은 꼭 해보고 싶습니다. 같이 갈래요?"

동호는 입가에 따스한 미소를 머금고 물었다. 그렇게 눈이 마주칠 때면 민주는 입이 마르며 말이 제대로 안 나왔다. 민주는 고개를 끄덕였다.

환자를 많이 대해서인지 동호는 마음을 여는 친절한 말투로 많은 질문을 던졌다. 민주는 무장 해제된 기분으로 가감 없이 자기 이야기를 전해주었다. 자신의 가족, 성장과정, 그리고 최근 생활에까지. 심지어 깊은 상처로 남은 예전 남자 친구 얘기도 했다. 동호는 애처로움이 가득한 눈동자로 민주를 응시했다. 동호는 민주의 어깨를 가볍게 감싸주었다. 그리고 말했다.

"개자식이군요. 아마 그 남자도 얼마 안 있어 여자 친구한테 차였을 겁니다."

민주는 깔깔대고 웃었다. 신기했다. 오랫동안 무겁게 가슴 한구석을 짓누르던 실연의 상처가 손길 한 번에, 농담 한 마디에 사라져버렸다.

"동호 씨 이야기도 좀 해줘요."

"저요? 저는 말하자면 좀 복잡한데."

"설마 정말로 여자관계 복잡한 바람둥이는 아니겠죠?"

"안타깝게도 여자관계만 빼고 다 복잡해요."

그 말에 민주는 소리 내어 웃었다. 동호는 걸음을 멈췄다. 정색을 하고 말했다.

"하나만 약속해줘요. 제가 민주 씨가 예상하는 것보다 훨씬 더 복잡하고 부담스러운 환경에 있다고 해도 그냥 돌아서버리지는 말아줘요. 서로를 알아갈 시간은 충분히 갖고 싶어요."

"약속할게요. 말해봐요. 들을 준비 됐어요."

동호는 민주의 두 눈을 똑바로 보며 물었다.

"백문이 불여일견이라는 말 아세요?"

이 사람이 또 뭘 어떻게 놀라게 해주려고 이러지?

민주는 약간의 불안감을 느끼며 고개를 끄덕였다.

"같이 가볼 데가 있어요. 직접 보면서 말씀드릴게요."

동호는 민주의 손을 잡고 차로 향했다. 다시 동호의 차에 오르면서 민주는 마음을 비우기로 했다.

마법에 걸린 밤이라고 해두자. 오늘은 내 운명이 어떻게 흘러가는지, 막지 않고 지켜보겠어.

자동차 계기판에 담긴 시계가 11시 59분에서 00:00으로 넘어갔다.

D—0

동호는 조금 급하게 차를 몰았다. 민주는 어디로 가는지 묻지 않았다. 다만 가끔 창에 비친 동호의 모습을 볼 뿐이었다. 동호의 실루엣은 반짝반짝 빛이 났다.

동호는 대로변에 차를 멈추더니 잠깐 차에서 내렸다. 편의점에 들러 뭔가를 봉지에 담아왔다. 얼핏 보니 와인이었다. 잔도 두 개.

이 남자, 대체 뭘 하려는 거지?

"대화에도 윤활유가 필요하니까요."

동호는 의아해하는 민주에게 빙긋 웃으며 말했다.

차가 멈춘 곳은 출발했던 곳이었다. 시저스 타워 지하 2층 주차장. 동호는 차를 세운 뒤 민주를 데리고 1층 로비로 향했다. 자정이 넘은 시간이었는데도 아침에 있을 오픈 행사 준비가 한창이었다. 웅장한 로비에는 고급스러운 휘장이 걸쳐졌고 대형 LED 스크린이 설치되었다. 민주는 그런 광경을 돌아보며 동호를 따라갔다.

동호는 건물의 왼쪽 벽에 있는 전망용 엘리베이터 앞에 섰다. 시저스 타워에 있는 70대의 엘리베이터 중 VIP 보안카드를 소지한 사람들만 탈 수 있는 엘리베이터였다. 동호는 보안카드로 엘리베이터의 문을 열고 민주를 태웠다. 버튼에 손을 대기 전에 동호가 물었다.

"로켓처럼 올라가고 싶으세요, 풍선처럼 올라가고 싶으세요?"

민주는 잠시 생각한 다음에야 무슨 뜻인지 알아들었다.

"풍선처럼요."

동호는 엘리베이터 판넬에 붙어 있는 스위치를 Slow로 맞췄다. 70대의 엘리베이터 중에서 오직 한 대, VIP 전용 엘리베이터에만 있는 기능이었다. 승강기의 속도를 Slow, Normal, Fast 세 단계로 선택이 가능했다. 각각 시속 20킬로미터, 30킬로미터, 40킬로미터의 속도였다. 시속 20킬로미터의 속도로 올라가면 123층까지 1분 30초가 걸렸다.

엘리베이터는 실크 위를 달리듯 부드럽게 올라갔다. 보통의 승강기에서 느끼는 은은한 진동조차 없었다. 내일 행사를 위해 건물 앞 광장에 설치한 무대가 내려다보였다. 조명 시설과 음향 시설도 대형 콘서트를 방불케 하는 규모였다.

엘리베이터는 60층, 70층을 넘어서도 멈추지 않았다.

이러다가 하늘로 올라가지 않을까?

민주는 밤의 도시 위를 날아가는 착각에 빠졌다. 어린 시절 본 슈퍼맨 영화도 떠올랐다. 지금 민주는 대현동의 싸구려 원룸에서 전기세를 아끼려고 에어컨도 켜지 않고 여름을 견디는 꽃집아가씨가 아니었다. 슈퍼맨 클락의 품에 안겨 하늘을 나는 로이스 레인이었다. 어느 순간부터 그녀는 눈을 질끈 감았다.

"다 왔습니다. 내리시지요."

123층에 도착한 민주는 침을 꿀꺽 삼켰다. 한눈에 봐도 그곳은 민주 같은 보통 사람들이 들어가면 안 될 비밀스러운 장소였다. 그런 민주의 마음을 읽었는지 동호는 손을 잡고 이끌었다.

민주는 동호를 따라 긴 복도를 걸었다. 동호는 보안카드로 시저스 재단 사무실의 문을 열고 민주를 안내했다. 넓은 사무 공간 제일 안쪽의 CEO실에 들어와서야 동호는 들고 온 와인을 접견 테이블 위에 내려놓았다.

민주는 주위를 둘러보았다. 연애할 때 몇 번 스카이라운지라는 이름이 붙은 레스토랑에 가보았지만 이토록 엄청난 야경은 사진으로도 본 적이 없었다.

겨울 바다를 본 기억이 났다. 검은 밤바다 위로 달빛이 반사되며 반짝이는 모습과 123층에서 본 서울의 야경은 닮은 점이 있었다.

잠시 황홀한 야경에 취해 있던 민주가 동호를 돌아보며 물었다.

"왜 저를 여기에 데리고 오셨어요?"

와인과 딸려 온 스크류 오프너로 와인을 따던 동호가 어깨를 으쓱하며 되물었다.

"제 이야기를 듣고 싶다고 했잖아요?"

"그게 이곳과 무슨 상관인데요?"

"여기가 앞으로 제가 일하게 될 곳이에요."

"의사라고 하셨잖아요?"

"오늘까진 그랬죠. 내일부턴 아닙니다. 자격증이야 살아 있겠지만 환자를 볼 일은 없겠지요."

"무슨 소린지 잘 모르겠어요."

"그래서 데리고 온 겁니다. 말로만 들어선 이해하기 힘드실까 봐요. 일단 한잔 받으세요."

반쯤 채운 와인글라스를 민주에게 건넸다. 향긋한 내음이 코끝을 스쳤다. 동호는 오른손에 든 와인잔을 앞으로 내밀었다.

"우리의 운명을 위해 건배해요."

둘의 와인잔이 부딪히면서 경쾌한 소리를 냈다. 그들은 서로의 시선을 마주한 채 천천히 한 모금을 넘겼다. 민주의 머리는 호기심으로 가득 차 있었다. 일단은 이 남자의 정체가 뭔지 알아내야 했다.

"이야기가 좀 길지도 몰라요. 천천히 들어주세요."

동호는 높지도 낮지도 않은 차분한 목소리로 지금까지 살아온 이야기와 그의 어머니 양 회장과 시저스 그룹, 그리고 앞으로 자신이 하게 될 일에 대해 전해주었다.

민주에게는 미지의 세계에 속하는 영역이었다. 바로 앞에서 와인을 마시는 남자가 재벌가의 유일한 상속인이라니. 가까이 있는 것만으로도 겁이 덜컥 났다. 민주는 불편한 기색을 숨기지 못했다.

"왜 그러세요?"

민주의 심경 변화를 눈치 챈 동호가 물었다.

"그냥 좀 얼떨떨해서요. 그런데 왜 저 같은 여자에게 접근하셨나요?"

"저 같은 여자라는 표현이 무슨 뜻인가요?"

"잘 아시잖아요. 재산이라고는 월셋집 보증금 천만 원이 전부인 서민이에요. 아마 지금 몸에 걸치신 옷가지들만 해도 제 전 재산보다 비싸겠지요. 저하고 뭘 어쩌시려고… 여기까지 데리고 오셨는지 모르겠네요."

그 순간 민주는 목격했다. 밝은 온기를 담고 있던 동호의 두 눈에 슬픈 그늘이 드리워지는 모습을. 가슴이 찡하게 아파왔다. 민주는 정확히 왜 미안한지 모르면서 사과를 했다.

"죄송해요."

"아까 부탁드렸지요. 민주 씨가 예상하는 것보다 훨씬 더 복잡하고 부담스러운 환경에 처해 있다고 해도 그냥 돌아서버리지 말아달라고."

"제가 동호 씨 옆에 있다고 무슨 도움이 되겠어요? 전 그냥 꽃집아가씨일 뿐이에요. 말하자면 저는 지하 1층, 동호 씨는 123층. 우리는 120층 넘게 차이가 난다구요. 우린 전혀 안 어울려요."

"아뇨. 민주 씨는 제가 지금까지 만난 사람들 중 저와 가장 잘 어울리는 여자예요. 봐요."

그러면서 동호는 손가락으로 책상 뒤편의 통유리를 가리켰다. 와인잔을 들고 마주 앉아 있는 한 쌍의 남녀가 비쳐 보였다. 마천루 꼭대기의 야경을 배경으로.

민주도 인정했다. 처음 보는 순간 동호에게 끌렸다. 오해를 하고 그를 거부하려고 했으나 마음의 나침반은 자꾸만 동호를 향했다. 이제 오해까지 풀린 지금 민주는 동호의 다정한 눈빛에 심장이 뛰고 부드러운 목소리에 침을 삼키는, 사랑의 조건 반사 단계에 와 있었다.

아까 한강에서 스스로에게 했던 다짐이 떠올랐다.

마법에 걸린 밤이라고 해두자. 오늘은 내 운명이 어떻게 흘러가는지, 막지 않고 지켜보겠어.

민주는 와인잔을 쭉 비우고 내밀었다.

"맛있는데요? 동호 씨도 원샷해요."

동호는 조금 놀란 표정으로 민주의 잔을 채워주었다. 다음 잔을 나란히 채우고 난 뒤 동호는 핸드폰을 꺼내 MP3를 틀었다. 크라잉넛의 〈밤이 깊었네〉가 흘러나왔다.

"좋아하시는 노래예요?"

"네. 노래방에 가면 종종 부르죠."

"신기하네. 의사 선생님에 재벌 2세인 분이 노래방에 가서 크라잉넛 노래를 부르고."

"나중에 노래방 같이 가볼까요?"

"저도 이 노래 좋아해요. 애창곡까지는 아니지만."

둘은 노래를 들으며 손가락으로 까딱까딱 박자를 맞췄다. 민주가 물었다.

"잠깐만. 벌써 새벽 1시잖아요. 내일 아침에 이 건물 오픈 행사가 있잖아요? 동호 씨도 참석하지 않나요?"

"참석하지요. 그래서 양복도 새로 샀습니다."

민주는 그의 말에 또 기분 좋게 웃었다. 그리고 한 잔 더.

워낙 술이 약한 탓에 와인 두 잔의 알코올에도 민주의 신경계는 재빨리 반응했다. 그러면서도 민주의 이성은 이래서는 안 된다고 위기 경보를 울렸다. 민주는 후우, 길게 한숨을 내쉬며 일어났다.

"동호 씨도 내일 중요한 행사가 있고 저도 내일 가게 오픈 날이에요. 우리 둘 다 그만 들어가 보는 게 좋겠어요."

동호는 미동도 하지 않고 말했다.

"맞아요. 안 그래도 한 시간 전부터 내일 행사의 주인공인 어머니께서 전화를 하고 문자를 하시네요. 어디 있느냐고. 빨리 들어와서 자라고. 저는 전화도 받지 않고 답문도 하지 않고 있어요."

"왜죠?"

"이 건물도, 시저스 재단 이사장이라는 자리도, 지금 당신과 함께 있는 이 순간만큼 중요하지는 않으니까요."

오, 하느님. 왜 감당할 수 없는 남자를 제게 내려주셨나요?

민주는 나가지도 다시 앉지도 못하고 어정쩡하게 서 있었다. 동호가 낮은 목소리로 흥얼흥얼 노래를 따라 불렀다.

"가지 마라 가지 마라 나를 두고 떠나지 마라."

술에 취한 민주도 같이 노래를 따라 불렀다.

"오늘밤 새빨간 꽃잎처럼 그대 발에 머물고 싶어."

민주는 다시 앉았다. 동호가 둘의 와인잔을 채웠다. 그리고 서로의 미소를 안주로 세 번째 잔을 비웠다.

크라잉넛의 노래가 끝나자 코나의 노래가 이어졌다. 동호는 핸드폰 볼륨을 높였다.

— 나와 약속해줘. 오늘 이 밤 나를 지켜줄 수 있다고. 함께 가는 거야. 나를 믿어. 내가 주는 느낌 그걸 믿는 거야. 내겐 너무 아름다운 너의 밤을 지켜주겠어.

민주는 이미 감정의 격랑에 몸을 맡겼다. 마지막으로 잡고 있던 나뭇가지를 놓고 끝이 어딘지 모를 급류에 휩쓸려갔다. 민주가 떨리는 목소리로 물었다.

"저의 어디가 마음에 드나요?"

동호는 간절한 눈빛으로 대답했다.

"한 군데를 말하기 곤란한데, 지금은 입술이라고 해두죠."

동호가 일어섰다. 테이블 위로 몸을 숙여 민주의 뺨과 턱을 두 손으로 감쌌다. 민주는 눈을 감았다. 수천 단어의 밀어를 담은 입술을 느꼈다. 평소에는 오물로 분류되는 타인의 침이 성수처럼 순결하고 꿀처럼 달콤하게 받아들여지는 유일한 경우, 지구상의 모든 생물 중 오직 인간만이 나누는 교감의 방식, 키스.

123층에서 아래로 떨어진다면, 그 아래 초콜릿 푸딩으로 만든 풀장에 떨어진다면 이런 느낌일까? 민주는 감각의 한계를 넘는 달콤함에 몸을 부르르 떨었다.

아, 이 남자… 항상 젠틀맨은 아닌가 보다.

민주가 정신을 못 차리고 있는 사이, 동호는 어느새 민주 옆으로 자리를 옮겨 몸을 꽉 끌어안고 키스를 이어가고 있었다. 민주는 동호의 손길이 몸으로 스며드는 착각에 빠졌다. 열망에 부르르 떨리는 사내의 손끝은 민주의 목과 어깨를 스치고 등을 쓰다듬다가 가슴으로 향했다.

스르르 감기는 민주의 눈이 잠들지 않는 도시의 야경을 마지막으로 담았다. 민주의 귀에는 코나의 노래가 아련하게 멀어졌다. 가사가 동호의 목소리로 들렸다.

— 그대가 원한다면 언젠가 이 세상의 모든 아침을 나와 함께해줘.

동호가 급작스러운 술자리를 위해 세 번째로 골라놓은 곡인, 드뷔시의 〈달빛〉이 흘러나왔다. 달무리처럼 은은하게 퍼지는 피아노 연주가 한껏 로맨틱해진 민주의 감각을 더 촉촉하게 적셨다.

아침이 밝았다. 같은 날 생일을 맞은 수많은 사람에게는 미안하게도, 그날 하루만큼은 시저스 타워가 주인공이었다. 대한민국의 모든 매체가 시저스 타워의 탄생을 보도하고 기록적인 위용을 소개했다.

지상 높이 562미터(해발 580m), 지상 123층, 지하 7층. 사업부지 3만 평에 연건축면적은 18만 평. 철골 콘크리트 구조에 외부를 둘러싼 유리들까지 합쳐 건물의 무게는 40만 톤에 육박했다. 총공사비 2조 3천억 원.

그중 1조 6천 억 원은 공동투자를 받아 해결했고 7천 억 원은 양 회장 개인출자로 이루어졌다.

1층에서 5층까지는 부분적으로 천장을 틔워서 로비의 공간감을 극대화했다. 대부분은 업무 시설로 쓰였다. 21층, 22층에는 무려 20관에 달하는, 국대 최대 규모의 극장 체인이 들어왔다. 빌딩의 70층부터 98층은 아파트와 레지던스가 섞인 주거공간, 99층은 피트니스 센터, 100층은 멤버십으로 운영되는 나이트클럽, 101층은 세계 최대 규모의 제일 큰 바, 100층부터 119층까지 스무 개 층은 국내 최고가의 객실료를 자랑하는 특급 호텔이었다. 120층에는 루이뷔통, 에르메스, 불가리, 까르띠에, 샤넬, 구찌, 프라다, 아르마니 등 명품 브랜드가 모두 모였다. 세계에서 가장 높은 곳에 위치한 명품 컬렉션인 셈이었다. 121층과 122층 두 개 층은 전망대를 겸한 최고급 레스토랑들이 입점했다.

건물구조는 전체가 탄력성을 지녀 초속 50미터 내외의 태풍이나 진도 5 정도의 지진을 만났을 때도 안전하도록 설계되었다. 좌우로 진동하는 유연성은 60센티미터, 상층부가 바람에 의해 움직이는 범위는 좌우 40센티미터로 건물 내부에 있는 사람은 그 흔들림을 느낄 수 없는 수준이었다.

공사에 사용된 최첨단 공법도 연일 언론에 오르내렸다. 초고층에 건축 자재를 공급하기 위해 한 대 100억 원이 넘는 초대형 크레인을 특수제작해 공수했고 국내 건물로는 최초로 GPS 기술을 공사에 접목한 점도 화제를 모았다. 슈퍼컴퓨터가 건물 내 공조와 전력 공급을 책임졌고 보안을 위해 회사가 따로 만들어질 정도였다.

이른 아침부터 시저스 타워의 개장식 행사를 보기 위해 사람들이 몰려들었다. 개장식 행사 시작은 오전 11시였으나 밤 10시에 있는 야간 행사까지 포함하면 온종일 축하 행사가 치러지는 셈이었다.

양 회장은 한 시간 전인 아침 10시에 아들 동호와 함께 건물에 도착했다. 오기 전까지 그녀는 심기가 다소 불편했다. 동호가 일생일대의 중요한 행사 전날 밤에 새벽 늦도록 들어오지 않았다. 결국 그녀는 새벽 1시까지 기다리다 잠이 들었고 다음날 아침에 천연덕스럽게 굿모닝 인사를 건네는 아들을 만났다.

한바탕 야단을 치려다가 말았던 이유는 전혀 사업에 관심을 보이지 않던 아들이 마음을 내어 자신의 손을 잡아줬기 때문이었다. 그리고 또 하나, 아들은 몹시 기분이 좋아 보였다. 그렇게 들떠 있는 아들의 얼굴은 처음 보았다.

양 회장은 이 비서의 안내를 받아 정문 앞 광장으로 나왔다. 그녀 곁에는 동호가 나란히 따라왔다. 양 회장은 어느 때보다 든든한 기분을 느꼈다. 아마도 그녀의 인생 최고의 날이 될 터였다. 붉은 천이 깔린 무대 앞에는 초대장을 받은 이들만 앉을 수 있는 귀빈석 123석과 그 뒤로 인터넷 추첨을 통해 뽑은 562개의 일반인석이 깔려 있었다. 시저스 타워의 층수와 높이를 상징한 숫자였다. 양 회장은 귀빈석 중에서도 가장 앞줄 중앙 자리에 동호와 함께 착석했다.

양 회장은 주위에 앉아 있던 건설 업계 유력인사들과 인사를 나누며 동호를 소개해주었다.

"제 아들 녀석입니다. 이번에 시저스 타워에서 시저스 문화재단을 맡아 운영하기로 했습니다. 모쪼록 많이 도와주시기를 부탁드립니다."

양 회장은 뿌듯한 마음에 큰 소리로 동호를 소개했다. 사람들은 갑작스러운 황태자의 등장에 놀라워하면서 덕담을 건넸다.

"이렇게 잘생긴 아드님을 그동안 왜 꽁꽁 숨겨두셨습니까? 양 회장님, 아주 뿌듯하시겠습니다. 그룹의 앞날이 밝습니다!"

그들 뒤로는 건설교통부 장관을 비롯한 고위 공무원들, 직접 돈을 투자한 국내외 유수의 기업 임원들, 방송인들과 연예인들이 고루고루 초대받아 앉아 있었다. 행사 중에는 귀빈들의 축하 메시지 전달과 인기 가수의 공연도 있을 예정이었다.

양 회장은 자리에 앉아서 천천히 심호흡을 했다. 이제 그녀의 왕국이 완성되었다. 그리고 후계자까지 등장했다. 수십 년 동안 홀로 달려온 길이 헛되지 않았다. 그녀는 감격의 눈물을 꾹 누르고 아들의 손을 잡았다.

혁은 혼자 시저스 타워 광장을 찾은 몇 안 되는 시민 중 하나였다. 사실 혁은 시저스 타워가 문을 열든 말든 별 관심이 없었다. 혁은 구경을 하러 온 것이 아니라 사람을 만나러 왔다.

광장에 하도 사람이 많아 앞으로 나갈 수가 없었다. 결국 개장식 행사가 끝날 때까지 기다렸다가 들어가야겠다고 생각을 바꿨다. 혁의 뒤로도 사람들은 하염없이 밀려 들어왔다. 학교 운동장만큼 넓은 광장이 출

퇴근길 지하철마냥 사람으로 빽빽했다.

오전 11시. 건물에 설치한 초대형 LED 전광판에 카운트다운 10초가 흐른 뒤 스피커로 웅장한 음악이 흘러나왔다. 화면에 미리 준비한 영상이 잠깐 흘렀다. 시저스 타워의 정신을 담은 짧은 홍보 영상물이었다. 무대 위로 방송국 아나운서 남녀 한 쌍이 올라와 마이크를 잡았다.

사회자들은 한껏 고조된 목소리로 시저스 타워의 위대한 탄생을 축하했다. 이미 언론에서 수없이 소개한 찬사를 다시 늘어놓았다. 그리고 시저스 타워와 함께 태어난 시저스 그룹을 소개했다.

"시저스 타워를 탄생시킨 주인공이십니다! M&W 그룹에서 새로운 이름을 달고 세계적인 기업으로 재도약하는 지주회사 시저스 홀딩스 대표 양미자 회장님을 모시겠습니다!"

광장에 모인 사람들이 박수를 쳤다. 양 회장이 무대 위에 자리한 단상에 올라섰다. 고급스러운 흰색 정장 투피스 차림이었다. 외모로만 보면 초로의 나이로 접어드는 할머니였으나 매서운 눈초리와 빈틈없이 다문 입꼬리는 만만치 않은 성격을 짐작케 했다. 양 회장은 조금의 떨림도 없는 목소리로 스피치를 시작했다. 혁도 멀리서 양 회장을 지켜보았다.

"인류는 항상 도전하면서 발전해왔습니다. 저 또한 그랬습니다. 32년 전에는 평범한 주부에 불과했습니다. 시저스 타워 또한 마찬가지였습니다. 처음 계획을 발표했을 때는 다들 고개를 내저었습니다."

양 회장은 잠시 말을 끊었다가 다시 이었다.

"63빌딩이 생긴 지 30년입니다. 미국은 물론이고 두바이, 말레이시아, 중국에도 100층 넘는 초고층 빌딩이 위용을 뽐내는데 우리나라에는 100층은커녕 70층이 넘는 빌딩도 없었습니다. 공사를 하기 전부터 쉽지 않은 장애물들이 많았지만, 보십시오! 결국 이렇게 시저스 타워가 늠름한 모습으로 탄생했습니다!"

양 회장이 등장할 때보다 더 큰 박수 소리가 터져나왔다. 혁도 형식적으로 박수를 쳤다.

"시저스 타워는 63빌딩과 비교하자면 층수와 높이 모두 두 배로 높은 건물이며 아시아 최대의 단일 건축물입니다. 시저스 타워는 단순한 건물이 아닙니다. 대한민국의 위대한 도전이며 인류가 남긴 자랑스러운 건축물 중 하나로 기록될 것입니다!"

혁은 시저스 타워를 볼 때마다 오래전에 올랐던 불스 피라미드 산을 떠올렸다. 호주 먼 바다에 홀로 솟아 있는 바위산. 디자인은 물론 높이까지 비슷했다. 건축가가 작심하고 테마를 따왔으니 당연한 결과였다. 혁은 그런 배경을 몰랐기에 신기하다고만 생각했다.

"우리 시저스 그룹은 더 멀리 더 높이 올라갈 것입니다. 대한민국의 한계를 넘어, 인간의 한계를 넘어, 신에게 도전하는 정신으로 뻗어나갈 것입니다!"

양 회장은 강단 있는 목소리로 연설을 마쳤다. 다시 박수.

혁은 그녀의 클로징 멘트를 듣다가 기분 나쁜 소름이 돋았다.

신에게 도전하는 정신? 인간은 결코 신과 자연에 도전해서는 안 된다. 산을 오를 때마다 혁은 겸손해지려고 애썼다. 그렇게 애를 써도 교만해지기 마련이었다. 그 순간 신은 자연을 통해 인간을 징벌하고 깨우쳐주었다.

겸손하라고. 너희 인간은 지구의 주인이 아니라 지구 위에서 잠시 살다가 사라지는 수많은 종족 중 하나일 뿐이라고.

혁은 개장식 행사가 빨리 끝나기만을 기다렸다. 차마 대면하기 두렵지만, 만나야 할 사람이 건물 안에 있었다.

안나는 너무 흥분해서 가만히 앉아 있기 힘들 지경이었다.

무대 앞자리 123석 귀빈석 중에 다섯 자리를 쇼핑몰 입주인들 중에 무작위 추첨으로 배정했는데 영희가 당첨된 것이었다. 영희는 별로 가고 싶지 않다며 옆 가게인 문구점 주인에게 좌석을 넘기려고 했다. 안나는 기겁하며 자기가 가겠다고 떼를 썼다.

인터넷 추첨으로 뽑은 일반인용 562석의 자리도 하나당 수십만 원에 거래되는 와중에 귀빈석 자리를 그냥 넘기다니!

결국 안나는 VIP 123인의 일원으로 참여하는 영광을 누렸다.

그녀가 그토록 흥분했던 이유는 안나가 가장 좋아하는 아이돌 그룹 빅뱅이 초대가수 중 한 팀으로 무대에 오르기 때문이었다. 안나는 지드래곤의 모습을 직접 볼 수 있다는 생각에 밤잠을 설쳤다. 그리고 결국 한걸음에 달려갈 거리에서 빅뱅의 무대를 지켜보았다.

초대된 가수는 연령대별로 좋아할만한 국내 가수 세 팀에 미국의 브리트니 스피어스와 에릭 클랩턴의 무대가 이어졌다. 그들은 시저스 타워에 들어오는 특급 호텔 체인과의 관계 때문에 초청받은 인사들이었다. 안나는 빅뱅의 무대가 끝난 뒤에도 눈을 번쩍 뜨고 멋진 공연들을 구경했다.

공연이 끝나자 장내 아나운서가 안내 방송을 했다.

"이제 마지막 순서가 남았습니다. 초대석에 앉아 계신 123명의 귀빈 여러분들은 모두 일어나 무대 앞에 나란히 서주시기 바랍니다."

진행요원들의 안내에 따라 123명이 모두 일어나 일렬로 줄을 섰다. 안나도 그중 한 명이었다. 안내요원들은 작은 가위를 사람들에게 하나씩 나눠주었고 긴 테이프를 123명이 함께 잡도록 했다. 테이프는 최고급 실크 재질이었고 황제를 의미하는 보라색이었다.

무대 뒤편에 준비하고 있던 서울시립 교향악단이 베토벤의 피아노 협주곡 5번 1악장을 연주하기 시작했다. 〈황제〉라는 부제가 붙어 있는 곡인만큼 당당하고 거침없는 선율이 광장에 모인 사람들을 압도했다. 그 위로 사회자의 진행 멘트가 흘렀다.

"자, 이제 시저스 타워의 탄생을 축하하는 테이프 커팅식이 있겠습니다. 무대 앞에 계신 123명의 귀빈들께서는 제가 하나 둘 셋, 하면 테이프를 잘라주시면 되겠습니다. 자, 하나! 둘! 셋!"

안나는 힘차게 가위질을 했다. 실크 천이 잘리는 느낌이 고스란히 전해졌다. 교향악단의 연주가 솟구쳐 올랐다. 사람들의 박수와 환호성이 쏟아졌다. 안나는 한번도 느껴보지 못한 짜릿한 전율을 경험했다.

영희는 복잡한 심경으로 꽃집 〈Belle〉 안에 앉아 있었다. 이제 막 행사가 끝난 터라 아직 손님은 오지 않았다. 공식 오픈식 전에는 어떤 업체도 영업을 시작하면 안 된다는 쇼핑몰 전체 방침에 따라 예약 주문은 받을 수 없었다.

오늘부터 시작이다. 곧 문이 개방되고 손님들이 찾아오겠지.

영희로서는 새로운 도전이었다. 그동안 죽도록 일한 덕에 20평대 아파트 하나는 마련하고 딸아이 학원을 보낼 만큼 살았다. 그러나 정말 딱 그만큼이었다. 앞으로 남은 긴 인생을 생각하면 경제적으로 획기적인 점프가 있어야 했다.

미래 설계에서 남편 혁의 존재는 제외한 지 오래였다. 본격적으로 산을 타기 시작한 뒤로 만 원짜리 한 장 집에 가지고 온 적이 없는 남편이었다. 등산용품점의 얼마 되지 않는 수입은 고스란히 자기 용돈과 등반 비용으로 들어갔다. 프로 등반가이긴 해도 아직 유명한 스타급이 아니어서 지원으로만은 충분하지 못했다.

경제적인 문제뿐만이 아니었다. 혁은 집에 있는 날보다 산에 있는 날이 더 많았다. 불안함이 가실 줄 모르는 생활이었다. 언제쯤 돌아올지, 또 언제쯤 훌쩍 떠날지, 혹여나 아예 돌아오지 못하는 건 아닌지. 그러다 동생 영준의 사고가 일어났다.

도저히 혁과 함께 살 수 없었다. 같은 공간에 있다가는 정신이 나가거나 혁을 해칠 것 같았다. 따로 살기 시작한 뒤로 조금씩 평화가 찾아왔다. 영희는 매일 아침 일어나면서, 매일 밤 잠들면서 되새겼다.

임영희. 너는 혼자야. 혼자 힘으로 살아남아야 해.

지금까지는 잘해 왔다. 앞으로의 꿈이 있다면 안나가 대학에 들어가기 전에 월세 걱정 없는 점포 한 칸을 마련하는 것이었다. 지금까지 모아놓은 돈으로는 턱없이 부족했다. 그러나 영희는 희망의 끈을 놓지 않았다.

시저스 타워가 꿈을 이뤄줄까?

영희는 기대 반 두려움 반으로 시저스 타워에서의 첫 날을 보내고 있었다.

문이 열렸다. 첫 손님이다. 영희는 물론 주리와 민주까지 큰 소리로 인사했다.

"안녕하세요?"

영희는 순간 얼어붙었다. 혁이었다. 1년 만에 보는 남편. 그동안 연락 한 번 주고받지 않은, 남남보다 더 멀어진 사이.

혁의 한 손에는 음료 선물 세트가 어색하게 들려 있었다. 영희와 마주친 눈빛은 힘없이 주눅들었다. 혁은 다가오지 못하고 문 앞에 서 있었다. 허락을 구하는 태도로. 혁이 누군지 알 리 없는 민주와 주리는 일순간에 굳어버린 영희와 낯선 손님을 보며 눈치를 살폈다.

영희가 걸음을 옮겼다. 영희는 혁의 손을 잡아끌고 가게를 나갔다. 행사가 끝나고 몰려든 사람들로 거대한 쇼핑몰은 포화상태였다. 영희는 인파를 뚫고 한참을 걸었다. 혁은 잠자코 영희를 따라왔다. 얼마나 걸었을까. 영희가 뒤돌아보며 멈췄다. 혁은 막막한 시선으로 영희를 보고 있었다.

"왜 왔어요?"

"개업식이잖아. 축하해주려고."

"장난해요? 언제부터 신경썼다고 그래요? 안나가 오라고 했어요?"

"아냐."

"여기가 어딘 줄 알고 찾아와요?"

감정에 북받친 영희의 목소리가 흔들렸다. 영희는 반말로 소리쳤다.

"당신이 산에 미쳐 돌아다닐 때 내가 굶어 죽지 않으려고, 어떻게든 안나랑 둘이 살아보려고 죽도록 일해 키운 가게야. 당신이 발을 들여놓을 곳이 아니라고! 당신 축하도 필요 없어!"

영희는 어깨까지 부들부들 떨었다. 혁의 불안한 시선도 떨리긴 마찬가지였다.

"진짜 의도가 뭐예요? 뭘 어쩌려고 온 거예요?"

영희는 대답을 기다렸다. 혁은 오랫동안 입을 떼지 못했다.

"확인하고 싶었어요? 잘 사느냐고요? 잘 살아요. 당신 없이 너무 잘 살고 있어요. 행복하냐고요? 당신하고 함께 있을 때보단 훨씬 더 행복해요."

혁은 천천히 고개를 끄덕였다. 영희의 눈에 천천히 눈물이 맺혔다. 영희는 고개를 절래절래 흔들면서, 들릴까 말까한 목소리로 말했다.

"다시는 나를 찾지 마요."

그리고 영희는 인파 속으로 사라졌다. 혁은 영희의 모습이 완전히 사라질 때까지 눈을 떼지 않았다. 결국 하고 싶은 말도, 물어보고 싶은 말도 꺼내지 못했다.

아내가 남긴 마지막 말이 주문처럼 혁의 귀를 맴돌았다.

— 다시는 나를 찾지 마요.

시저스 타워 100층에는 세계에서 가장 높은 곳에 있는 나이트클럽으로 등극한 클럽 시저스가 있었다. 그곳은 세계에서 가장 화려한 나이트클럽이기도 했다. 사면이 통유리로 트인 덕분에 서울의 화려한 야경을 배경 삼아 춤추고 노래하고 사랑을 속삭일 수 있었다.

클럽 시저스의 운영방침은 특이했다. 남자 손님은 철저하게 멤버십으로만 받았다. 25세에서 45세 사이의 남자들만 신청이 가능했는데 멤버십의 가격이 연 2000만 원이었다. 뒤집어 말하면, 클럽에 있는 남자는 모두 매년 2천만 원씩 나이트클럽 멤버십을 위해 결재할 만큼의 여유를 가졌음을 보장해주는 셈이었다. 놀랍게도 클럽이 개장하기 전에 300장이 넘는 멤버십이 팔렸다.

여자의 경우엔 달랐다. 멤버십이 아니라 철저한 현장 체크를 통해 입장이 허락되었다. 신분증을 검사해 20세에서 27세까지의 여성만 입장이 가능했고 얼굴과 몸매, 옷차림까지 체크해서 연예인 수준의 외모를 갖춘 사람들만 클럽 시저스에 들어갈 수 있었다. 뒤집어 말하면 클럽 시저스에서의 인증샷이 미모의 공인인증서가 되는 격이었다.

클럽의 운영방침을 놓고 말이 많았다. 서민들에게 위화감을 준다는 비판부터, 대한민국 1퍼센트 남자들을 위한 공공연한 성매매 창구라는 지적을 하는 신문 사설도 실렸다. 틀린 말은 아니었다. 그러나 그런 방침은 입소문을 타고 클럽 시저스의 유명세를 한껏 드높였고 결국 오픈 첫날, 대성공임이 밝혀졌다.

시저스 타워의 첫날 밤, 젊은 재력가들이 속속 클럽 시저스로 모여들었다. 그리고 그런 남자들을 만날 기대를 품은 여자들, 자신의 미모를 평가해보고 싶은 욕망을 가진 여자들, 세계에서 제일 높고 화려한 공간에서 젊음을 발산하고 싶은 여자들이 100층 복도에 줄을 섰다.

클럽 측에서는 기준을 정해놓았다. 클럽이 너무 붐비지 않도록 남자 회원의 경우 예약제로 선착순 200명, 여자 손님의 경우 최대 500명 선을 유지하도록 했다. 클럽이 문을 연 시간은 밤 9시. 이미 남자 손님은 200명 모두 입장했다. 여러 명이 온 팀은 룸으로, 혼자 온 손님은 칵테일 바로 안내되었다. 클럽 입구에 줄을 선 여자들은 천 명이 훨씬 넘었다. 대부분이 길거리에서 마주치면 한번쯤 돌아볼 외모의 소유자들이었다.

유럽에서 초청된 슈퍼스타 디제이 마크 론슨이 믹스하는 일렉트로니카 음악이 클럽 시저스의 탄생을 알렸다. 국내의 어떤 클럽에서도 볼 수 없는 화려한 조명이 스테이지를 휘감았다. 육감적이고 퇴폐적이고 환각적이고 동시에 고급스러운 분위기가 거대한 공간을 가득 채웠다. 귀와 가슴을 울리는 음악은 클럽 안의 남녀를 흥분시키기에 충분했다. 술이 돌고 만남이 반복되면서 클럽 안에는 짝을 이뤄 춤추고 은밀한 대화를 속삭이는 남녀들이 늘어났다.

그중에 달봉이 있었다. 달봉은 1년에 2000만 원씩 나이트클럽 멤버십에 투자할 재력은 없었다. 대신 그에겐 시저스 그룹의 후계자 친구가 있었다.

늦잠을 잔 뒤 허겁지겁 병원에 출근한 달봉은 생각하지 못한 전화를 받았다. 동호는 행사가 시작하기 전에 꼭 하고 싶은 말이 있어서 전화를 걸었다고 했다.

— 고맙다, 달봉아. 니가 내 인생을 바꾸어놓았어. 지금까지 알고 있었으면서도 외면했던 내 운명을 선택하게 해줬어.

— 너 갑자기 왜 그러냐?

— 그리고 넌 진짜 내가 인정하는 연애의 달인이야. 넌 최고야. 내가 꼭 신세 갚을 게. 필요한 게 있으면 말만 해.

그때 달봉의 머릿속에 번개처럼 스친 아이디어가 있었다. 클럽 시저스에 관한 기사를 네이버에서 봤을 때, 연봉의 3분의 1을 털어 멤버십을 살까, 유혹에 이끌렸던 기억이 났다.

— 동호야. 니네 건물에 클럽 시저스라는 나이트클럽 있는 거 아니?

동호는 전혀 모르고 있었다. 하지만 달봉의 부탁에 바로 연락을 취해 보겠다고 했다. 그리고 개막식이 열리기 30분 전에 전화가 왔다.

— 이 비서님이라고 어머니 일 도와주시는 분이 계셔. 그분이 클럽 측에 얘기를 해서 얻어주시겠다고 했어. 니 연락처 드렸으니까 아마 연락이 갈 거야. 미안하다. 내가 직접 챙겨야 되는데 오늘 내가 많이 바쁠 거 같아서.

달봉은 반신반의했다. 그런데 동호가 전화를 끊은 지 한 시간도 지나지 않아 이 비서라는 사람이 전화를 걸어왔다. 그는 시저스 그룹 비서실장이라는 자기소개를 한 뒤에 용건을 전했다. 이동호 이사장님의 지시로 클럽 시저스 멤버십을 확보했으며 오늘 첫날 입장도 가능하다는 내용이었다. 멤버십 유지에 필요한 회비는 비서실에서 처리할 예정이니 따로 신경 쓰실 필요는 없다는, 로또 당첨 소식 같은 말도 전했다. 달봉은 너무 기뻐서 소리를 지를 뻔했다.

그렇게 해서 연달 배달봉 선생은 유흥 생활에 있어 최고 정점으로 남을 밤을 맞이한 것이다.

클럽 시저스의 바에 앉아 잭콕을 마시고 있는데 어떤 여자가 옆에 앉았다. 적당한 길이의 단발머리에 얼굴이 주먹만큼 작았다. 인형처럼 큰 눈에 신사동 김원장님의 터치가 느껴지는 자연스러운 성형코, 그리고 그가 쓰는 표현을 빌자면 '잘 빨게 생긴' 입술을 가진 여자였다. 아찔하게 짧은 미니원피스를 입은 그녀에게선 맡아보지 못한 향수 냄새가 났다. 달봉은 타이밍을 놓치지 않고 인사를 건넸다.

"안녕하세요?"

여자가 빙긋 웃으며 눈인사를 했다. 달봉이 멘트를 이었다.

"끝내주는 밤이네요. 근데 진짜 어려 보이는데… 몇 살이세요?"

"스무 살이요."

어려 보이는 게 아니라 정말 어린 여자였다. 달봉은 호기심으로 가득한 여자의 눈에서 뭔가 일이 잘 풀릴 가능성을 확인했다. 그것은 선수들

만이 가진 본능적인 판단력이었다.

"제 이름은 배달봉이에요. 아, 퀵서비스하고는 별 상관이 없고요."

그러면서 달봉은 명함을 건네주었다. 정신과 전문의라는 타이틀이 선명한 명함을 받아든 여자는 안심하는 기색이 역력했다. 달봉은 회심의 미소를 지었다.

딱히 타이틀이 없어서 장황하게 설명해야 하는 재력가의 자손들보다는 개털이더라도 전문직 명함이 빨리 먹힌다니깐.

달봉은 다시금 히포크라테스의 후손이 되기를 잘했다는 생각에 자신을 칭찬했다. 달봉은 고삐를 늦추지 않고 물었다.

"술 한잔 하실래요?"

스무 살 호기심녀가 고개를 끄덕였다. 달봉은 바텐더에게 잭콕 한 잔을 세게 만들어달라고 부탁했다. 여자에게 물었다.

"몇 명이서 오셨어요?"

"혼자요."

혼자? 이런이런. 길 잃은 새끼 얼룩말이 사자 앞에 나타났군.

달봉은 주먹을 불끈 쥐며 주위를 둘러보았다. 맙소사. 얼룩말 떼가 초원을 뒤덮고 있는 형상이었다.

머리가 긴 여자, 커트 스타일의 여자, 가슴이 큰 여자, 다리가 긴 여자, 순수한 스타일의 여자, 섹시한 여자, 웃는 여자, 무표정한 여자, 춤을 추는 여자, 술을 마시는 여자, 모두 다 예쁜 말들.

달봉은 일단 첫 번째 사냥감을 공략하기로 했다. 그는 술을 마시며 빠른 속도로 대화를 진행했다.

그녀의 이름은 수지였다. 수지는 과감한 칭찬에 부끄러워하다가 허를 찌르는 유머에 허물어지고, 처음 듣는 신기한 이야기에 귀를 쫑긋 세웠다. 아직 제대로 된 남자를 만나본 적이 없는 스무 살 여자는 산전수전 공중전 다 겪은 연애의 달인이 내뱉는 환상의 멘트에 정신을 못 차렸다.

만난 지 한 시간 만에 둘은 스테이지로 나가 수위 높은 춤을 추었다. 가볍게 땀이 날 정도로 춤을 추고 돌아온 그들은 다시 술을 마시며 대화를 이어갔다. 서로 전화번호를 주고받은 뒤 달봉은 수지의 손을 잡으며 가벼운 스킨십을 시도했다. 술에 많이 취한 수지는 깔깔 웃으며 경계를 풀었다.

달봉은 고민에 빠졌다.

슬쩍 술을 더 먹여서 오늘밤에라도 어디로 데리고 갈까, 아님 젠틀한 이미지를 남긴 뒤 제대로 연애를 즐길까?

그때 클럽 전면에 있는 LED 전광판에 카운트다운이 시작되었다. 자정을 알리는 신호였다. 시저스 타워의 생일, 클럽 시저스의 생일이 저물고 있었다. 건물 주변에서는 개장식 야간 축하 행사가 막 끝나고 화려한 불꽃놀이가 한창이었다. 100층 높이 클럽의 탁 트인 유리벽 밖으로 펑펑 터지는 각양각색의 불꽃이 손에 잡힐 듯 몽환적인 분위기를 한껏 고조시켰다.

DJ는 한층 더 빠르고 자극적인 비트로 달렸다. 스테이지 위의 남녀는 아프리카 부족처럼 본능적인 춤을 추며 감각의 극치를 표현했다. 바에 앉아 있는 사람들은 마치 새해를 맞는 카운트다운을 하듯 입을 모아 카운트다운을 외쳤다.

10! 9! 8! 7!

달봉은 바짝 가까이 앉은 수지의 허리를 오른팔로 슬쩍 감쌌다.

"무슨 대단한 날이라고 카운트다운까지 하냐? 그치?"

"대단한 날이죠. 우리가 만난 날이잖아요 오빠."

그러면서 수지가 달봉의 뺨에 쪽, 뽀뽀를 했다. 달봉은 짜릿함에 몸을 떨었다.

예스! 이런 천국을 경험하다니! 지금 당장 하늘이 무너져도 좋아. 땅이 꺼져도 좋아.

카운트다운이 막 끝나는 순간, 하늘이 무너졌다. 땅이 꺼졌다. 황제의 제국은 암흑 속으로 빨려 들어갔다.

D + 1

인간의 현실 감각을 뛰어넘는 일들이 있다. 2008년 중국 쓰촨성(四川省) 대지진이 그랬다. 한순간에 뒤틀리고 갈라진 땅은 10만 가까운 사람의 목숨을 집어삼켰다. 2004년에는 인도네시아에서 발생한 지진과 쓰나미로 30만이 넘는 사람이 죽었다. 방사능 유출로 이어진 일본 대지진도 세계를 충격에 빠뜨렸다.

자연 재해뿐 아니라 세속의 갈등과 탐욕이 대형 참사를 부르는 일도 있다. 2차 세계대전을 포함한 역사 속의 모든 전쟁이 그랬고, 상징적으로는 미국의 9.11 테러가 있다. 미국 경제의 자존심이던 무역센터 건물에 테러리스트들이 납치한 비행기가 충돌했다. 전 세계인이 뉴스 화면으로 지켜보는 가운데 110층짜리 건물 두 동이 무너져 내렸다. 우리나라에서도 한강 다리가 끊기고, 백화점이 무너지는 사건이 있었다.

이런 일들은 일어나기 직전까지도 너무나도 비현실적이어서 예측을 하거나 경고를 할 수 없다. 설령 누군가 우려를 표명하더라도 비웃음거리가 될 뿐이다.

왠지 내일 남산타워가 쓰러질 거 같아. 혹시 양화대교가 주저앉지 않을까? 동해안에 쓰나미가 올지도 몰라. 한 달 뒤 서울에 대지진이 일어날 거야.

누가 믿을까?

인간의 마지막 순간은 오직 신만이 알리.

구멍이 있었다.

입구는 펀치로 종이뭉치를 뚫은 듯 정확한 원 모양이었다. 구멍 안은 무척이나 넓고 깊어서 지구의 입처럼 보였다. 그 구멍이 시저스 타워를 삼켰다.

야간 축하 행사가 끝나고 불꽃놀이가 한창이던 시간이었다. 늦은 시간이었으나 화려한 구경거리에 시선을 빼앗긴 사람들은 집에 갈 줄을 몰랐다. 정확히 자정이 막 지나는 순간 굉음이 들리고 땅이 울렸다. 땅이 꺼지고 562미터의 123층짜리 건물이 사라져버렸다. 건물 바로 옆에 있던 사람들도 함께 구멍 속으로 떨어졌다. 잠시 뒤 거대한 구멍에서 흙먼지가 피어올랐다. 그리고 끝이었다.

다행히 죽음의 사정거리에서 벗어난 이들도 직접 본 광경을 믿지 못했다. 혁도 그중 한 명이었다. 그는 아내와 헤어진 뒤 집으로 돌아가지 못하고 광장에 남았다. 구경을 하기 위해서가 아니었다. 갈 수 없어서, 떠날 수 없어서 남아 있었다. 축제 분위기에 휩싸인 사람들 틈에서 처절한 고독과 회한을 곱씹으면서.

혁은 8000미터를 넘나드는 고산과 세상의 끝 오지를 다니면서 남들이 보지 못한 기이한 자연 현상을 수없이 목격했던 사람이었다. 그런 혁조차도 시저스 타워가 땅 아래로 사라지는 장면 앞에서는 충격으로 할 말을 잃었다.

현장은 아비규환이라는 표현도 부족했다. 공포에 질린 사람들이 비명을 지르며 이리저리 뛰어다녔고 근처를 지나던 운전자들은 차를 멈추고 정체불명의 구멍으로 다가갔다.

구멍의 테두리에서 한 발자국 차이로 목숨을 건진 이들도 있었다. 가족이나 친구가 눈앞에서 사라져버린 이들도 적지 않았다. 그들은 넋이 나간 사람처럼 그저 입을 벌리고만 있었다.

혁은 정신을 차리려고 애썼다. 충격이 채 가시기도 전에 덮쳐온 불안한 예감이 그를 흔들었다. 핸드폰을 꺼내 안나에게 전화를 걸었다. 전화를 받지 않았다. 혁은 수년 동안 걸어본 적 없는 아내의 번호를 찾았다. 영희 역시 전화를 받지 않았다.

자정이 넘었다. 건물 안에 있진 않았겠지? 집에 있을까?

혁은 집 번호를 눌렀다. 기도하는 심정으로 기다렸다. 그러나 1분이 지나도록 통화연결음은 끊어지지 않았다. 혁은 핸드폰을 들고 달리기 시작했다.

자고 있지? 그래서 전화를 못 받는 거지?

좀비처럼 우왕좌왕하는 사람들 틈을 뚫고 지하철역으로 달려갔다. 계단을 내려가기도 전에 지하철 입구로 달려나오는 사람들과 맞닥뜨렸다. 혁은 서른쯤 되어 보이는 양복 차림의 젊은 남자를 붙잡고 물었다.

"무슨 일입니까?"

"지진이 났나 봐요! 대피 경보가 울렸어요. 지하철이 중간에 탈선했다는 얘기도 있고요! 위험하니까 피하세요!"

남자는 혁을 밀치고 달려가버렸다. 혁은 잠시 멍하니 서 있다가 택시를 잡기 위해 대로로 나섰다. 거리도 아수라장이었다. 광장에 있던 사람들과 지하철역에서 나온 사람들까지 합쳐지면서 택시 잡는 일은 불가능해 보였다.

침착해. 침착해지자.

그동안 겪어냈던 수많은 고비를 떠올렸다. 영하 수십 도의 혹한에서 며칠씩 버틴 적도 있었고 고산병으로 정신 착란 증세가 온 채로 등반을 마친 적도 있었다. 부러진 한쪽 다리를 질질 끌고 내려오기도 했고 눈사태에 파묻혔다가 기적적으로 살아나기도 했다. 혁은 결국 살아남았다. 혹독한 환경에서 살아남는데 있어서만큼은 혁을 당할 자가 없었다.

그러나 혁은 깨달았다. 자신은 살아남았어도 사랑했던 대원들은 죽기도 했음을.

흥분 상태로 정신이 이상해진 중년 여자 한 명이 하나님의 이름을 소리치며 혁의 곁을 지나갔다.

“하나님이 분노를 계시하셨도다! 땅이 꺼졌으니 하늘이 열리고 물과 불이 너희를 징벌하리니! 기도하지 않는 자, 지옥으로 떨어질지어다!”

혁은 그 자리에서 무릎을 꿇었다. 두 손을 모으고 기도를 시작했다. 여자의 저주 때문이 아니었다. 할 수 있는 일이 기도밖에 없었다.

신이시여. 제발 그들이 저 구멍에 있지 않게 해주소서. 그들의 생명을 구해주신다면 저의 생명을 가져가셔도 좋습니다.

빌고 또 빌었다. 지금까지 혁을 지켜준 이름 모를 신들에게.

건물이 땅 속으로 사라지던 순간, 동호는 차 안에 있었다. 기사가 모는 차 뒷자리에 어머니 양 회장과 나란히 앉아 집으로 돌아가는 중이었다. 멀리 땅 아래에서 생긴 진동이 미미하게나마 전해졌으나 완벽에 가까운 롤스로이스의 팬텀 승용차의 충격 흡수 장치가 그마저도 차단했다.

삼성역 사거리를 막 지나고 있는 차 안에는 베르디의 아리아 〈신이여, 평화를 주소서〉가 낮은 볼륨으로 흐르고 있었다. 잔잔한 음량 속에서 듣는 마리아 칼라스의 목소리는 편안하게 두 모자를 감쌌다.

양 회장은 아침부터 행사를 직접 챙기느라 몹시 지친 상태였다. 워낙 체력과 집념이 좋은 그녀였지만 환갑이 훌쩍 넘은 나이를 극복할 수는 없었다.

“많이 피곤하시죠?”

“기분 좋은 피로는 약이란다.”

"그래도 이젠 나이를 생각하셔야죠."

"니가 그럴 여유를 안 줬잖니. 이제 여유를 좀 찾아도 되겠구나. 너도 오늘 수고했다."

동호는 빙긋 웃어 보이며 양 회장의 손을 잡았다. 아직도 동호는 마음이 완전히 개운하지는 않았다. 과연 옳은 결정을 내린 걸까. 그러나 불안함과 불확실성을 넘게 해주는 힘이 있었다. 그는 사랑에 빠졌다.

전날 밤, 동호는 완벽한 사랑의 순간을 경험했다. 열망과 두근거림, 호기심과 조급함, 무모한 욕정까지. 첫눈에 반한 남녀가 가질 법한 모든 감정을 공유했다.

민주와 쉼 없이 키스를 나누고 들뜬 시선으로 서로를 마주 보는 동안 동호는 사랑의 묘약에 대한 낭만적인 생각에 사로잡혔다.

우리는 왜, 어떻게 누군가를 사랑하는가? 남자와 여자 사이에 벌어지는 복잡다단한 감정의 연쇄작용의 법칙을 인간은 밝혀내지 못한다. 서로 사랑할 법한 수백 가지 조건과 적당한 환경을 갖춘 남녀가 서로에게 흥미를 느끼지 못하기도 한다. 전혀 사랑을 느낄 이유가 없는, 오직 난관만이 있는 사랑을 해야 하는 남녀가 죽도록 헤어지지 못하고 가시밭길을 걷기도 한다. 왜? 혹 처음부터 사랑의 인연은 처음부터 운명으로 정해져 있을까? 오직 신만이 알겠지. 우리를 창조하면서 신비로운 호르몬과 신경 전달 물질을 넣어놓으셨으니.

동호는 의사로서도, 한 사람의 남자로서도 사랑의 묘약이 무엇인지 알아내지 못하고 그저 그 힘에 굴복하고 말았다. 탄생을 하루 앞둔 시저스 타워 꼭대기에서 뜨거운 사랑을 나누었다. 민주는 부끄러워하면서도 과감하게 동호를 원했고 그는 섹스의 제왕이라도 된 것처럼 거침없이 오래오래 민주를 안았다.

동호는 알았다.

당장 다음날부터 이 거대한 빌딩에서 수많은 남녀가 사랑을 나누겠지. 수백 개의 객실을 갖춘 특급 호텔이 있고 세계에서 가장 높고 호화로운 클럽도 있으니. 그러나 이 역사적인 건물에서 가장 먼저 사랑을 나눈 남녀가 우리라는 사실은 절대 변하지 않아.

그러나 동호는 몰랐다. 그들이 시저스 타워에서 마지막으로 사랑을 나눈 커플이 되리라는 것을.

전날 밤의 뜨거운 기억을 다시 떠올리며 곧 다시 민주를 만날 행복감에 젖어들었다. 민주는 개업 첫날 밀려든 각종 축하 주문 때문에 자정 넘도록 꽃바구니를 만들어야 한다고 투덜댔다. 주인아줌마와 함께 새벽 1시쯤 꽃시장에서 미리 물건을 떼다 놓고 퇴근할 예정이라고 했다.

— 오늘은 주리 언니가 일찍 들어갔거든요. 저는 오늘 새벽까지 일하는 대신 내일은 늦게 출근해도 돼요. 우리 내일 잠깐 얼굴 봐요.

— 알겠어요. 보고 싶은 마음, 좀 참아볼게요.

알겠노라고 했지만 동호는 불쑥 찾아가서 민주를 놀래주고 싶었다. 밤늦게까지 일하는 민주와 주인아줌마를 위해 야식거리도 챙겨서 갈 생각이었다. 민주가 덧붙였다.

— 그리고 이제부터 말 놓으세요. 괜히 안 친한 사이 같잖아요.

— 기다리던 바야. 예절 교육을 확실히 받았는데? 그럼 이제 공손하게 오빠, 하고 불러봐.

동호의 농담에 민주가 소리 내어 웃었다. 그러다가 말했다.

— 오빠. 이제 그만하고 들어가세요. 피곤할 텐데.

그렇게 전화를 끊었다. 동호는 차에 오르기 전에 문자를 남겼다.

— 곧 보게 될 거야. 그때까지 안녕히.

"어머니 먼저 올라가서 주무세요. 전 다시 타워에 가볼게요."

차가 집 가까이 왔을 때 동호가 양 회장에게 말했다. 지그시 감고 있던 눈을 뜬 양 회장이 물었다.

"타워에 다시 돌아간다고? 피곤하지 않니?"

피곤하지 않아요. 사랑에 빠졌거든요. 아이처럼 유치하게 깜짝 이벤트를 할 거예요.

"야간 행사 잘 끝났나 돌아도 보고요. 사무실에도 한 번 더 올라가 보려고요."

동호의 말에 양 회장은 뿌듯한 표정으로 고개를 끄덕였다. 그때 조수석에 탄 이 비서의 핸드폰이 울렸다. 그는 담담한 목소리로 전화를 받다가 일순간 음성이 흐트러졌다. 당황한 기색이 역력했다. 이 비서가 전화를 끊자 양 회장이 바로 물었다.

"왜 그래? 자네답지 않게."

"회장님. 현장으로 돌아가야 하겠습니다."

"왜? 무슨 일 있나?"

동호는 혹시 행사 중에 안전사고가 생긴 게 아닌가 겁이 덜컥 났다.

축하 행사는 잡음 없이 끝나야 의미가 있는데.

이 비서는 떨리는 목소리로 말했다.

"건물이 사라졌답니다."

다시 현장에 돌아온 양 회장과 동호는 눈앞에 벌어진 현실을 인정하지 못했다. 양 회장이 쇼크로 쓰러졌다. 동호는 비서와 함께 양 회장을 근처 아산병원으로 옮겼다. 현장은 시저스 그룹 관계자들 중에서 그나마 평정을 유지하는 이 비서에게 맡겼다.

병실과 복도를 오가면서, 동호는 밤새 두 개의 전화번호를 눌렀다. 하나는 이 비서의 전화번호, 또 하나는 민주의 전화번호였다. 이 비서는 놀라울 만큼 침착한 태도로 현장 상황을 실시간으로 보고했다. 그런데 민주는 전화를 받지 않았다. 동호는 정신력의 한계를 경험했다. 동호는 수술을 앞두고 환자를 안심시키듯 스스로를 다독였다.

충격을 받은 엄마를 챙겨야 하고 그룹 차원에서 정확한 사태 파악과 수습에 나서야 한다. 그리고 민주의 행방도 알아봐야 한다.

침착하자, 이동호, 제발.

시저스 타워의 참사 뉴스는 사건 직후 인터넷 속보부터 시작해 TV, 라디오, 신문 등 모든 매체가 실시간으로 중계했다. 깊이를 알 수 없는 직경 200미터짜리 구멍을 찍은 헬기 영상은 보는 이들의 가슴을 서늘하게 만들었다.

주변의 지반 붕괴 위험 때문에 사태 파악도 쉽지 않았다. 기자들은 건물이 완전히 사라진 것으로 보아 구멍의 깊이가 최소한 600미터 이상이라고 추측해서 보도할 뿐이었다. 군병력이 출동해 현장 주변에 바리케이드를 치고 강제로 민간인들을 내보냈다. 이 비서를 비롯한 시저스 그룹 관계자들도 현장을 떠나야 했다.

그리고 아침이 밝았다.

행정안전부 산하 재해대책본부는 시저스 타워 현장에 긴급 상황실을 마련했다. 그러나 추가 붕괴 위험이 제기되자 바로 현장을 떠났다. 정부에서는 새벽 6시를 기해 대피령을 내리고 구멍에서 반경 10킬로미터 이내의 모든 주민을 대피하도록 했다. 육군과 기상청 소속의 헬리콥터가 차례로 현장 위를 비행하면서 정밀 촬영을 했다.

그리고 아침 7시, 청와대 회의실에서 대통령 주재로 긴급 대책 회의가 열렸다. 관계 당국의 장차관을 비롯한 고위 공무원들은 물론이고 국내 최고 권위의 지질학자들까지 호출되어 참석했다. 먼저 헬기에서 촬영한 현장 모습을 사진과 동영상으로 지켜보았다. 여태껏 어떤 재해 현장에서도 보지 못한 기괴한 구멍을 보면서 다들 신음을 흘렸다.

처음에는 테러가 아닐까 우려도 했지만 건물의 붕괴 형태로 보아 폭탄 테러는 아닌 것으로 판단되었다. 아무래도 가장 의심이 가는 원인은 지진이었다. 마른 체구에 키가 큰 기상청장이 자료를 보면서 보고했다.

"지진하고는 상관없음이 밝혀졌습니다. 오늘 새벽 기상청 지진센터에서 보내온 자료에 따르면 어떤 관측에서도 지진으로 의심되는 수치를 발견할 수 없습니다."

"그렇다면 건물 부실 문젠가?"

대통령이 참담한 표정을 감추지 못하고 물었다. 건교부 장관이 대답했다.

"일단 부실시공 가능성은 없어 보입니다. 사고 당시, 건물 주변에서 개장식 야간 행사 장면을 찍고 있던 수십 대의 카메라가 당시의 상황을 선명히 녹화했습니다. 건물은 무너진 게 아니라 통째로 땅 속으로 사라졌습니다."

"나도 그게 궁금한 걸세. 어떻게 123층짜리 건물이 통째로 사라지나?"

무거운 침묵이 흘렀다. 사고가 일어난 지 아직 일곱 시간밖에 지나지 않았다. 자다가 일어나 바로 달려온 사람들도 있었다. 그때 안경을 쓴 곱슬머리 남자가 헛기침을 했다.

"아직 확실하지는 않지만 의심 가는 부분이 있긴 합니다."

대통령은 누구신가, 하는 표정으로 남자를 보았다. 급하게 마련된 회의니만큼 참석자들 앞에 명패를 마련하지 못했다. 근처에 있던 비서 한 명이 남자에게 귀엣말로 '자기소개를 부탁합니다.'고 말했다.

"아, 저는 연세대 지질학과 홍진구 교수라고 합니다."

"말해보시오, 홍 교수."

대통령이 상체를 기울이며 들을 준비를 했다.

"싱크홀 가능성이 있습니다."

"싱크홀?"

"싱크홀은 지하 암석이 용해되거나 기존의 동굴이 붕괴되면서 땅이 꺼지는 현상을 말합니다. 위에서 보면 원형으로 구멍이 난 것처럼 보이기 때문에 홀이라는 표현이 붙었습니다. 오랫동안 가뭄이 계속되거나 지하수를 지나치게 빼 쓰는 경우에도 생기고, 지반이 구조물의 무게를 이기지 못해 내려앉는 경우도 있습니다."

"홍 교수. 싱크홀은 석회암 지역에서 생기는데 반포 일대는 편마암(片麻岩)이나 편암류의 변성암(變成岩) 지역이요."

지질학자 출신의 기상청장이 반론을 제기했다. 홍교수가 말했다.

"청장님 말이 맞습니다. 하지만 최근 몇 년 사이에 도시 집적화 현상이 심해지면서 석회암 지역이 아닌 곳에서 지반이 꺼지거나 기우는 경우가 여러 차례 보고되었습니다. 몇 년 전에 깊이 500미터짜리 싱크홀이 생겼던 과테말라 지역도 석회암 지반이 아닙니다."

"계속해보시오. 들어봅시다."

대통령이 홍 교수에게 손짓했다.

"네, 대통령님. 싱크홀은 크게 두 가지로 분류합니다. 기반암의 지붕 전체가 갑자기 무너지는 현상을 스토핑(stoping)이라고 하고요, 비교적 물렁한 지반이 서서히 내려앉는 현상을 래벌링(raveling)이라고 부릅니다. 또 어떤 싱크홀은 지진 같은 외부 충격으로 생성되기도 합니다. 반포 지역에 싱크홀이, 만약 싱크홀이라면 스토핑 형태이겠지요."

넓은 회의실은 다시 정적에 빠졌다. 손으로 관자놀이를 주무르던 대통령이 일어섰다. 그는 옆에 서 있던 비서실장에게 주문했다.

"헬기 준비하게. 직접 봐야겠어."

소희는 밤새 시저스 타워 참사에 대해서는 모른 채 숙면을 취했다. 평소와 다름없이 아침 일찍 일어났고 집에서 가까운 북한산 둘레길을 가볍게 조깅했다. 아침 운동하는 사람들이 여느 때보다 좀 적어서 이상하다 싶은 정도였다. 운동을 마치고 집에 들어왔을 때 아침 식탁에 앉아 있던 부모님의 얼굴을 보고 뭔가 심상치 않은 일이 생겼구나, 짐작했다.

"왜 그래요, 아빠?"

아빠는 대답 대신 미간을 잔뜩 찌푸린 얼굴로 거실 TV 화면을 턱짓했다. 청와대 기자회견실을 빽빽하게 메운 기자들 앞에 정부 대변인이 나와서 브리핑을 하고 있었다. 소희는 땀이 살짝 스민 트레이닝복 차림으로 식탁 의자에 앉아 TV를 보았다.

정부의 1차 발표는 세 가지 내용이었다.

시저스 타워를 집어삼킨 구멍은 자연현상의 하나인 싱크홀이다. 구멍의 직경은 180미터, 깊이는 최소 700미터, 최대 1000미터로 추정된다. 추가 지반 붕괴 위험이 있으므로 정부의 허가가 있을 때까지 싱크홀 주변 10킬로미터의 지역은 민간인의 출입을 금한다.

한 기자가 물었다.

"싱크홀의 깊이는 어떻게 측정한 겁니까? 정확한 깊이를 모른다는 이유는 뭐죠?"

대변인 옆에 있던 전문가가 마이크 앞에 와서 대답했다.

"싱크홀의 깊이는 위성을 통해 측정했습니다. 정확한 깊이를 확인할 수 없는 이유는 건물의 자체 붕괴 가능성 때문입니다. 건물 제일 위층의 위치가 지하 500미터로 추정되는데요, 만약 건물이 온전하게 보존된 상태로 떨어졌다면 싱크홀의 깊이는 지상에서 건물 꼭대기까지 깊이인 500미터와 건물 높이 562미터를 더해 약 1000미터가 됩니다. 그러나 그 정도 높이로 떨어졌다면 건물 구조가 붕괴되었을 가능성이 높습니다. 최대한 붕괴되어 건물 잔해의 두께가 200미터쯤이라고 가정하면 싱크홀의 깊이는 500미터와 200미터를 더해 700미터로 추정이 됩니다."

정부측 대답이 끝나기가 무섭게 빨테 안경을 쓴 여기자가 물었다.

"구조 작업은 언제 어떤 식으로 진행되나요?"

이번에는 다른 담당자가 마이크 앞에 섰다.

"지금 지반이 큰 충격을 받은 상황이라 주변의 추가 붕괴 위험이 매우 높습니다. 그리고 싱크홀 안의 상황도 아직 확인하기 어렵습니다. 오늘 오후부터 헬기를 통해 싱크홀 안의 상황을 파악할 예정입니다. 그러나 2차 붕괴가 일어날 수도 있어서 신중하게 검토한 후 접근할 예정입니다."

또 다른 여기자가 질문 차례를 얻었다.

"예상되는 인명 피해는 어느 정도인가요?"

처음 설명을 했던 청와대 대변인이 다시 마이크를 잡고 답변했다.

"시저스 그룹 측의 관계자와 확인을 해보고 있는 중입니다. 건물 아래에서부터 보면서 설명을 드리겠습니다."

대변인은 건물의 얼개를 그린 도면과 층수를 표시한 도표를 보며 말을 이었다.

"당시 지하 쇼핑몰의 상가들 중 일부 가게 상인 수백여 명이 빌딩 안에 있었던 것으로 추정됩니다. 70층까지는 대부분 사무실인데 거의 비어 있었던 것으로 확인되었습니다. 70층부터 98층은 아파트와 레지던스가 섞인 주거공간인데 역시 아직 입주를 시작하지 않아서 사람은 없었던 것으로 보입니다. 100층에 위치한 나이트클럽 층에 손님과 종업원 포함해 천여 명 정도 인원이 있었고, 101층에 있는 바에도 수백여 명의 사람이 있었다고 합니다. 100층부터 120층까지 스무 개층이 호텔인데 객실은 모두 602개입니다. 당일 투숙률이 60퍼센트 정도라고 하니까 2인씩 잡으면 대략 700여 명 정도의 투숙객이 있었던 것으로 보입니다. 종업원 수는 100여 명이고요. 마지막으로 121층과 122층 두 개 층은 전망대로 레스토랑들이 있는데 이쪽에 있었던 인원은 파악이 안 되고 있습니다. 건물 전체로 합산해보면 2천 명 내외로 짐작됩니다."

방금 전에 질문한 기자가 되물었다.

"실종자들의 생존 가능성은 얼마나 될까요?"

이 질문에는 답변을 준비 못한 듯 정부 관계자들이 서로 얼굴만 쳐다볼 뿐이었다. 그러다가 아직 답변을 하지 않은, 작은 키에 고지식하게 생긴 반대머리 남자가 마이크 앞에 섰다. 시저스 타워 시공 책임자였던 S건설 이희태 상무였다. 그는 침이 마른 목소리로 더듬더듬 답변했다.

"초고층 빌딩은 원래 철저하게 외부 충격에 대비해서 지어집니다. 지진이나 강풍, 비행체 충돌까지 고려해서요. 그런데 그런 외부 충격은 전후좌우에서 오는 상황만 시뮬레이션을 합니다. 사실 건물이 수직으로 충격을 받는 일은 없으니까요."

"그런데 그런 일이 생겼잖습니까?"

질문 기회를 받지 않은 기자들 중 한 명이 소리치듯 물었다. 이 상무는 주눅이 든 얼굴을 숙이고 대답했다.

"그렇습니다. 시공 책임자로서 진심으로 사과 말씀 드리겠습니다."

"아직 답변이 안 됐잖습니까? 실종자들 생존 가능성이 얼마나 되느냐고요?"

질문했던 기자가 다그쳐 물었다. 이 상무는 침을 꿀꺽 삼켰다.

"저도 잘 모르겠습니다. 아마 그 정도 높이에서 수직 낙하해서 충돌했다면… 생존 가능성은 희박하지 않나…."

그 대목에서 기자들이 술렁이기 시작했다. 대변인은 급히 기자회견을 마치고 정부의 2차 발표를 기다려달라고 말했다.

소희의 아빠는 고개를 내저으며 수저를 들었다. 엄마 역시 어두운 표정으로 밥을 먹었다. 소희는 부모님의 반응을 이해했다. 단순히 참사의 끔찍함 때문만은 아니었다. 두 분은 평생 딸이 사고를 당하지 않기만을 기도하며 사셨던 분들이었다. 이런 종류의 사고는 남의 일처럼 느껴지지 않았다.

"잽싸게 씻고 와서 밥 먹을게요."

소희는 애써 경쾌하게 말하고는 갈아입을 옷을 챙겨 화장실로 들어갔다. 적당히 시원한 샤워 물줄기를 맞으며 고개를 젖혔다. 마음속으로 기도했다. 최대한 많은 이들이 살아남았기를. 그리고 어떤 식으로든 그들이 지상으로 탈출하기를.

D + 2

온통 어둠이었다. 태어나서 이토록 숨 막히는 어둠은 처음이었다. 민주는 자신이 죽었다고 생각했다. 그도 그럴 법했다. 앞도 안 보이는데다 동굴의 웅웅거림처럼 정체불명의 소음만 멀리서 들려왔다.

얼마나 시간이 흘렀을까.

민주는 세상이 꺼져버리던 순간을 떠올렸다.

양재동 꽃시장으로 막 떠나려던 참이었다. 영희와 안나는 먼저 차에 가 있겠다고 가게를 나갔고 민주도 가게 안을 정리하고 문을 나서려고 할 때 발밑이 훅 꺼지는 기분이 들었다. 곧이어 소음이 들렸고 사방이 뒤흔들렸다. 민주는 본능적으로 작업 테이블 아래로 들어갔다.

얼마 안 있어 불이 꺼졌다. 쭉 떨어지다가 잠시 미끄러지는 느낌도 들었다. 그러다가 다시 자유낙하하는 가속도가 느껴졌다. 그러다 쿵 멈추었다가 또 떨어지기를 반복했다. 천장이 무너지고 벽이 흔들렸다. 바닥에 구르면서도 테이블 아래에서 나오지 않으려고 기를 쓰고 버텼다.

적어도 5분은 정신 못 차리게 추락했다. 몸이 멍들고 손톱이 부러져나갔다. 테이블 위로 건물 잔해로 추정되는 덩어리들이 쿵쿵 떨어지는 소리가 들렸다. 작업용 철제 테이블이기 망정이지 나무 테이블이었다면 진작 부서졌으리라. 민주의 몸 역시도. 어느 순간부터 점점 속도가 느려지더니 멈췄다. 그 뒤로 어떤 움직임도 없었다.

민주는 무슨 일이 있었는지 정확히 알지 못했다. 처음에는 두려워서 테이블 밖으로 나오지 못했다. 지진이라는 생각이 들었다. 몇 시간을 웅크려 있자니 몸이 딱딱하게 굳는 것 같았다. 놀라서 뭉쳐버린 근육에 전해지는 고통을 느끼면서 테이블에서 기어나왔다. 덜덜 떨리는 손으로 캄캄한 주변을 만져가면서.

빛이 있어야 해. 어디서 빛을 얻지? 아, 핸드폰!

건물이 흔들리면서 손에 들고 있던 핸드폰을 놓쳐버린 기억이 났다.

바닥 어딘가 있을 텐데.

벽과 천장에서 부서져내린 인테리어 자재들에 깔렸을지도 몰랐다. 캄캄한 어둠 속에서 핸드폰을 찾는 일은 무모했다. 그래도 핸드폰이 유일한 빛, 유일한 희망이었다. 어쩌면 외부로 연락이 될지도 모른다.

민주는 무릎을 꿇고 네 발로 기는 자세로 주변 바닥부터 더듬었다. 자꾸 흐느낌이 터져나오려는 걸 겨우 참았다. 울고 싶은 대로 울었다간 몸에 힘이 빠져버릴 것 같아서였다. 유리인지 석면 조각인지 시멘트 부스러기인지 모르는 작고 뾰족한 알갱이들이 반바지 아래로 드러난 무릎과 손바닥에 쓸렸다. 그럴수록 절박해졌다. 자기도 모르게 눈물을 뚝뚝 흘리면서 바닥을 쓸었다. 얼마나 지났을까. 오른손 끝에 익숙한 느낌의 물체가 툭 닿았다.

그때 동호의 얼굴이 번쩍 눈앞에 떠올랐다 사라졌다. 선한 미소와 열망을 담은 눈동자. 그리고 진심을 이야기하는 목소리도 귓가에 울렸다.

— 그대가 원한다면 언젠가 이 세상의 모든 아침을 나와 함께 해줘.

노래 가사였던가? 민주는 겁이 덜컥 났다. 다신 그 얼굴을 못 보고, 다신 목소리를 듣지 못할까 봐.

민주는 기도하는 심정으로 핸드폰을 잡았다. 자칫 영원히 끊길 뻔했던 인연을 이어주었으니 이번에도 더 한 번 자신을 구해주기를 바랐다.

홀드 버튼을 눌렀다. 천 길 낭떠러지가 아닌 하늘까지 치솟은 에베레스트 산의 푸르고 당당한 사진이 떴다. 그런데 사진 위에 안테나 표시는 통화 불능 상태였다.

"안 돼!"

민주의 입에서 탄식이 흘러나왔다. 민주는 핸드폰을 잡은 손을 부르르 떨었다. 혹시나 하는 마음에 인터넷 연결을 시도했다. 역시 불통이었다. 이번에는 핸드폰 불빛을 이용해 주변을 비추어 보았다.

폭격을 맞은 꼴이었다. 천장에 붙어 있던 전등은 다 떨어졌고 벽에 기대 서 있던 꽃 진열장도 깨졌다. 정성껏 만들어놓았던 꽃바구니와 꽃다

발이 바닥에 나뒹굴었다. 바닥에 흩어진 꽃이 스산하게 보였다.

박살이 난 쇼윈도 밖으로 천천히 나가보았다. 사방이 온통 무너져 내린 폐허였다. 그 속을 뚫고 돌아다닐 힘도 없고 용기도 없었다. 그저 막막했다.

갇혔다.

목을 조르는 것 같은 밀실 공포에 몸을 부르르 떨었다. 주변이 차츰 자신을 향해 조여드는 착각에 빠졌다. 소리를 질러보았다. 발로 땅을 구르고 허공에 주먹질을 했다.

오랜 시간 이성을 마비시키는 두려움에 시달린 뒤 민주는 겨우 이성을 찾았다. 일단 최대한 생존 가능성을 높여야 한다는 생각이 들었다. 민주는 유일한 희망, 적어도 유일한 불빛인 핸드폰 전원을 껐다.

어차피 통신 불능 상태라면 전원을 켜나 끄나 상관없다. 조금이라도 배터리를 아끼는 편이 낫다.

허기가 지고 졸음이 오고 웅크린 채 잠을 잤다가 깬 뒤에야 민주는 핸드폰 전원을 다시 켜보았다. 하루가 지난 아침 7시였다. 전날 자정쯤 일이 생겼으니 이렇게 갇힌 지 벌써 31시간이다. 그동안 몸에 들어온 거라고는 먼지와 절망뿐.

31시간이라는 숫자를 확인해서였는지 갑자기 목구멍이 타는 갈증이 닥쳤다. 곧이어 극심한 허기에 배를 움켜쥐어야 했다. 민주는 삼풍백화점이 무너졌던 사건을 떠올렸다. 물과 음식 없이 일주일 넘게 생존한 이들의 기적 같은 스토리를. 그러나 동시에 깨달았다.

가능성이 희박한 일이기에 '기적'이라는 표현을 써서 보도했겠지.

음식도 물도 없이 얼마나 더 버틸 수 있을까? 앞으로 하루도 더 못 버틸지도 몰라. 과연 내일 아침이 오려나?

민주는 핸드폰을 조작해 문자메시지 함으로 들어갔다. 마지막으로 온 문자는 이틀 전 밤에 동호가 보낸 문자였다.

— 곧 보게 될 거야. 그때까지 안녕히.

왈칵 눈물이 솟았다. 몸을 떨며 울었다. 어쩌면 물 한 방울 없는 상황에서 눈물마저도 아껴야 할지 모른다는 생각이 들 무렵 어떤 소리가 들렸다. 혹시 또 건물이 떨어지려나 싶어 작업 테이블 아래로 기어들어갔다. 그런 소리가 아니었다. 민주는 겨우 용기를 내서 일어섰다. 핸드폰 불빛으로 앞을 비춰가며 가게에서 나왔다.

시저스 타워를 찾은 수많은 사람 중에는 범죄자도 섞여 있었다. 일상의 공간인 지하철이나 백화점에도 사이코와 살인범이 눈에 띄지 않게 평범한 시민의 외양으로 섞여 있는 것처럼. 남의 물건을 훔친 자도, 폭력조직에 몸담고 있는 자도, 사기꾼도, 납치범도, 창녀도 포주도 선량한 사람들 틈에 섞여 화려한 구경거리를 보러 왔다. 죄의 경중으로 치면 주현태는 그중에서도 으뜸이었다.

현태는 전과 6범이었다. 성폭력 전과가 두 번, 폭력 전과 한 번, 절도 전과 세 번. 그러나 현태는 경찰이 밝혀낸 범죄들 외에 다른 범죄도 저지른 경험이 있었다. 연쇄살인마 유영철이 단순 절도로 조사받던 중에

살인행각이 드러난 것처럼, 그 역시 드러나지 않은 범죄 리스트를 갖고 있는 인물이었다. 다만 현태는 운 좋게 걸리지 않았을 뿐이다.

현태가 처음으로 사람을 죽인 건 3년 전, 택시 운전을 막 시작한 서른한 살 때 일이었다. 새벽 1시가 넘은 시간에 젊은 여자가 택시에 탔고 목적지를 말한 뒤 바로 곯아떨어졌다. 가끔 그런 손님이 탈 때마다 속으로 나쁜 생각만 하고 넘어갔는데 그날은 검은 마음에 음험한 불꽃이 튀었다. 현태는 손님이 자는 틈을 타서 인적 없는 국도변으로 차를 몰았다. 차를 세운 뒤 그가 갈등한 대목이라고는 어떻게 여자 입을 틀어막을까 하는 부분뿐이었다.

현태는 양말을 벗어 여자의 입을 막았다. 만취 상태였던 여자가 저항을 하려고 했지만 술에 취한데다 완력으로는 상대가 되지 않았다. 현태는 국도변 다리 아래로 여자를 끌고 가서 강간했다. 계획에 없는 범죄였기에 당장 욕구를 해소하고 나니 어떻게 해야 할지 몰랐다. 바닥에 쓰러진 여자는 술에 취한 상태에서 계속 울부짖었다.

덜덜 떨고 있는 여자를 내려다보던 현태는 갑자기 견디기 어려운 충동에 사로잡혔다. 현태는 다시 여자에게 다가가 몸 위에 올라탔다. 그리고 목을 졸랐다. 낚시를 할 때와 비슷한 방식의 쾌감을 느꼈다. 낚시감과의 팽팽한 줄다리기. 사력을 다해 버둥거리던 여자가 마침내 숨이 끊어져 축 늘어지는 순간, 현태는 대어를 수면 밖으로 낚아 올리는 기분이었다. 전율의 진폭은 수백 배 더 컸다. 뇌 회로 속에 쾌감의 메커니즘이 또렷하게 새겨졌다.

가난했던 탓에 정규 교육은 실업계 고등학교에 그쳤지만 주현태의 지능은 무척 높은 편이었다. 가끔 신경질적으로 발현되기도 하는 세심한 감성도 갖고 있어서 어린 시절에는 미술 대회에서 종종 입상하기도 했다. 고등학교를 마치고 바로 군대를 다녀온 현태는 컴퓨터 AS기사로 사회생활을 시작했다.

학교라는 굴레에서 벗어나자 성적 악마성이 바로 고개를 쳐들었다. 일을 시작한 지 1년도 안 되었을 때 노래방 도우미에게 술을 먹이고 강간했다. 다행히 여자가 경찰에 신고를 하지 않았으나 얼마 안 지나 같이 엘리베이터를 탔던 여중생을 옥상으로 끌고 가서 강간하려다 주민에게 붙잡힌 일은 그냥 넘어가지 못했다. 현태는 징역 2년의 실형을 받았다.

교도소에서 나온 뒤로 현태의 삶은 점점 괴물의 행적에 가까워졌다. 유전인자에 새겨진 본성 때문인지, 조금씩 벌어진 정상적인 삶과의 괴리가 걷잡기 힘들 만큼 커져버렸기 때문인지 정확한 원인은 그 자신도 알 수 없었다. 처음엔 스스로 저지른 범죄가 무섭기도 하고 희생자들에 대한 죄책감도 있었지만 그런 감정은 범행을 반복하고 교도소를 들락거리면서 점점 옅어져가더니 아예 사라졌다.

현태는 3년 동안 택시운전을 하면서 총 8명의 여자를 강간하고 죽였다. 그중 한 건은 수도권에서 발생한 또 다른 여성 납치 연쇄살인사건의 범인이 뒤집어썼다. 밤늦게 집에 들어가던 여고생을 죽였는데 버려진 농가에 딸린 밭에 묻은 시체 처리 방식이 그놈의 범행 스타일과 비슷했던 덕이었다.

현태는 수사 결과를 보도하는 뉴스를 보면서 묘한 희열을 느끼는 한편 더 치밀하고 신중해져야겠다는 다짐을 했다.

이토록 엄청난 쾌감은 오래오래 맛봐야지.

많은 연쇄살인범들이 그렇듯 현태의 뇌 속에는 심각한 망상증이 진행 중이었다. 그는 종종 세상의 질서가 붕괴되는 장면을 상상했다. 큰 불이 나거나 일본처럼 쓰나미가 몰려오거나 하는 식의. 법과 경찰력이 힘을 잃는 상황에서 악마성을 마음껏 발현해보고 싶었다.

그는 가끔 일을 쉬는 날에 하릴없이 사람이 많은 곳을 찾곤 했다. 쇼핑몰, 공원, 광장, 유흥가 등등 젊은 여자들이 모이는 곳을 찾아서 생명의 향기를 만끽했다. 그리고 상상했다. 닥치는 대로 그녀들을 유린하고 짓밟는 일을.

시저스 타워를 찾았을 때도 현태는 혼자였다. 전국 각지에서 모여든 사람들 틈에 휩쓸려 이리저리 다니면서 카오스적 상상을 즐겼다. 시저스 타워가 지하로 꺼지던 순간, 현태는 집에 돌아가기가 아쉬워 지하 1층에 있는 게임 아케이드에서 오락을 하고 있었다. 원래 게임 아케이드는 밤 10시에 문을 닫았지만 오픈 첫날이라 새벽 1시까지 연장 영업을 했다. 바글바글하던 손님들은 자정이 가까워지자 대부분 빠져나가고 손님보다 직원이 더 많았다. 그 상황에서 건물이 떨어진 것이다.

현태도 잠시 정신을 잃었다. 다시 눈을 떴을 때 현태는 자기가 있는 곳이 아직 현실 세계인지 사후의 세계인지 헷갈렸다. 아직 살아 있음을 확인한 그는 주머니에서 핸드폰을 꺼내 주변을 비추어 보았다.

무너진 천장과 벽으로 넓은 아케이드 안은 엉망이었다. 곳곳에 시체들이 누워 있었다. 몸이 부러져 죽은 사람들도 있고 건물 잔해에 깔려 죽은 사람들도 있었다. 현태는 철제로 만들어진 자동차 경주 오락 박스에 들어가 있어서 비교적 부상이 덜했다. 물론 낙하하면서 심하게 흔들렸던 탓에 몸 곳곳이 멍투성이였다. 그래도 크게 부러지거나 찢어진 외상은 없었다.

절뚝거리며 오락실 안을 돌아보던 현태의 눈에 수리공으로 짐작되는 남자직원이 보였다. 팔이 구겨진 채 바닥에 쓰러진 직원은 필시 죽은 게 분명했는데 근처에 떨어진 작은 손전등이 보였다. 오락기를 손볼 때 쓰는 손전등이었다. 현태는 손전등을 집어들었다. 스위치를 올리자 핸드폰 불빛과는 비교도 안 되는 환한 불빛이 뻗어나갔다.

불의 발견이었다. 온통 암흑인 세계에서 빛을 가진 자가 되었다.

직원이 허리춤에 차고 있던 공구 벨트에는 드라이버가 십자와 일자 두 자루나 있었다. 현태는 공구 벨트를 풀어서 자기 허리에 찼다. 그럴싸했다. 서부 영화에서 본 건맨이라도 된 착각에 사로잡혔다.

다들 손들어! 나는 지옥에서 온 카우보이다!

오락실에 생존자가 없음을 확인한 현태는 밖으로 나갔다. 거대한 쇼핑몰의 복도는 천장에서 무너져 내린 콘크리트 더미로 뒤덮였다. 워낙 늦은 시간에 일어난 일이라 사람은 많지 않았다. 가끔 기괴한 자세로 죽어 있는 시체들이 손전등 불빛에 잡혔다.

현태는 그중에서 한 여자의 시체를 유심히 살폈다. 서른 정도로 되어 보이는 여자였는데 특별한 외상이 없어 보이는 깨끗한 시체였다. 짧은 원피스 차림이었는데 치마가 위쪽으로 들린 상태로 쓰러져 있고 하얀 팬티가 고스란히 보였다. 현태는 검지손가락으로 천천히 팬티 고무줄을 내려 보았다. 그리고 여자의 몸을 쓰다듬었다. 하얗고 작은 얼굴을 만지던 현태는 여자의 머리 뒤쪽이 움푹 패어 있음을 알았다. 아마도 건물이 낙하하는 충격에 바닥에 머리를 부딪치면서 죽은 것으로 보였다.

운 좋게 살아 있는 년들도 있겠는데?

현태는 짜릿한 흥분에 사로잡혔다. 상상 속에서나 그리던 무질서와 파멸의 세계 한복판에 들어왔다. 그는 한층 더 대담한 마음이 되어 복도를 걸었다.

그때 그의 귀를 스치는 소리가 있었다. 사람이 내는 소리였다. 짧은 호흡, 또는 신음. 현태는 소리가 들린 곳으로 불빛을 비쳐가며 천천히 걸었다. 한 손에는 드라이버를 빼들고.

무너져 내린 벽에 깔린 사람이 둘 보였다. 남자가 여자를 보호하려고 감싸 안은 자세였다. 남자의 몸에서는 피가 흘러나오고 있었다.

현태의 손전등으로 남자의 얼굴을 비쳤다. 남자는 아직 숨이 붙어 있었다. 그는 현태를 보고도 희미한 표정의 변화만 보일 뿐 몸을 쉽게 움직이지 못했다. 건물 잔해에 깔려 있기 때문이었다. 현태가 들은 소리는 남자가 감싸 안아준 여자가 내는 소리였다. 현태는 여자의 몸을 확인했다. 한쪽 다리가 완전히 부러진 모습이 보였다. 현태의 불빛을 본 여자가 고개를 돌리고 애원했다.

"살려주세요. 심하게 다쳤어요."

현태는 총을 쓸 필요가 없다는 사실을 깨닫고 드라이버를 벨트에 넣었다. 천천히 여자에게 다가갔다. 손전등을 바닥에 내려두고 여자의 옷을 벗겼다. 저항할 힘이 없었던 여자는 소리를 질렀고 현태는 비명에 더 흥분했다. 현태가 여자의 귀에 속삭였다.

"계속 소리쳐 봐. 지하 세계가 쩌렁쩌렁 울릴 때까지."

현태는 거칠게 여자의 옷을 벗겨 알몸으로 만들었다. 부러진 다리가 흔들릴 때마다 여자는 죽을 듯 고통스러워 했다. 현태는 잔뜩 신이 난 물건을 여자의 몸에 집어넣고 괴이한 쾌락을 만끽했다. 그러면서 아직 숨이 붙어 있는, 여자의 남편인지 남자 친구인지 모를 남자와 시선을 마주했다. 현태는 싱글벙글 웃으면서 남자에게 말을 걸었다.

"왜? 너도 하고 싶어?"

일을 치른 뒤 현태는 여자의 목을 조르기 시작했다. 그러다 생각이 바뀌었다.

어차피 다리가 부러져 움직이지도 못하는 년이야. 만약에 더는 살아남은 년들이 없다면 나중에 또 쓸모가 있을지도 몰라.

현태는 울고 있는 여자에게 입을 맞추고 말했다.

"잘 버티고 있어. 내가 돌아올지도 모르니까."

현태는 문득 자신을 보고 있는 남자의 눈동자가 재수 없게 느껴졌다. 십자 드라이버를 빼서 남자의 오른쪽 눈을 쑤셨다. 여덟 명이나 사람을 죽이면서 한 번도 칼을 쓴 적은 없었는데. 드라이버가 안구를 파고들며

들어갈 때 손에 전해지는 물컹한 느낌이 색달랐다.

"오, 이건 좀 좋은데?"

현태는 천천히 드라이버를 넣었다 뺐다 반복하며 신선한 감각을 즐겼다. 피가 드라이버를 타고 흘렀다. 남자는 꺽꺽 소리만 낼 뿐 저항도 하지 못했다. 현태는 드라이버에 묻은 피를 남자의 옷에 닦고 다시 벨트에 넣었다.

현태는 절망적인 남녀를 남겨둔 채 다시 걸었다. 마카로니 웨스턴 〈황야의 7인〉의 테마곡 〈좋은 놈 나쁜 놈 이상한 놈〉을 콧노래로 흥얼거리면서.

현태는 다음날이 될 때까지 이곳저곳을 쏘다니며 두 명의 여자를 더 강간하고 네 명의 목숨을 끊었다. 바깥 세계에서 그는 여자나 아이들에게만 폭력을 행사했다. 체구도 작은데다 학창 시절 남자 친구들에게 괴롭힘을 당했던 그에게 성인 남자는 두려운 대상이었다. 그러나 지하에서 만나는 남자들은 모두 다쳤거나 무기력한 상황에 있었다. 법도 질서도 없는 세계에서 자가증폭하는 광기는 걷잡을 수 없이 커져갔다.

세계에서 가장 화려한 나이트클럽이었던 클럽 시저스는 세계에서 가장 처참한 장소로 변했다. 천장 가득 매달려 있던 조명이 떨어지면서 스테이지에 있던 사람들은 예외 없이 깔려 죽었다. 밀실 같은 룸에 있던 사람들은 그대로 갇혀버렸다.

바에 앉아 있던 달봉은 겨우 살아남았다. 자신의 생존만 확인할 뿐 다른 행동은 하지 못했다. 시멘트 더미에 몸이 묻혔다. 바닥에 얼굴이 찰싹 붙은 상태로 엎어진 자세, 허리 아래로는 감각조차 없었다. 안간힘을 써도 꿈쩍도 하지 않았다. 암흑 속에서 구원의 손길을 찾았다.

"누구 있어요? 이봐요? 대답 좀 해봐요!"

주머니에서 핸드폰을 꺼내는 데만도 몇 시간이 넘게 진을 빼야 했다. 다행히 핸드폰은 부서지지 않았다. 홀드 스위치를 눌러 바탕 화면의 불빛으로 주위를 비추던 달봉은 기절할 듯 놀라 비명을 질렀다.

자신의 얼굴 바로 앞에 시체의 얼굴이 있었다. 그가 잡아먹으려고 했던 사랑스러운 새끼 얼룩말, 수지였다. 스무 살 보드라운 뺨에는 유리 조각이 박혔고 뒤통수는 조명에 맞아 박살이 났다. 수지는 눈을 뜬 채로 죽었다. 눈은 정확히 달봉을 보고 있었다.

아직 수지의 입술 감촉이 뺨에 선명한데!

"세상에. 이건 안 돼. 이럴 순 없어."

달봉은 소리치다 흐느끼기 시작했다. 아무 소용도 없었다.

시간이 지나자 고통과 피로와 졸음이 뒤섞여 혼수상태 비슷한 몽롱함에 빠졌다. 귀신들이 주변을 떠도는 기운을 느꼈다. 한순간에 주검이 된 원혼들의 흐느낌이 환청으로 귀를 떠나지 않았다. 죽은 수지의 숨결이 코끝에 와 닿았다.

어느 순간부터 다리를 누르고 있는 무게가 느껴지지 않았다. 다리를 완전히 못 쓰게 된 걸까? 차라리 죽었다면 좋았을 걸 하는 데까지 생각이 미쳤다.

달봉은 암흑 속에서, 그리고 불과 한 걸음도 떨어지지 않은 수지의 시선 속에서 꼬박 서른 시간을 보냈다.

남태성 국장은 인생 최고의 밤을 보내고 있던 중이었다. 시저스 타워 101층에 있는 바에서 홀로 축배를 들었다. 위스키는 자니 워커 블루 라벨. 공무원 중에서도 접대를 많이 받는 요직을 거친 그로서는 자기 돈을 내고 그렇게 비싼 술을 마신 일은 처음이었다.

어떤 스카이라운지 바에서도 보지 못했던 최고의 야경을 만끽하면서 그에 어울리는 술을 즐겼다. 남 국장은 이토록 화려한 구조물이 탄생하는데 중요한 역할을 했다는 사실이 뿌듯했다. 새롭게 펼쳐질 여유 있는 생활에 대한 기대, 그리고 긴장의 이완이 풍만한 행복감을 선사했다. 혼자서 위스키를 3분의 1병쯤 마시고 바에서 나왔다. 기분 좋은 취기가 몸 곳곳에 흘렀다. 주차장으로 내려가면서 대리 기사를 불렀다.

남 국장은 지하 4층 주차장에 세워놓았던 차 뒷자리에 타고 대리기사를 기다렸다. 10년을 탄 그랜저는 이제 내일이면 그의 손을 떠난다. 중고매매상에게 차를 넘기기로 했다. 그리고 전날 계약한 신형 아우디 A6 세단을 내일 받을 예정이다. 1년 뒤에 이민을 갈 계획을 생각하면 그때까지 타던 차를 계속 타고 캐나다에서 새 차를 사는 게 절약하는 길이었지만 남 국장은 더는 절약하는 길을 선택하기 싫었다.

새로 받을 차를 떠올리며 흐뭇해하던 중 건물이 추락했다. 차가 너무 심하게 쿵쾅거렸던 탓에 남 국장은 잠시 기절을 했다. 정신을 차렸을 때 그 역시 암흑을 마주하고 겁에 질렸다. 핸드폰 불빛으로 주변을 확인했다. 바로 눈앞에서 운전석과 조수석이 박살난 광경을 목격했다. 천장에서 떨어진 콘크리트 덩어리가 운전석 유리창을 뚫고 차 안으로 들어와 있었다. 1미터 차이로 죽음을 피한 셈이었다.

다행히 큰 외상은 없었다. 차가 찌그러지는 바람에 문이 열리지 않았다. 남 국장은 깨진 유리창을 통해 있는 힘껏 소리쳤다.

"살려주세요! 누가 있나요? 여기 문 좀 열어주세요!"

어둠은 대답하지 않았다.

남 국장은 구조를 포기하고 문을 여는데 힘을 집중했다. 몸으로 밀쳐 보았지만 문은 끄덕도 안했다. 그는 태생이 논리적인 사람이었다. 차 밖으로 나가지 않고는 구조되거나 생존할 확률이 크게 줄어든다는 판단이 서자 계란으로 계속 바위를 때리는 심정으로 어깨로 문을 쳤다. 멍이 들고 뼈가 아려도 계속 반복했다. 그러다 지쳐 잠이 들었다. 일어났을 때는 아침 8시. 다시 탈출을 시도했다.

어깨와 등으로 문을 밀고 쳤다. 뒷자리에 누워 발로도 차고 밀었다. 처절한 싸움이었다. 몇 시간을 그렇게 육탄전을 벌이고 나서야 끼익 소리를 내며 문이 열렸다. 남 국장은 으깨지기 직전인 어깨를 주무르며 차에서 내렸다. 화가 치밀어올라 타이어를 걷어찼다.

핸드폰으로 길을 비춰가며 걸었다. 무조건 위로 올라가야 한다고 생각했다. 쉽지 않은 일이었다. 거대한 운동장만 한 주차장에 빛이라고는 그의 핸드폰 불빛뿐이었다. 곳곳에 무너져 내린 콘크리트 더미, 그리고 아래층으로 뚫린 구멍이 있었다. 걸음이 막히기 일쑤였고 까딱하면 추락이었다. 가까스로 비상구 입구를 찾았다. 계단을 통해 지하 3층까지 올라갔다. 거기서부터는 계단이 무너져 더는 올라갈 수 없었다.

남 국장은 지하3층 주차장으로 나와 차들이 다니는 출입구를 찾았다. 꺼지고 무너진 출입구가 대부분이었다. 그때 어떤 여자의 목소리를 들었다. 살려달라는, 누가 있느냐는 외침이었다. 그는 잠시 고민했다.

나의 생존에 도움이 될까? 네거티브. 괜히 여자를 도우러 갔다가 혹만 붙이는 꼴이 날지도 모른다.

남 국장은 애절하게 이어지는 외침을 무시하고 계속 입구를 찾았다.

딱 하나 아직 형태가 보존된 차량 출구가 있었다. 나선형의 경사를 오르면서 기도했다. 이 길이 최대한 길게 이어지기를. 그러나 지하 2층까지 올라오니 끊겨 있었다. 다시 지하 2층 비상구를 찾았다. 비상구는 아예 열리지 않았다. 벽이 뒤틀리며 문이 낀 모양이었다.

체력에 한계가 왔다. 밤을 꼬박 새운데다 온종일 고된 행군을 하느라 몸이 녹초가 됐다. 먼지를 많이 마신 코와 목이 뻑뻑했고 핸드폰 불빛에만 의지해서 어둠 속을 돌아다 보니 눈이 빠질 듯 아팠다.

시계를 보니 자정이었다. 변을 겪은 지 꼬박 24시간이 지난 셈이었다. 원래 계획대로였다면 시원한 복국으로 해장을 하고 새 차로 드라이브를 즐기고 편안한 잠을 청할 시간인데.

남 국장은 머리를 굴렸다. 눈을 붙이고 있다가 또 무슨 일이 생기면 깔려 죽기 십상이다. 최대한 생존 가능성을 높여야 한다. 남 국장은 지하 2

층 주차장을 돌면서 튼튼해 보이는 차량을 찾았다.

소형차들은 일단 패스하면서 차를 고르다 보니 마침 그가 인도받기로 했던 차량과 같은 차가 있었다. 위에서 떨어진 철골에 본네트가 뚫려 있었지만 차체는 멀쩡했다. 남 국장은 바닥에 떨어진 머리통만 한 콘크리트 한 덩이를 들어 앞 유리창을 박살냈다. 차 문을 열고 뒷좌석에 들어가 몸을 눕혔다.

묘한 기분이었다.

결국 이 차를 타긴 타는구나.

남 국장은 긍정적으로 생각하기로 했다. 꼭 살아나가서 이 차를 타게 될 거라는 징조야. 그는 무릎을 굽힌 자세로 잠이 들었다.

불편한 자세였지만 다섯 시간을 내리 잤다. 차에서 나온 남 국장은 시간 낭비를 하지 않고 부지런히 길을 찾아 헤맸다. 지상에서는 아침 햇살이 환하게 비칠 시간이지만 그가 있는 곳은 여전히 완벽한 어둠이었다. 한참 주차장을 헤매다가 쇼핑몰로 올라가는 중앙 에스컬레이터 쪽이 비교적 덜 무너져 있는 모습을 발견했다. 위에서 떨어진 검은 대리석 덩어리가 에스컬레이터 입구를 막고 있었지만 그 뒤로는 계단이 멀쩡했다.

그렇게 주차장을 탈출했다. 이제 지하 1층 쇼핑몰이었다. 말이 쇼핑몰이지 무너진 뒤에는 주차장과 별 다를 바 없는 폐허였다.

남 국장은 이동하기 전에 여러 가지 가능성에 대해 한 번 더 숙고했다. 이틀 동안 고민해본 그는 지진이 나서 건물이 땅으로 꺼졌다는 결론에 다다랐다.

그렇다면 살아남을 방법은 두 가지야. 구조대가 와서 구해주거나 건물 옥상으로 올라가서 땅을 타고 기어 나가거나.

어느 쪽이든 오랜 시간이 걸릴 일이었다. 그리고 어느 쪽이든 체력을 유지하는 게 중요했다. 그러기 위해서는 영양 섭취가 우선이었다. 남 국장은 식당가가 건물 위쪽에 모여 있음을 알았다. 보통 대형 건물 지하에도 캐주얼한 푸드 코드가 있었지만 시저스 타워는 달랐다. 최대한 방문객들을 건물 위쪽으로 올라오게 해서 건물 전체에 고루고루 퍼지게 하려는 목적으로 식당가도 건물 위쪽에 배치했다.

그는 건설교통부 주택 국장 자격으로 직접 최종 검토한 건물 설계도를 떠올렸다.

식당가는 121, 122층이었는데. 아, 23층이 있다!

극장이 있는 21, 22층 위인 23층에 캐주얼한 식당 체인이 밀집한 푸드 코트가 있었다. 그렇다 하더라도 너무 멀었다. 이틀이 꼬박 걸려 주차장을 겨우 벗어난 속도라면 23층까지 가기 전에 굶어 죽는다.

다시 정신을 집중했다.

가장 가까운 거리의 식당은? 잘 생각해보라고. 목숨이 걸린 문제야. 아니야. 아무리 생각해도 식당은 없어. 아, 그래! 편의점이 있었어.

일단 편의점의 존재를 안 남 국장은 조심스럽게 지하 1층 복도를 걸었다. 쇼핑몰에 입점한 가게들은 전부 간판이 떨어지고 쇼윈도가 깨지고 내부가 무너진 상태였다. 가게마다 일일이 핸드폰 불빛으로 간판과 내부를 확인해야 했다. 워낙 많은 가게가 있어서 두 번 돌아볼 수는 없다. 지나쳐버리면 끝장이다.

대부분이 의류 매장이어서 별 쓸모가 없었다. 한 시간을 넘게 걸었을까? 샘소나이트 가게에서 비교적 멀쩡한 백팩을 찾아 등에 멨다. 계속 걸었다. 발끝에 뭔가가 툭 부딪혔다. 콘크리트의 질감이 아니었다. 남 국장은 핸드폰 불빛을 발 아래로 비쳐 보았다. 25라는 숫자 아크릴판이었다. 그리고 멀지 않은 곳에 편의점이 있었다.

제일 먼저 냉장고를 확인했다. 안타깝게도 냉장고는 넘어진 채로 시멘트 더미에 깔려 물이나 음료수를 구할 수는 없었다. 절망감을 누르고 계속 잔해를 뒤졌다. 과자와 햄은 멀쩡한 상태로 꽤 많이 있었다. 삼각김밥은 대부분 터지거나 엎어진 진열대 안에 있어서 꺼낼 수 없었지만 그래도 대여섯 개를 수확해 가방에 넣었다.

카운터 앞에는 앞치마를 멘 여자 알바생이 목이 완전히 부러진 채로 죽어 있었다. 그 옆에는 손님으로 보이는 중년 남자가 쓰러져 있었다. 남자는 아직 죽지 않았다. 약하긴 했지만 신음을 간간히 흘렸다. 그 남자 옆에 생수통이 보였다. 무려 2리터짜리. 그리고 옥수수 수염차까지! 남자가 사려고 비닐봉지에 담아 놓았던 모양이었다. 남 국장은 쾌재를 부르며 얼른 물과 음료를 백팩에 넣었다.

이 정도라면 적어도 1주일은 버틸 수 있어.

남 국장은 본능적인 행복감에 젖었다. 편의점을 떠나려는데 누가 발목을 콱 잡았다.

남 주임은 '으악!' 비명을 지르고 말았다. 발목을 잡은 사람은 바닥에 쓰러진 남자였다.

"살려주세요."

남 국장은 다른 쪽 발로 남자의 손을 꾹 밟아서 떼어냈다.

당신을 어떻게 살려줘? 업고 다니라고?

식량을 획득한 남 국장은 복도로 나왔다. 아까보다 훨씬 가벼운 발걸음으로. 이제 1층 로비로 올라가야 했다. 비상구를 찾아 걷고 있는 그의 눈에 불빛이 보였다.

저건 뭐지? 헛것이 보이나?

흔들리면서 다가오는 불빛은 사람의 손에 들려 있음이 분명했다.

D + 3

아빠, 어디 있나요?

안나는 슬픈 눈빛으로 말했다. 그리고 작고 하얀 손을 뻗었다. 혁은 딸의 손을 잡으려고 했지만 그가 서 있던 땅이 천천히 내려앉았다. 캄캄한 지하 먼 곳으로 자꾸만 끌려 들어갔다.

악몽이었다. 잠에서 깬 혁은 머리를 움켜쥐고 괴로워했다. 꿈에서처럼 땅 속이라면 좋으련만 차라리 현실에서 그가 있는 곳은 지긋지긋한 반지하 월세방이었다. 그리고 혁이 실제로 들은 아내의 마지막 말은 그를 찾는 말이 아니라 접근을 막는 말이었다.

— 다시는 날 찾지 마요.

그 소리가 메아리처럼 울리며 혁을 아프게 했다.

받침대도 없이 구석에 놔둔 TV는 밤새 켜진 채로 며칠째 이어지는 시저스 타워 관련 특보를 방송하고 있었다.

사고 3일째. 정부에서는 사고 원인을 싱크홀로 규정하고 사태의 경과를 발표했다. 위성으로 위치를 측정한 결과 시저스 타워는 지하 1190미터의 싱크홀로 빨려 들어갔다. 건물의 외관은 비교적 손상되지 않았으나 추락 당시의 충격으로 내부 구조는 붕괴했을 것으로 추정했다.

당시 건물 안에 있던 사람들의 생존 가능성이 희박하다는 전문가들의 예상이 잇따랐다. 주변 지반의 추과 붕괴와 싱크홀 자연 매립 가능성에 대한 경고도 잇따랐다. 구멍이 워낙 깊어 헬기에서 찍은 사진으로는 검고 거대한 구멍만 보였지만 특수 적외선 촬영으로 얻은 사진에 따르면 이미 옥상 부근은 구멍 단면에서 쏟아져 내린 흙으로 덮여 있었다.

정치권에는 구조 작업을 놓고 갑론을박이 치열했다. 한시라도 빨리 구조대를 급파해서 생존자를 찾아야 한다는 의견과 자칫하면 구조대의 목숨까지 위험하다는 신중론이 팽팽하게 맞섰다. 당국에서도 이런 사고는 처음이었다.

세계적으로는 참고할 사례가 몇몇 있긴 했다. 2010년 칠레 산호세 구리 광산에서 깊이 600여 미터의 갱도에 매몰된 광부 33명을 구출한 예가 있었다. 갱도가 무너진 지 무려 17일 만에 생존자들이 확인되었고 매몰 69일 만에 전원 무사히 구출했다. 물론 비슷한 사건에서 구조 작업이 실패한 예도 있었다. 2007년 미국 유타 주의 크랜들 캐넌 탄광사고에서는 광부 6명과 구조대원 3명이 목숨을 잃었다.

칠레 광산 때와는 상황이 완전히 다르다는 의견도 있었다. 그때는 단순히 갱도가 막힌 사고였기에 아래에 있는 사람들이 안전한 상태로 갇혔지만 이번에는 거대한 건물이 1킬로미터 이상 추락했기 때문에 사람들의 생존 가능성이 극히 낮다는 논리였다. 만약 생존해 있다 하더라도 심각한 부상을 입었을 가능성이 많았다. 게다가 지하 생활에 익숙한 광부들이 아니라 한 번도 이런 종류의 사고를 경험하지 못한 일반인들이기에 더 비관적이었다.

언론에서는 자극적인 접근을 좋아했다. 전문가들까지 동원해 추락 시험을 시연했다. 각각 다른 높이에서 떨어진 달걀이 박살나는 장면, 실제로 콘크리트 상자를 낙하시킨 뒤 그 안에 있는 더미 인형이 찌그러지는 모습을 보여주었다. 온종일 TV 특보를 보는 것 외에는 아무것도 할 수 없었던 혁은 그런 실험 장면을 볼 때마다 미칠 것 같았다.

구해줘.

안나의 목소리가 귀에 생생하게 들렸다.

SK와 KT, LG텔레콤은 합동으로 대책반을 꾸려 전원이 켜진 상태에서 위치추적 전파가 끊어진 가입자들의 번호와 이름을 공개했다. 혁은 명단에서 아내와 딸의 이름을 확인했다.

구조 작업을 독촉하는 여론이 거세지자 정부에서도 논쟁을 벌이고 있을 수만은 없었다. 싱크홀 주변에 지지대를 설치해서 구조대를 보내는 방법은 지반의 추가 붕괴 위험성 때문에 반려되었고 헬기를 이용하는 안이 통과되었다.

헬기가 밀어내는 바람 때문에 싱크홀 안에 기류가 변화를 일으켜 건물이나 지반에 진동을 줄 수도 있다는 우려도 있었지만 수준이 미미할지도 모른다는 점에서 무시되었다. 그래도 헬기가 구멍 안으로 들어가는 건 위험해서 지표면보다 높은 고도에서 케이블로 구조대를 내려 보내야 했다. 문제는 500미터가 넘는 케이블의 부피와 무게였다. 일본에서 지진을 대비한 구조 작업용으로 특수 제작한 신소재 섬유 케이블을 공수해왔다.

붕괴 3일째 되던 날 아침. TV가 생중계하는 가운데 구조 작업이 펼쳐졌다. 119와 해병대가 합동으로 구조대를 편성했다. 모두 60명에 달하는 구조대원이 차례차례 건물 옥상에 도착했다. 의약품과 용접기, 콘크리트 절단기 등의 기구들도 케이블을 통해 내려 보냈다. 그리고 다른 헬기가 특수 조명으로 구멍 안을 비쳐주었다.

구조대원들은 옥상에서부터 난관에 봉착했다. 아래층으로 내려가는 계단이 무너져 건물 옆면을 타고 아래층으로 내려가야 했다. 20명이 한 층씩, 3개 층을 동시에 훑었다. 건물 잔해를 헤치며 생존자를 찾고 시체를 옥상 위로 후송하는 작업이었다. 건물 안의 붕괴 정도는 너무 심한 상황이어서 한 층을 수색하는 데 온종일 걸릴 것으로 예상했다.

오후가 되도록 생존자는 찾지 못했다. 헬기를 통해 참혹한 시신들만 계속 끌려나왔다. 이런 식이라면 지하까지 130여 층을 모두 수색하려면 한 달도 넘게 걸린다는 계산이 나왔다. 한 층 한 층 내려갈 때마다 수색 작업과 구조, 후송에 시간이 더 걸릴 것은 뻔한 일. 물론 삼풍백화점 붕괴 당시 20분의 1도 안 되는 크기의 건물에서, 그것도 지상에 드러난 잔해에서 벌인 구조 작업도 보름이 넘게 걸렸음을 감안하면 느린 속도는 아니었다.

구조대원 수를 더 늘려서 속도를 내자는 의견도 없지는 않았다. 그러나 만일의 경우 건물이 붕괴하거나 매몰될 가능성을 생각한다면 구조대원의 숫자를 더 늘리는 것도 신중해야 했다. 실제로 122층에서 생존자를 찾던 구조대원 한 명이 바닥이 꺼지면서 아래로 떨어져 사망하는 사고가 발생하자 여론은 오히려 무리한 구조 활동을 우려하는 방향으로 바뀌었다.

추락 시의 충격으로 약해질 대로 약해진 건물이 붕괴하기 직전일 거라는 전문가들의 진단도 잇따랐다. 사람들은 전문가들이 다들 제각각 다른 의견을 내놓자 어리둥절한 반응이었다. 게다가 전문가들은 상황이 바뀌는 대로 의견을 슬쩍 바꾸기까지 했다.

구조대원들의 입장에서도 무리하기 짝이 없는 작업이었다. 워낙 위험한 상황인데다가 이런 구조 활동은 교육을 받은 적도 없었다. 자원자를 우선으로 받았는데 구조대원의 사망소식 이후로 자원이 뚝 끊겼다.

TV를 보고 있던 혁은 항의라도 하고 싶은 심정이었다.

이런 식으로 위에서부터 작업을 해서 내려가면 아래쪽에 있던 사람들은 어떡하느냐고.

동시에 혁 역시 그런 방법이 제일 합리적인 선택임을 인정했다. 그러나 혁의 아내와 딸은 지하 1층에 갇혀 있는 게 분명했다. 가게에 있다가 일을 당했거나 아니면 더 아래 주차장에 있을 가능성이 높다고 생각했다. 구조대가 구해줄 가능성은 제로에 가까웠다.

가끔 불길한 예감이 들기도 했다.

과연 살아 있을까?

그럴 때마다 혁은 텔레파시를 믿었다. 멀긴 하지만 분명히 마음이 보내는 신호가 잡혔다. 구해달라고. 제발 지옥의 구덩이에서 꺼내달라고 애원하는 신호가.

혁은 머리에 다이너마이트가 들어 있는 심정이었다. 불이 붙은 심지가 한순간 한순간 타들어갔다.

터지기 전에, 미쳐버리기 전에 무슨 수라도 내야 한다.

시저스 그룹은 새 이름으로 탄생한 지 하루 만에 최대의 위기에 직면했다. 처음에는 양 회장을 비롯한 주요 간부진 모두 패닉 상태였다. 충격으로 쓰러졌던 양 회장이 다시 일어나서 지휘봉을 잡고 사태 수습에 나섰다. 사건 발생 3일째가 되어서야 그룹 차원에서 체계적인 대응 매뉴얼을 세우고 움직이기 시작했다.

동호 역시 어떻게 시간이 흘렀는지 몰랐다. 동호는 양 회장 옆에서 상황을 지켜보면서 자신의 엄마가 얼마나 냉철하고 꼼꼼하고 논리적인 경영자인지 새삼 놀랐다.

다들 시저스 그룹의 재정적 타격을 걱정했지만 실상은 그 반대였다. 신중한 성격의 양 회장은 천재지변으로 인한 건물의 손상이나 붕괴를 대비해 시저스 타워의 투자자이기도 한 AIG 보험을 비롯해 다섯 곳의 보험사에 막대한 액수의 보험을 들어놓았다. 시저스 그룹이 받게 될 보험금은 건물을 짓는데 든 돈보다 오히려 더 많을 전망이었다.

양 회장이 걱정하는 건 두 가지였다. 먼저 각종 피해보상이 잇따를 것을 우려했다. 이에 대비해 그녀는 회사 법무팀을 풀가동 해서 건물 추락에따른 물적 인적 피해보상 소송에서 유리한 입장에 설 증거와 상황을 최대한으로 만들라고 지시했다. 그리고 또 하나는 그룹 이미지 손상이었다.

동호는 머리가 복잡했다. 그런 어머니가 대단하기도 하면서도 역겹기도 했다. 수많은 사람이 목숨을 잃은 상황에서 눈물 한 방울 흘리지 않고 손익만 계산하는 모습에 좌절감도 느꼈다. 그러나 자신이 할 수 있는 일은 별로 없었다.

혁은 양 회장의 부름을 받고 회의에 참석했다. 양 회장이 직접 주재하는 홍보팀 회의였다. 외부에서까지 모셔온 광고 홍보 전문가들이 동석한 가운데 열띤 토론이 벌어졌다. 이번 사건으로 실추된 그룹 이미지를 어떻게 다시 끌어올리느냐가 주제였다.

그룹 이름을 다시 만들자는 가장 적극적인 의견부터 사태가 마무리될 때까지 조용히 지켜보고 있어야 한다는 소극적인 의견까지, 수많은 제안과 방법론이 등장했다. 양 회장은 전문가들의 의견을 조용히 경청하고 있었다.

일단 이번 사태와 관련한 사과문을 TV와 신문, 인터넷을 통해 대대적으로 내보낸 뒤, 이번 사건에도 불구하고 한층 더 번성하는 그룹의 모습을 적극적으로 홍보하자는 쪽으로 의견이 모아졌다.

"위기를 기회로 삼아야 합니다. 이번 광고 캠페인을 '화려한 부활' 캠페인으로 부를 것을 제안합니다."

홍보팀장이 사뭇 비장한 목소리로 결론에 해당하는 발언을 했다. 양 회장의 우호적인 반응을 확인한 뒤 그는 더 자신만만하게 말했다.

"대지진 이후 일본의 국가적인 위기를 걱정하는 목소리가 많았습니다. 그러나 오히려 의연한 자세로 대지진에 대처하고 극복하는 과정에서 일본이라는 나라의 선진적인 이미지가 높아졌으며 경제대국의 면모도 여전히 유지하고 있습니다. 우리 시저스 그룹도 마찬가지입니다. 우리나라뿐 아니라 세계의 이목이 쏠린 지금이 어쩌면 그룹의 또 다른 기회일지도 모릅니다. 이 위기에도 흔들리지 않고 더 크고 강한 회사로 성장하는 모습을 보여준다면, 대내외적으로 우리 그룹의 위상은 한층 높아질 것입니다. 내일부터 구체적인 광고 계획을 잡아보겠습니다."

양 회장이 먼저 박수를 치자 회의에 참석한 모든 사람이 박수를 쳤다. 그때 가만히 듣고 있던 동호가 손을 들고 나섰다. 모두의 시선이 그룹 후계자의 입으로 모아졌다.

"제 생각은 좀 다릅니다. 그룹의 이익도 중요하고 이미지도 중요하지요. 하지만 지금 우리가 제일 신경 써야 할 문제는 바로 건물 안에 남아 있을지도 모르는 생존자들의 구조 작업입니다."

동호의 발언에 회의장 분위기가 얼어붙었다. 양 회장은 옆에 앉은 아들의 얼굴을 날 선 시선으로 노려보았다. 배신감의 표현이었다. 자신과 상의하지 않고 왜 회의 자리에서 갑자기 민감한 발언을 하느냐는 힐난의 시선. 양 회장이 물었다.

"구조 작업에 우리가 도와줄 일이 있나? 그건 정부 주도로 잘 진행되고 있다고 들었는데?"

"구조 작업이 벌어지고 있긴 하지만 '잘' 진행되고 있다는 말에는 어폐가 있습니다. 우리 시저스 그룹도 회사 차원에서 구조 작업에 동참해야 합니다. 그룹의 이미지를 위해서도 그렇지만 인도적인 차원에서도 그냥 정부에 맡겨놓을 수만은 없습니다."

동호의 목소리는 비장했다. 사람들은 깜짝 놀랐다. 아무것도 모르는 철부지 외과의사로 알려졌던 동호는 주눅 든 모습 없이 당당했다. 그의 목소리는 사람의 마음을 움직이는 힘이 있었다. 양 회장이 말했다.

"그럼 우리 회사에서 구조대라도 만들어 보내자는 얘기냐? 그건 쉬운 일인 줄 알아? 마음 급하다고 함부로 움직였다가 또 다른 사고라도 나면 어떡하려고? 전문 교육을 받은 최고의 구조대원들도 그 아래에서 예기치 못한 사고로 목숨을 잃었어. 우리는 피해자 가족들에 대해 법적으로 적절한 보상을 해줄 계획이야."

"적절한 보상이요? 사랑하는 사람을 잃은 상실감을 무슨 수로 적절하게 보상하나요? 지금 우리는 회사를 걱정해야 할 때가 아니라 우리 때문에 그 아래 갇힌 사람들을 걱정하고 가족들에게 사과해야 할 때입니다."

"회의 내용 기억 안 나니? 신문과 인터넷에 사과문을 개제하고 방송도 하겠다잖니?"

"아니요. 그런 식으로는 안 됩니다. 우리 그룹의 이미지를 지키기 위한 사과가 아니라 진심이 담긴 사과와 대책이 필요합니다. 진심이 없다면, 어떤 광고 캠페인을 해도 사람들은 등을 돌릴 겁니다."

동호는 엄숙한 목소리를 잠시 멈추고 회의실 안에 앉아 있는 사람들의 얼굴을 둘러보았다. 그리고 물었다.

"여러분들은 천 길 낭떠러지 콘크리트 더미에 갇힌 사람들의 애타는 절규가 들리지 않으십니까?"

그 순간 양 회장이 노기 어린 목소리로 소리쳤다.

"동호야! 넌 지금 회사 일에 개인적인 감정을 섞고 있어. 일을 그르치려는 게냐? 정 니가 진심을 보여주고 싶다면 그 방안을 구체적으로 제시해. 그럼 나도 검토해볼 테니."

김윤진 기자는 방송국 입사 5년차 보도국 기자였다. 올해 막 서른이 된 그녀는 현장에서 뛰어다니는 일을 즐기는 열혈 기자였다. 윤진은 정부의 현장 지휘센터 담당으로 주로 정부 발표를 정리하고 분석하는 일을 맡았지만 당장이라도 카메라를 들고 싱크홀 주변의 일을 취재하고 싶은 욕구를 누르느라 애를 먹었다.

윤진의 앞에는 태어나서 한 번도 보지 못한 자연의 분노가 입을 벌리고 있었다. 성경에서 본 바벨탑을 떠올렸다. 하늘 높은 줄 모르고 올라가던 인간의 욕망과 만용을 신이 벌하셨다는 생각도 들었다. 거대한 구멍 위로 여전히 태양은 공평하게 햇살을 내려주었고 새들은 여름을 노래하며 날았다. 그런 풍경이 너무 비현실적이어서 때론 소름이 돋기도 했다.

현장의 긴급 방송 센터를 지휘하고 있는 이병우 부장은 후배 기자들의 기사에 대해 폄하하기 일쑤였다. 윤진에게도 마찬가지였다.

"야, 인마. 만날 정부 발표만 그대로 베껴 올 거면 왜 기자가 필요하냐? 엉? 대학생 알바보고 취재해오라고 해도 이런 건 해오겠다. 새로운 걸 못 따올 거면 뭔가 니 냄새가 나도록 만져서 들고 와야 할 거 아냐?"

싱크홀이 생긴 직후 달려온 윤진은 며칠 동안 눈코 뜰 새 없는 시간을 보냈다. 집에도 못 들어가고 근처 모텔에서 잠을 잤다. 화장은커녕 자외선 차단제만 믿고 한여름의 햇살을 고스란히 받으며 다녔다.

정부의 구조 작업이 시작된 뒤로는 싱크홀 밖으로 올라오는 처참한 시체만 몇 시간째 구경하는 상황이었다. 그러다 첫 번째 생존자가 지상으로 올라왔다. 122층 레스토랑에서 식사를 하던 50대 여성이었다. 팔과 어깨에 심한 골절상을 입었지만 생명에는 지장이 없었다. 그리고 한 시간 뒤 두 번째 생존자가 구조되었다. 역시 같은 층의 프랑스 레스토랑 총 지배인이었다. 참혹한 시체를 묘사하던 기자들은 생존자의 상황과 프로필, 육성을 따느라 바빴다. 전형적인 재난 보도의 패턴이었다.

뭔가 다른 접근이 필요했다. 허둥지둥 상황의 변화를 따라가는 방송이 아닌, 자극적인 추측 기사가 아닌, 무늬만 전문가들인 작자들의 무책임한 예상과 경고가 아닌, 새로운 아이템이 절실했다.

구멍 위 하늘로 노을이 서서히 지고 있을 때였다. 윤진은 현장 본부에서 당국자들이 구조인력의 추가 투입을 논의하는 회의를 지켜보고 나오는 길이었다. 이래야 된다 저래야 된다, 탁상공론으로 끝났다. 윤진의 리포트 역시 답답한 상황을 그대로 전해주는 답답한 리포트였다.

이 부장에게 잔소리를 들을 각오를 하고 방송 지휘 차량으로 돌아오는 길에 한 시민과 경찰들의 몸싸움을 구경했다. 한눈에 보기에도 완벽한 등산장비를 갖춘 남자가 바리케이드를 넘어 들어가려고 했다. 혁이었다.

윤진은 본능적으로 실랑이가 벌어진 쪽으로 걸음을 옮겼다. 경찰 두 명이 발버둥치는 혁의 양팔을 붙들고 앞에도 다른 경찰 한 명이 막아선 형국이었다. 혁은 절규했다.

"이런 식으로 구조하다간 건물 아래쪽에 있는 사람들은 다 죽습니다. 딸이 아래에 있어요. 아빠가 딸을 구하러 가겠다는데 왜 막습니까?"

여기까지는 잃어버린 딸을 구하고 싶은 마음에 무턱대고 나선 아빠의 생떼로 들렸다. 사실 싱크홀 주변 바리케이드를 넘으려다 경찰에 제지당한 사람들은 한둘이 아니었다. 호기심에 그런 사람도 있었고 정신이 이상한 사람도 있었고 혈기 왕성한 자원봉사 단체 젊은이들도 있었다. 다들 구멍에 들어갔다간 살아남지 못할 자들이었다. 남자 또한 그런 객기 때문이리라 추측하고 돌아서려는 순간, 혁의 다음 말이 윤진의 귀를 사로잡았다.

"무작정 들어가려는 거 아닙니다. 계획이 있어요. 전 지구에서 가장 높은 산에도 올라갔다 온 등반가입니다. 에베레스트, K2, 낭가파르바트도 올라간 사람이란 말입니다. 8천 미터가 넘는 벽을 올라갔다 왔는데 천 미터 지하에 못 다녀올 것 같습니까?"

빙고!

윤진은 경찰에 의해 끌려 나오는 혁의 뒤를 따랐다. 그리고 분통해하는 혁을 한쪽으로 불러 세웠다.

"말씀 좀 나눠보고 싶습니다. 저는 SBS 보도국의 김윤진 기자라고 합니다."

"기자들에게는 할 말 없습니다."

혁은 강건한 인상만큼 단호한 태도로 윤진을 긴장시켰다. 그러나 그렇게 물러날 윤진이 아니었다.

"제가 선생님을 도와드릴 수도 있을 것 같습니다. 방송의 힘이 얼마나 큰지는 잘 알고 계시지요?"

"방송의 힘? 이랬다 저랬다 말도 안 되는 예측이나 하고 사람을 겁주는 게 방송의 힘입니까?"

"아무래도 저희 기자들도 이런 종류의 사건은 처음 겪는 일이다 보니 보도하고 분석하는 데 허점이 많았던 것 같습니다. 인정합니다. 죄송합니다. 사실 저도 국민의 한 사람으로서 저 아래 갇힌 사람들을 한 명이라도 더, 하루라도 더 빨리 꺼내야 한다는 생각뿐입니다. 그런 점에서 이렇게 직접 구조에 나서겠다는 시민의 목소리는 점점 커져야 한다고 생각합니다. 경찰에서는 안전 문제 때문에 막는 것이겠지요."

"안전 문제요? 저는 이 세상에 험한 곳이란 험한 곳은 다 다녀본 사람이요."

"그래서 제가 선생님의 이야기를 담고 싶은 겁니다. 아까 프로 등반가라고 하셨지요? 계획이 있다고 하셨는데 좀 들어보고 싶습니다. 저도 그동안 정부의 대책이 너무 안일하다고 불만을 가졌던 사람입니다. 선생님의 뜻이 방송에 소개되어 더 많은 사람을 구할지도 모르는 일이잖습니까?"

그렇게 인터뷰를 시작했다. 윤진은 히말라야를 비롯한 세계의 험로를 수없이 다녀온 혁의 프로필에 먼저 놀랐고 그가 갖고 있는 대담한 계획에 또 놀랐다. 혁의 주장은 이기적이고도 인간적이면서 무엇보다 실현 가능해 보였다.

"지하에 아내와 딸이 갇혀 있습니다. 제 목적은 두 사람을 구해내는 겁니다. 물론 힘이 닿는 한, 제 눈에 띄는 다른 사람들의 구조를 위해서도 최선을 다하겠습니다. 일단 건물 제일 아래로 내려가서 수색을 할 겁니다. 건물을 통해 올라오는 건 미련한 방법이에요. 시간이 너무 오래 걸려요. 구멍 안쪽 흙벽을 타고 움직이면 됩니다. 저는 세상 그 누구보다 잘 올라가고 잘 내려가는 사람입니다. 좁은 틈으로도 쉽게 움직이고 밧줄 하나만 있으면 사람을 올리고 내릴 수도 있습니다. 지금 싱크홀 안에 있는 구조대원들은 그런 식의 작업은 익숙하지 않아요. 저 같은 등반가들이 바로 구조 작업의 적임자라고 생각합니다."

건물 외벽을 타고 움직이지 않고 수직의 토양 절단면을 타고 올라오겠다는 발상이 신선했다. 혁의 말을 듣고 보니 그럴싸했다.

게다가 이 남자에게는 가족을 구하겠다는 드라마가 있다!

"좋습니다. 일단 지금은 경찰의 통제 때문에 들어가기 어려우실 겁니다. 하지만 오늘밤이 지나면 달라질 겁니다."

"당신이 어떻게 장담합니까?"

"정부에서 제일 두려워하는 게 뭔지 아세요? 여론입니다. 선생님의 이야기는 호소력이 있어요. 우리 조금 더 대화를 나눠보죠."

윤진은 카메라 기자를 불러 인터뷰를 이끌어나갔다.

늦은 저녁이었다. 서울의 밤하늘에는 오랜만에 별과 달이 또렷하게 보였다.

언론에서는 여전히 싱크홀 뉴스 특보를 쏟아내고 있었지만 도시의 일상은 예전 모습을 되찾았다. 서울 전체가 꺼져버리기라도 할 듯 공포에 떨던 시민은 다시 아이 교육 문제와 전세금 대출과 아이돌 가수의 컴백 소식과 증시 동향으로 관심을 돌렸다. 싱크홀 주변 반경 10킬로미터 내 대피 명령이 내려졌던 반포 지역에도 대피 경보가 해제되면서 주민이 돌아왔다. 그들은 며칠 비워두었던 집을 청소하고 편안하게 잠을 잤다.

며칠 동안 모두의 관심사였던 시저스 타워 싱크홀은 이제 구멍 안 사람들의 문제로 남았다. 구멍 밖의 사람들은 흥밋거리로 싱크홀의 구조 상황을 지켜볼 뿐이었다. 그리고 구멍 안도 밖도 아닌 곳에 있는 사람들도 있었다. 혁이 그랬고, 동호가 그랬다.

동호가 삼성동의 시저스 그룹 본사에서 나온 시간은 저녁 8시가 넘어서였다. 점심도 샌드위치로 때우고 저녁을 먹지 못했던 그는 강렬한 허기를 느꼈다. 하지만 배고픔보다 더 강한 힘이 동호를 움직였다.

"현장으로 가주세요."

동호는 집으로 향하던 운전기사에게 바뀐 목적지를 말하고 에쿠스 뒷자리에 머리를 기댔다. 며칠째 긴장하고 있었던 터라 목이 깁스를 한 것처럼 뻣뻣했다.

머리가 절반으로 나누어졌다. 절반은 시저스 그룹의 후계자로서 해야 할 일들을 고민하고 처리했고 나머지 절반의 신경은 온통 한 여자에게가 있었다.

민주는 살아 있을까?

민주의 이름 역시 통신사가 발표한 실종자 추정 리스트에 포함되어 있었다. 굳이 그런 증거가 아니더라도 민주가 시저스 타워에 갇혔을 정황은 충분했다. 그것도 제일 아래, 지하층에.

동호는 믿었다.

민주는 살아 있다.

그렇게 생각하지 않고는 괴로워서 견딜 수가 없었다.

그런데 어떻게 민주를 구하지? 지금의 구조 방식으로는 그녀를 구할 확률이 희박하다.

답답한 마음에 동호는 주먹을 꼭 쥐었다 폈다. 그리고 조수석 시트 뒤에 따로 분리된 라디오를 틀었다.

저녁 시간의 시사 프로그램에서는 시사평론가가 나와서 정부의 구조 작업에 대해 비판과 비아냥이 뒤섞인 말을 쏟아내고 있었다.

"이게 말입니다, 지금의 구조 작업에는 이런 측면도 있습니다. 부자인 순서대로 구조가 될 가능성이 많다는 겁니다. 보세요. 돈이 많은 자들일수록 타워의 위층에 갇혀 있습니다. 제일 위층에 있는 고급 레스토랑에서 구조된 이들도 그랬지요. 건물 구조를 보면요, 121층과 122층 두 개 층은 전망대를 겸한 최고급 레스토랑이 있었고 그 아래 120층에는 세계에서 가장 높은 곳에 위치한 명품 컬렉션이라고 대대적으로 홍보했던 대규모 명품숍이 있습니다. 그 아래로도 마찬가집니다. 100층부터 119층까지 스무 개 층은 국내 최고가의 객실료를 자랑하는 특급 호텔, 그리고 멤버십 나이트클럽과 초호화 레지던스와 아파트. 자, 그럼 건물의 아래쪽은 어떤지 볼까요? 건물의 저층부에는 일반 사무공간과 상가들이 있습니다. 지금의 구조 작전을 보면 제일 위층부터 차례로 수색 작업을 한다는 얘긴데 그럼 어떻게 되겠습니까? 건물의 고층부에 있는 부유한 자들이 구조될 확률이 높다는 겁니다. 구조의 손길조차 부의 피라미드와 같은 순서를 따르는 거지요."

라디오를 듣던 동호는 생각했다. 그녀, 민주도 바로 지하 1층의 꽃집에서 변을 당했으리라.

누가 언제 그녀를 구해줄까?

동호의 차는 싱크홀 통제 구역 안으로 들어섰다. 싱크홀 주변은 차량 통행도 엄격하게 막았다. 구경꾼들 때문이었다. 동호의 차에는 정부 상황실에서 발급해준 관계자 스티커가 붙어 있었다. 통제 구역 안에 주차를 했다. 동호는 기사를 남겨두고 혼자 차에서 내렸다.

동호는 경찰에게 신분을 밝히고 경찰 동행하에 바리케이드를 넘어 싱크홀 앞으로 다가섰다. 타타타타— 요란한 헬기 소리가 먼저 동호를 맞이했다. 구조 작업을 돕기 위해 헬기 다섯 대에서 내리쏘는 특수 조명이 싱크홀 안을 밝히고 있었다. 하늘 한쪽 구석에서는 보름달이 물끄러미 인간들의 세상을 내려다보고 있었다. 무슨 일이 있었느냐는 듯 청명하게 반짝이는 별을 쳐다보니 그녀의 반짝이던 눈동자가 겹쳐졌다.

우리의 운명을 위해 건배해요.

와인잔을 내밀던 민주의 손이 불쑥 앞에 있는 착각에 빠졌다. 짧았지만 민주의 표현대로 '운명'이었던 만남. 기적 같은 소통과 눈물겹도록 달콤했던 키스. 그리고 세상 가장 높은 곳에서 나눈 사랑. 민주와 함께한 순간은 다시 못 경험할 짜릿한 행복의 폭풍이었다.

문득 달려가서 구멍 안으로 뛰어들고 싶었다.

그러면 민주를 만날 수 있을까?

"위험합니다."

경관이 동호의 팔을 잡았다. 자신도 모르게 앞으로 나가고 있었던 것이다.

결국 아픈 가슴에 상처만 더 깊어진 채로 돌아와야 했다. 동호는 차에 탄 뒤에도 고개를 숙인 채 가만히 앉아 있었다.

"집으로 모실까요?"

기사가 물었다. 동호는 '네' 기어들어가는 목소리로 말했다. 차가 출발했다. 구멍이 멀어져 간다. 사랑도 멀어져 간다. 동호는 조수석 시트 헤드레스트 뒤쪽에 달린 차량용 TV를 켰다. 뉴스 시간이었다. 오늘 구조 작업을 통해 살아나온 사람들의 명단과 인터뷰가 이어졌다. 이미 회사에서 사이사이 재난방송 속보를 통해 본 내용이었다. 그래도 멍하니 화면에 시선을 고정하고 있었다.

한 여기자의 리포트가 동호의 관심을 끌었다. 그녀는 히말라야의 8천 미터 이상 14좌 중에서 11개봉을 정복했다는 한 산악인을 인터뷰했다. 혁이었다.

화면 배경을 보니 싱크홀 주변이었다. 동호는 혁이 하는 말에 정신이 번쩍 들었다. 아내와 딸이 지하에 갇혀 있다고 밝힌 혁은 바로 싱크홀 제일 아래로 내려가서 지하층을 수색하고 싶다고 했다. 전문 등반가들이 싱크홀 구조 작업에 유리하다는 논리도 그럴 듯했다. 마지막으로 혁은 호소했다.

"매 순간 딸의 목소리가 들립니다. 딸아이가 아빠를 부르고 있습니다. 천 미터 땅 밑에서요. 이대로 아이를 잃는다면 저는 평생 제 자신도, 이 나라도 용서하지 못합니다. 저는 내려가야 합니다. 꼭 내려가야 합니다."

화면을 통해 혁의 비장한 얼굴과 떨리는 음성이 고스란히 전해졌다. 감정이입이 된 동호의 눈에 눈물이 맺혔다. 뉴스는 다음 리포트로 넘어갔다. 순간 동호의 머리에 불꽃이 타닥 튀었다. 잠시 생각을 정리한 동호는 바로 기사에게 말했다.

"죄송합니다. 삼성동 본사로 다시 가주세요."

그리고 핸드폰으로 전화를 걸었다. 양 회장이 전화를 받았다.

"무슨 일이냐?"

"어디세요?"

"집이다. 먼저 출발했다더니 어디 들렀니?"

"어머니, 상의 드릴 말씀이 있어요."

"와서 얘기하자꾸나. 피곤하다."

"아니요. 회사로 가는 길이에요."

양 회장은 잠시 침묵을 지키다가 말했다.

"말해보거라."

D + 4

오랜만에 숙면을 취했다. 침대에서 몸을 일으킨 동호는 싱크홀 사건 이후 최초로 조금이나마 홀가분한 기분을 느꼈다. 처음으로 '희망'이 보이는 아침이었다.

전날 밤 동호는 어머니 양 회장으로부터 자신의 계획에 동의를 얻어냈다. 그리고 이미 퇴근한 홍보팀장과 홍보실 주요 스태프를 회사로 불러 구체적인 실행 방안을 짰다. 한시가 급했다.

동호의 계획은 전적으로 뉴스에서 본 혁의 인터뷰에서 착안했다. 전국의 산악인들과 의료진을 모아 구조대를 편성하자는 게 골자였다. 구조 작업에 필요한 일체의 경비는 시저스 그룹이 지원할 것이며 부상이나 불의의 사고가 났을 때를 대비해 시저스 그룹이 자체적으로 일시적인 보험을 들어준다는 방안도 포함되었다. 그리고 자원자 1명당 1일 100만원의 활동비를 지급하자는 아이디어도 포함됐다.

동호는 출근하는 차 안에서 싱크홀과 관련한 속보와 분위기를 살폈다. 전날 혁의 인터뷰를 보고 감동받은 사람은 한둘이 아니었다. 열사 한 명의 죽음이 전국에 민주화 시위를 촉발시키듯 자원봉사로 구조 활동을 벌이겠다는 사람들이 자체적으로 구조대를 조직해 싱크홀에 들어가겠다며 정부를 압박했다. 작은 기적이 일어난 셈이었다.

"바로 이거야!"

동호는 출근하자마자 전날 계획대로 캠페인을 진행시켰다. 네이버와 다음의 메인 화면에 광고를 띄우고 방송국과 광고공사의 협조를 얻어 민간인 구조대 자원봉사를 모집한다는 광고를 긴급 편성했다. 전날 밤 혁의 인터뷰로 막 불이 붙은 민간인 구조대 조직 열기는 시저스 그룹을 중심으로 뜨겁게 달아올랐다. 동호는 점심 시간을 이용해 직접 정부 관계자를 만나 담판을 지었다.

"의로운 뜻을 가진 사람들을 무턱대고 사지(死地)로 내몰겠다는 것이 아닙니다. 지원서를 받아 철저하게 심사할 생각입니다. 최소한 5년 이상의 암벽 등반이나 산악 구조 활동을 한 사람들에 한해서 구조대를 편성할 계획입니다. 정부와 민간이 이상적으로 협조한 선례로 남게 될 것입니다."

정부 측에서는 반대할 명분이 부족했다. 국무총리 주재로 긴급회의를 회의를 열었고 결국 시저스 그룹의 민간 구조대 활동을 허가했다. 대신

조건이 있었다. 구조대 대원 자격 심사에 정부 관계자도 참여한다는 조건이었다.

상황은 시시각각 변했다. 오후 2시경을 기해 모두 150여 명이던 지원자는 오후 4시에는 800명으로 불어났다. 무조건 많은 구조대를 내보내는 것도 능사는 아니었다. 시저스 그룹 측과 정부가 합의한 민간 구조단의 규모는 정부의 구조대 인력보다 두 배쯤 많은 100명 선이었다. 산악 전문가, 구조 활동 경력이 있는 사람, 그리고 의료진 등 비율을 고루 맞춰야 했다. 나중에 10개 조로 나누어 지하에서부터 10층씩 수색 활동을 펼칠 계획이었다.

— 별의별 사람들이 다 있어요. 의사들은 물론이고 간호사, 약사, 심지어 수맥 전문가에 뱀 잡는 땅군 아저씨도 지원서를 냈네요.

지원서를 취합하는 홍보팀 직원들은 특이한 이력의 소유자를 발견할 때마다 재미와 감격이 섞인 탄성을 질렀다. 동호는 극적인 분위기에 가슴이 뜨거워졌다.

처음에는 썩 마뜩치 않아 했던 양 회장도 여론의 추이가 바뀌자 반색하는 눈치였다. 정부의 승인이 나고 자원봉사 신청자가 폭주하자 그녀는 동호를 직접 불러 칭찬했다.

"인정하마. 아주 좋은 아이디어였다. 이왕 이렇게 일을 벌인 거 잘 진행해서 좋은 성과를 내도록 해라."

마치 회사의 프로젝트를 진행하는 것처럼 말하는 양 회장의 태도가 거슬렸지만 그런 식의 태도에 대해서 어느 정도 포기하자고 마음을 먹은 터였다.

그리고 오후 5시, 동호는 접견실에서 귀한 손님을 맞이했다. 혁이었다. 깔끔한 수트 차림의 동호와 달리 혁은 낡은 청바지에 검은색 반팔 셔츠를 입고 등산화를 신고 왔다. 다만 짙은 눈썹 아래 이글거리는 형형한 눈빛은 결코 만만한 사람이 아님을 보여주었다.

동호는 자신을 시저스 문화재단 대표로 소개하며 혁과 이야기를 나누었다. 혁은 씩씩하고 군더더기 없는 성격이었다. 동호는 얼마 이야기를 나누지 않고도 혁이 무척 마음에 들었다. 혁 역시 시저스 그룹의 지원 의사에 무척 고마워했다.

"좋은 결과가 있을 겁니다, 대표님. 다만 너무 시간을 끌지 말고 한 시라도 빨리 내려가야 합니다. 긴급 상황에서는 1분 1초 사이에 생사가 달라지기도 하니까요."

"이미 지원서 서류 심사는 다 끝났습니다. 지금 개별 통보를 하고 있습니다. 총무팀에서는 최고의 등산 장비와 식량, 그리고 의약품을 준비하는 중입니다. 내일 아침에 간단한 사실관계와 본인 확인만 거친 뒤 바로 조를 짜서 간단한 브리핑을 하고 출발할 예정입니다. 정부에서 헬기를 지원해주기로 했습니다."

"잘 됐군요. 저는 따로 지원서를 내지는 않았지만 참가시켜 주시리라 믿습니다."

"물론이지요. 한 가지 더 제안을 해도 될까요?"

"말씀하십시오."

"이번 민간인 구조대의 대장을 맡아주십시오."

두 남자의 시선이 오래도록 마주쳤다. 동호는 조용히 눈으로 진심을 전했다. 깊이 심호흡을 한 뒤 혁이 고개를 끄덕였다.

"그러지요. 누가 해도 해야 할 일이라면 괜히 그런 일로 시간 낭비할 필요는 없지요. 특별히 해야 할 일이 있습니까?"

"아니요. 다만 민간인 구조대의 정신적 지주 역할을 해주십사 부탁하는 겁니다. 어제 뉴스를 통해 전국에 전해주셨던 진심 어린 마음으로 다른 구조대원들을 이끌어주십사 부탁드립니다."

동호의 말에 혁은 슬쩍 고개를 갸웃했다. 혁은 동호의 눈 속을 들여다보듯 응시하다가 물었다.

"혹시 대표님도 아래에 누가 있습니까?"

동호는 허를 찔린 기분이었다. 침을 삼켰다. 말이 잘 나오지 않았다. 혁은 신중한 표정으로 동호의 대답을 기다리고 있었다.

"네. 사랑하는 여자가 아래에 있습니다."

혁은 천천히 고개를 끄덕였다. 그리고 동호의 손을 잡아주었다.

"살아계실 겁니다. 그리고 다시 만나실 겁니다."

동호는 자기도 모르게 힘주어 혁의 손을 쥐었다.

"구해주십시오. 대장님!"

맞잡은 손에서 희망의 에너지가 느껴졌다.

그때였다. 접견실 문이 벌컥 열리고 홍보팀 팀장이 달려 들어왔다.

"대표님! 큰일 났습니다!"

팀장은 접견실 테이블에 있던 리모컨을 들어 벽걸이 TV를 켰다. 속보를 전하는 뉴스 화면이 바로 떴다.

비보였다. 생존자 수색 작업을 벌이던 119층과 120층의 천장이 동시에 무너졌다. 구조대원 60여 명 중 19명이 몰살당했다. 추가 붕괴 위험이 있어 남은 구조대원들은 긴급히 헬기로 후송되었다.

뉴스 화면에서는 부러진 뼈가 튀어나온 끔찍한 모습으로 들것에 실려 나오는 구조대원들이 보였다. 고통을 못 이기고 신음하는 그들의 비명이 고스란히 전해졌다. 살아남은 구조대원들은 동료의 처참한 모습에 오열했다. 그것은 공포였다. 보는 사람을 짓누르는 야만적인 공포였다.

동호도 혁도 말이 없었다. 가만히 서서 TV 화면을 지켜볼 뿐. 나란히 선 두 남자는 누가 먼저랄 것도 없이 주먹을 꾹 감아쥐었다.

민주가 소녀를 만난 건 이틀 전이었다. 소녀는 울면서 가게 앞을 지나고 있었다. 민주가 나가서 소녀를 불렀을 때 소녀는 민주에게 오더니 털썩 안겨버렸다. 그리고 한참을 울었다.

— 너 이름이 뭐니? 몇 살이니?

소녀는 대답하지 못했다. 원래 청각 장애인 같지는 않은데 이번 사건의 충격으로 실어증에 걸린 듯 말을 하지 못했다. 다만 손가락을 두 번 펴서 열세 살임을 알려주었다.

소녀는 등 오른쪽에 심한 상처가 있었다. 핸드폰 불빛으로 봐서 잘 보이지 않았지만 살이 꽤 벌어져 곪고 있는 모양이었다. 소녀의 부모는 죽은 것으로 짐작되었다. 부모님 이야기만 물어보면 울어버리는 통에 아예 이야기를 꺼내지 않았다.

민주는 소녀를 데리고 가게 안에 들어왔다. 민주는 아직 다 살피지 못한 가게 안을 구석구석 살폈다. 운 좋게도 물을 발견했다. 가게 안에 있는 생수통이 쓰러졌는데 물을 쏟고도 절반 가까이 남아 있었다. 20리터들이 사이즈니까 10리터쯤의 물을 확보한 셈이었다.

컵은 없었다. 그녀는 물론이고 같이 일하던 주리와 영희도 각자의 머그컵이 있었지만 건물이 추락하면서 깨져서 흩어진 모양이었다. 대신 작업용으로 쓰던 플라스틱 바구니를 발견했다. 바구니를 헹궈서 물을 담아 마셨다.

몸과 정신을 꽉 조이고 있던 끈 중 하나가 풀리는 기분이었다. 민주는 소녀에게도 물을 담아주었다. 소녀 역시 허겁지겁 물을 마셨다. 그 뒤로도 소녀는 틈만 나면 물을 찾았지만 민주가 막았다.

— 오래 살아남으려면 물을 아껴야 돼.

소녀는 허기를 물로라도 채우고 싶은 심정인 듯했다. 민주 역시 3일 넘도록 아무것도 먹지 못했다. 먼지투성이 음식이라도, 날고기라도 먹을 자신이 있었다. 음식을 찾으러 떠나볼까 생각도 했지만 일단 안전한 곳에서 기다리는 편이 더 낫다는 판단이 들었다.

민주는 소녀를 꼭 끌어안고 잤다. 그래도 둘이 함께 있으니 혼자 있을 때보다는 나았다. 눈을 떴을 때 소녀는 또 울고 있었다. 민주는 핸드폰 전원을 켜 소녀의 얼굴을 불에 비쳐 보았다.

"왜 그러니?"

소녀는 민주를 바라보며 눈으로 말했다.

— 배고파요, 언니.

"먹을 게 없어. 밖에 나가도 구하기 쉽지 않을 거야. 아마 무너져 내린 잔해에 막혀 걸어다니기도 힘들걸?"

— 그럼 여기서 굶어 죽나요?

"아니. 구조대가 올 거야."

— 어떻게 아세요?

"우리가 여기 있는지 알 테니까. 그때까지 기다리면 돼."

그녀 스스로도 확신이 안 가는 말이었지만 소녀는 민주의 말을 믿는지 고개를 끄덕였다. 소녀는 전날보다 더 야위고 파리해 보였다.

"너 상처 좀 보자."

민주는 소녀의 셔츠를 젖히고 등 뒤의 상처를 살펴보았다. 피와 고름이 뭉개진 상처가 부풀어 오른 모습이 확연히 보였다.

심각하게 감염이라도 된 게 아닐까?

민주는 겁이 덜컥 났다. 그러나 해줄 수 있는 일이 아무것도 없었다.

민주는 소녀를 꼭 끌어안고 토닥여주었다.

"괜찮아. 곧 나갈 거야. 그럼 병원에 가서 상처도 치료하자. 누나가 잘 아는 아저씨 중에 훌륭한 의사 선생님이 계셔."

거기까지 말한 민주는 목이 멨다. 눈물이 고이고 가슴이 울렁거렸다. 소녀가 어둠 속에서 민주 쪽을 빤히 쳐다보았다. 민주는 소녀의 시선을 느꼈다. 빛이 없는 곳에서 느낌으로 이어지는 시선이었다. 울먹임을 멈추자 암흑의 공간은 더 무거워졌다.

또 하룻밤을 웅크린 채 지냈다. 잠을 자고 일어나도 꿈속인지 현실인지 구분이 안 갔다. 앞은 캄캄하고 귀는 먹먹했다. 추락의 충격으로 멍투성이던 몸 곳곳은 시멘트 바닥에서 며칠을 버티느라 무르고 저렸다.

민주는 가끔 손을 뻗어 소녀의 존재와 생사를 확인했다.

소녀가 말이라도 하면 조금 더 나으련만.

침묵도 어둠만큼 괴로운 적이었다.

"물 좀 마시자."

민주는 손으로 더듬어서 생수통을 찾았다.

그때 밖에서 소리가 들렸다. 멀게 들리긴 했지만 사람의 목소리가 분명했다.

"사람이다! 넌 여기 잠깐만 기다리고 있어. 알았지?"

민주는 핸드폰을 켰다. 지상에서 가장 높은 산이 떠 있는 화면의 불빛으로 지하 가장 깊은 곳의 어둠을 밝히며 걸음을 옮겼다. 소녀도 민주의 뒤를 따라갔다.

하필이면 군인을 만날 게 뭐람.

현태는 재수 한 번 더럽게 없다고 생각했다. 이틀 전 지하를 걷다가 마주친 사람은 머리 하나는 더 큰 건장한 체격의 남자였다. 옷이 좀 찢어진 걸 빼면 특별히 다친 데도 없어 보이는 남자는 자신을 해병대 소령

장봉걸이라고 소개했다. 봉걸은 지하 1200미터에서 상상할 수 있는 가장 우렁찬 목소리로 말했다.

— 잘 됐소. 이런 곳에서는 한 명이라도 힘을 합치는 게 중요하지. 그쪽은 나이가 몇이요? 이름은?

— 서른넷입니다. 주현태라고 합니다.

— 나보다 두 살 동생이구만. 상황이 상황인 만큼 내가 지휘권을 맡지. 내가 말 놓는데 불만 있나?

불만이 있다고 말했다간 몇 대 때릴 기세였다. 현태는 보통의 성범죄자들이 그러하듯 육체적 힘에서 우위에 있는 상대를 만나자 한없이 쪼그라들었다. 다만 현태는 허리춤에 쌍권총을 차고 있음을 기억했다. 틈을 봐서, 봉걸에게 틈이라는 게 있다면, 목덜미에 드라이버를 꽂아넣는 상상을 하며 울분을 달랬다.

— 내 뒤쪽으로는 비상구가 전부 막혔어. 그중에서 한 군데가 잔해를 치워보면 올라갈 수 있을 것 같아. 내가 기억해뒀지. 마지막으로 북쪽으로 가서 확인 안 한 비상구가 있는지 체크해보자.

— 북쪽이요?

현태가 물어보자 봉걸은 손목시계를 보여주었다. 나침반이 같이 붙어 있는 야광 군용시계였다. 봉걸은 동서남북으로 방향을 설정하고 차례로 비상구를 확인한 것이었다.

— 자네 손전등 좀 줘봐. 내 핸드폰은 배터리가 한 시간도 안 남은 것 같아. 이놈이 꺼지면 꼼짝없이 죽을 판이었는데, 자네를 만난 걸 보면 죽

으라는 법은 없다는 옛 말이 맞군. 얼른 전등 좀 줘봐.

현태는 한 걸음 뒤로 물러섰다. 손전등은 암흑천지 세계에서 자신이 가진 무기였고 특권이었다. 건네주기 싫었다. 봉걸이 한 걸음 앞으로 다가섰다. 각진 얼굴에 눈까지 부리부리한 봉걸의 턱이 실룩거렸다. 현태는 침을 꿀꺽 삼키며 손전등을 건네주었다.

— 아까 내가 말했지? 앞으로 내가 지휘하겠다고. 우리 둘 모두를 위해서야. 자네도 살아나가고 싶지?

기세에 눌려 고개를 끄덕이긴 했지만 현태의 진심은 달랐다. 나가고 싶다는 생각은 해본 적 없었다. 갈증과 배고픔이 점점 참기 힘든 지경으로 심해졌지만 그래도 이곳이 마음에 들었다.

이 막무가내 군인만 만나지 않았다면!

손전등을 빼앗아 든 봉걸은 거침없이 앞으로 걸어갔다. 현태는 분노가 치밀어 올랐다. 반드시 봉걸을 해치우겠다고 다짐했다. 기회는 오래 걸리지 않아 찾아왔다.

북쪽의 비상구들을 확인해본 봉걸은 결론을 내렸다.

— 아까 내가 봐둔 비상구가 그래도 제일 가능성 있어. 일단은 시간이 너무 늦었으니까 눈을 좀 붙이자.

자정이 되자 봉걸은 수색을 멈추었다. 그는 편편한 바닥을 찾아 몸을 눕혔다. 시체에서 벗겨낸 옷가지들을 바닥에 깔고 머리를 괴었다. 현태도 좀 떨어진 곳에서 자는 척 누워 있었다.

한 시간쯤 지났을까? 봉걸의 규칙적인 숨소리가 들렸다.

깊은 잠에 빠졌구나.

현태는 천천히 일어섰다. 그리고 핸드폰을 열어 봉걸과의 거리를 확인했다. 대여섯 걸음 정도 앞에서 봉걸은 세상 모르고 잠들어 있었다. 현태는 천천히 걸었다. 희미한 핸드폰 불빛 속 봉걸의 얼굴이 귀신처럼 섬뜩하게 느껴졌다.

죽여버리겠어.

현태는 허리춤으로 손을 옮겼다. 드라이버를 막 빼들려는 순간, 봉걸이 번쩍 눈을 떴다.

— 너, 게이냐?

현태는 얼어붙어서 움직이지 못했다. 봉걸은 다시 눈을 감고는 중얼거리듯 말을 이었다.

— 10년쯤 전이야. 내가 소위일 땐데 야전훈련을 나갔지. 요즘처럼 존나게 더운 여름이었어. 가뜩이나 모기 때문에 짜증이 잔뜩 나서 잠도 잘 못 자고 있는데 누가 내 텐트로 슥 기어 들어오더라고. 내가 모시고 있던 중대장 대위였지. 게이였어. 내가 그놈을 어떻게 했는 줄 알아? 얼마나 때렸던지 게이 녀석 코가 내려앉고 고막이 나갔다니까. 그 뒤로 나는 잠을 깊이 안 자. 한번만 더 나를 덮치려고 했다간 자지를 잘라버릴 테니까 알아서 해.

돌아가 누웠지만 현태는 통 잠을 이루지 못했다. 겨우 잠이 들었는데 악몽을 꾸었다. 거구의 해병대 소령이 자신의 페니스를 잘라버리는 꿈. 현태는 허우적대다가 현실의 손길을 느끼고 잠에서 깼다.

"기상! 지금이 몇 신데 아직까지 자냐? 얼른 움직이자."

봉걸은 현태의 핸드폰을 집더니 걸어갔다. 현태는 당장 달려가서 드라이버로 봉걸의 목을 쑤셔버리고 싶었지만 자칫하다간 한 방에 나가떨어질 게 뻔했다. 험악한 인상으로 보건데 정말 아랫도리를 자르고도 남을 위인으로 보였다.

지겨운 길이었다. 곳곳에 패이고 꺼지고 내려앉은 길을 걸었다. 흔들리는 손전등 불빛에 의지해 느리고 불안한 걸음을 옮겨야 했다. 현태는 갈증과 배고픔이 극에 달했다. 가끔 정신이 혼미해졌다. 앞에서 걸어가는 봉걸이 거대한 고깃덩이처럼 보이기도 했다.

남 국장이 이틀 전에 본 불빛은 사람이 들고 있는 불빛이 아니었다. 무너진 천장의 콘크리트 단면에 공연장에서 쓰는 야광 팔찌가 걸려 있었다. 바람에 흔들리는 팔찌에 아직 희미하게 빛이 남아 있었다.

바람?

남 국장은 흔들리는 팔찌를 보며 고개를 갸웃했다. 그렇다면 저 위로 뚫려 있다는 이야긴데? 그는 손을 뻗고 점프해서 닿지 않는 높은 지붕을 핸드폰 불빛으로 이리저리 비추어 보았다. 그러나 아껴 썼음에도 불구하고 배터리가 거의 닳은 핸드폰의 희미한 불빛은 위쪽의 상황을 파악하기엔 역부족이었다.

손을 뻗으면 미약하긴 해도 바람이 느껴졌다. 위로 올라간다는 희망을 포기할 수 없었다. 며칠째 돌아다니면서 남 국장이 본 유일한 희망이었다.

발을 동동 구른다는 심정을 알 것 같았다. 그는 점점 빛이 꺼져가는 야광 팔찌가 흔들리는 모습을 보면서 그 아래에서 떠나지 못했다. 하루를 꼬박 그렇게 막막하게 기다린 뒤에야 그는 깨달았다.

사람이 필요하다. 나를 저 위로 올려줄 사람.

남 국장에게는 물과 식량이 있었다. 때가 되면 규칙적으로 식사를 했다. 최대한 아껴가면서. 이런 식이라면 며칠 더 버틸 수 있을 것 같았다.

그러나 그 뒤에는? 결국 말라 죽겠지.

남 국장은 멀지 않은 곳에 쓰러져 있던 시체의 옷을 벗겨 바닥에 늘어놓았다. 다시 돌아왔을 때 위치를 찾기 위한 일종의 표식이었다. 그리고 길을 떠났다. 사람을 찾기 위해.

암담했다. 며칠째 남 국장이 목격한 생존자라고는 시체와 별반 다를 게 없는 심각한 부상을 입은 사람들뿐이었다. 그조차도 몇 명 되지 않았고 도움이 안 되는 인간들이었다.

소리를 지르며 사람을 찾아볼까 하는 생각도 했다. 그것도 불안했다. 괜히 여러 사람을 붙였다가 물과 식량만 축날 거라는 걱정도 들었다.

다들 갈증과 허기로 제정신이 아닐 텐데. 딱 한 명만 필요해. 나를 위로 올려줄 딱 한 사람.

남 국장은 조급하고 불안하고 두려운 마음을 달래며 걸었다. 그러다 어느 순간 핸드폰 불빛이 꺼져버렸다. 아슬아슬 남아 있던 배터리가 완전히 나가버렸다. 순식간에 캄캄한 어둠에 갇혔다. 분노가 치밀어 올랐다. 지향점이 없는 분노.

이제 어떻게 해야 하지?

보통 사람이었다면 패닉 상태에 빠졌을지도 모르지만 남 국장은 불안조차도 통제할 수 있는 침착함의 소유자였다. 아까 마지막으로 확인한 핸드폰 시간은 밤 10시가 넘었다. 남 국장은 다시 잠을 잤다.

아침에 일어난 그는 시간을 확인할 길이 없었다. 손목시계도 보이지 않았고 다시 전원을 켠 핸드폰은 잠깐 불이 들어오다가 말았다. 그리고는 아예 켜지지 않았다.

한참 동안 우두커니 앉아 있었다. 결국 마지막 방법을 택했다. 원시시대 인류가 생존을 위해 택했던 방법, 물물 교환.

"누구 있어요! 사람 있나요?"

남 국장은 있는 힘껏 외쳤다. 대답은 없었다. 블랙홀로 빛이 빨려 들어가듯, 어둠이 소리를 삼키는 것 같았다. 일단 결정을 내린 그는 반복해서 소리를 질렀다.

그렇게 얼마나 시간이 지났을까? 남 국장은 멀리서 깨알만 한 불빛을 보았다. 그 빛은 느린 속도이긴 했어도 분명히 조금씩 커지면서 다가왔다. 남 국장 역시 불빛을 향해 걸음을 옮겼다.

핸드폰을 들고 온 사람은 여자였다. 지치고 말라 보였으나 비교적 건강해 보이는 젊은 여자. 그리고 딸이라고 보기에는 좀 커 보이는 여자아이도 그녀 뒤에 따라왔다. 민주와 소녀였다.

남 국장은 속으로 쾌재를 불렀다. 가장 이상적인 조력자다. 속이기도 쉽고 버리기도 쉬운.

"괜찮으세요?"

민주가 물었다. 남 국장은 이미 계산해둔 대로 말하고 행동했다.

"사람을 만나서 다행입니다!"

남 국장은 정말로 반가운 사람처럼 민주를 끌어안았다. 영양실조 직전인 민주의 마른 몸을 느끼면서 걱정이 들었다.

이 여자가 나를 들어줄 수 있을까? 천장 위로 손이 닿을 만큼?

아침에 품었던 희망은 저녁의 절망으로 바뀌었다. 싱크홀 현장의 참혹한 사고는 오후 내내 TV와 인터넷을 탔다. 처음에 19명이 깔린 것으로 알려졌으나 시간이 흐르면서 사망자가 늘어 23명의 구조대원이 사망하거나 실종된 것으로 밝혀졌다.

전날까지만 해도 앞장서서 싱크홀로 뛰어들 것처럼 분위기를 고조시키던 언론은 단숨에 태도가 돌변했다.

— 신중하지 못한 결정이 제 2의 대형 참사를 불렀다.

— 구조대원의 목숨도 목숨이다.

— 예견된 안전사고 누구의 책임인가?

기사와 사설의 헤드라인은 그런 식이었다. 정부 또한 책임론을 따지기에 급급했다. 시저스 그룹에도 민간인 구조대를 불허한다는 방침을 통보했다.

정부의 불허 방침이 아니었다 해도 민간인 구조대는 불가능해졌다.

지원 서류가 통과해서 뽑혔다는 통보를 받은 사람들이 전화를 걸어 불참 의지를 밝혔다. 아내가 너무 걱정해서, 아이들이 말려서, 갑자기 몸이 아파서 등등 비겁하고 인간적인 핑계를 대는 사람이 많았다.

동호는 저녁 일찍 회사에서 나왔다. 무력감에 몸을 가누기 힘들 지경이었다. 그는 다시 싱크홀 현장을 찾았다.

싱크홀 주변에는 두 겹으로 바리케이드가 에워싸고 있었다. 먼저 싱크홀 주변 100미터 둘레로 군용 철조망이 일반인들의 접근을 제한했다. 정부와 취재진, 그리고 시저스 그룹 관계자들은 경찰의 에스코트 하에 바리케이드 안으로 들어왔다. 그 안에 싱크홀과 5미터의 거리를 두고 노란색 접근금지 띠가 둘러져 있었다. 구조 작업 인원 외에는 넘어서면 안 되는 선이었다.

동호는 한참 동안 5미터 앞의 구멍을 지켜보았다. 정부의 구조 작업마저 중단된 싱크홀은 전보다 더 넓어진 것처럼 착시 현상을 불러일으켰다. 노을빛이 스민 거대한 구멍 위로 이름 모를 새들이 날았다. 마음으로 물었다.

살아 있나요?

대답이 없었다. 오늘 아침만 해도 그녀가 살아 있으리라는 10퍼센트의 가능성과 구해내리라는 1퍼센트의 가능성을 믿었는데 이제 그런 혼자만의 숫자 놀음도 무의미했다. 0. 어떤 가능성도 0이라는 숫자 모양처럼 구멍으로 다 빨려 들어갔다.

그녀 없이 살 수 있을까? 당연히 살 수 있겠지. 그러나 오랜 세월, 어쩌면 평생 그녀를 그리워하며 살겠지.

동호는 그런 인생을 택하고 싶지 않았다. 그런데 선택권이 없다.

에스코트하던 경찰이 그를 힐긋 쳐다보았다. 동호는 괜히 애꿎은 사람만 고생시킨다는 생각이 들어 바리케이드를 나왔다. 기사가 기다리고 있는 차로 가려는데 낯익은 얼굴이 눈에 들어왔다. 혁이었다. 청바지에 티셔츠. 아까 오후에 헤어졌을 때와 똑같은 복장이었다. 혁은 바리케이드 앞에서 멀리 싱크홀을 보며 동상처럼 움직이지 않았다.

"여긴 또 왜 오셨어요?"

동호가 다가가서 물었다. 혁이 동호를 보며 고개로 인사했다. 잠시 침묵이 흘렀다. 혁이 고개를 돌리지 않고 앞을 보며 말했다.

"히말라야의 산들 같습니다."

"무슨 뜻이죠?"

"인간의 접근을 쉽게 허락해주지 않거든요. 눈보라로, 폭풍으로, 혹한으로 인간의 접근을 막지요. 저 구멍도 꼭 그런 꼴이네요."

동호가 물었다.

"이제 어떻게 하실 겁니까?"

혁은 작지만 단호한 목소리로 대답했다.

"들어갈 겁니다."

동호는 놀라서 혁의 얼굴을 보았다.

"어떻게요?"

혁은 말없이 동호의 얼굴을 빤히 보기만 했다. 동호는 대답을 기다리며 혁을 마주 보았다.

"그것까지는 말씀드리기 곤란합니다."

"언제 들어가신다는 얘기죠?"

혁은 손목시계를 확인한 뒤 말했다.

"8시간 뒤, 새벽 3시요."

이 사람이 미쳤나?

동호는 혁의 눈을 들여다보았다. 헛소리 같지는 않았다. 동호는 혁의 눈에서 마지막 희망의 빛을 보았다. 꺼지고 나면 더는 남은 불씨가 없는 마지막 횃불. 동호가 말했다.

"저도 함께 가겠습니다."

혁은 눈을 번쩍 뜨더니 고개를 내저었다.

"안 됩니다. 일반인들은 무리예요. 수직으로 천 미터 이상을 오르내려야 하는 코습니다. 게다가 언제 무너질지 모르는 구멍이고요."

동호는 물러서지 않았다.

"이래 뵈도 5년 이상 등산을 즐겨 했습니다. 혼자 여행 다니는 걸 좋아해서요. 대장님이 보시기엔 아마추어 수준이겠지만 국내에서는 암벽도 여러 번 타봤습니다. 방해는 안 될 겁니다."

"방해가 안 된다고 데려갈 수는 없어요. 도움이 된다면 모를까."

"지금 우리 회사에는 민간인 구조대 지급용으로 최고의 등산 장비와 수백 명이 며칠 동안 먹을 수 있는 비상식량, 의료품 등이 쌓여 있습니다. 저를 데려가신다면 필요한 모든 물자를 지원받으시는 셈입니다. 그리고 저는 정형외과 의사이기도 합니다."

혁은 무슨 소리냐는 표정으로 동호를 쳐다보았다. 동호는 아직 지갑 안에 들어 있던 병원 신분증을 꺼내 보여주었다.

"보름 전까지만 해도 매일 부러진 뼈를 맞추고 찢어진 살을 이어붙이는 수술을 하던 사람입니다. 이래도 도움이 안 될까요?"

동호는 자기가 무슨 말을 하고 있는지 똑똑히 알았다. 태어나서 이토록 단호했던 순간은 없었다. 혁은 무거운 얼굴로 고개를 내저었다. 동호가 말했다.

"저도 대장님과 똑같습니다. 사랑하는 사람을 위해 내려가야 합니다."

혁이 동호를 보며 물었다.

"죽어도 좋습니까?"

동호는 고개를 끄덕였다. 진심이었다. 이번에는 동호가 물었다.

"근데 구멍에는 어떻게 들어가죠? 경찰이 저렇게 지키고 있는데요?"

"가보면 압니다. 지금은 누구한테도 말하지 않겠습니다."

D + 5

자정이 조금 넘은 시간이었다. 혁은 반지하 방으로 돌아왔다. 동호와 함께 시저스 그룹에서 마련한 구조용 장비들과 구호물품을 확인하고 오는 길이었다.

충분함을 넘어 넘치는 수준이었다. 등산장비는 팀을 꾸려 에베레스트 산을 오르고도 남을 정도였고, 둘이서 먹는다고 치면 1년도 버틸 양의 비상식량과 병원 응급실을 꾸며도 될 만큼 많은 의약품이 시저스 그룹의 본사 지하창고에 준비되어 있었다. 혁은 그중에서 최고의 장비와 물품을 골라 챙겼다. 동호의 장담대로 혼자 가는 것보다는 훨씬 나았다.

다만 등산화와 옷만큼은 예전부터 입던 옷을 입고 싶었다. 방에 돌아온 혁은 영준의 죽음 이후 1년 동안 손대지 않았던 옷과 신발을 꺼내놓고 바닥에 누웠다.

새벽 2시 반에 동호가 장비를 챙겨서 혁을 태우러 오기로 했다. 2시간쯤이라도 잠을 자놓을까 생각하고 있는데 핸드폰이 울렸다. 소희의 번호였다. 잠깐 망설이다가 전화를 받았다. 어쩌면 생의 마지막 통화일지도 모른다는 생각이 들어서였다.

소희의 목소리는 무척 침착했다. 소희는 영희와 안나의 사고 사실을 모르는 건지 혁의 일상적인 안부를 물었다. 혁은 굳이 이야기를 해주지 않았다. 소희는 뭔가 하고 싶은 말을 숨기는 것처럼 빙빙 이야기를 돌렸다. 왜 전화를 한 건지 의아해질 만큼. 보통 때였다면 계속 전화기를 들고 있었겠지만 지금은 그럴 상황이 아니었다. 혁이 말했다.

"소희야. 지금 통화 오래하기 힘들다. 다음에 만나서 하자."

그러자 소희는 애써 아무렇지도 않은 척하는 목소리 대신 긴장이 묻어나는 음성으로 말했다.

"어제 뉴스 봤어요."

"그랬구나."

"저도 자원서 썼어요. 선발되었다는 전화도 받았죠. 그러다 오후에 상황이 바뀌어서 민간 구조대 계획이 취소되었다고 연락이 왔어요."

"그래. 일이 그렇게 됐어."

"위로해도 위로가 안 되리라는 거 잘 알아요. 제가 대장한테 해드릴 일이 없네요. 내일 저녁에 볼까요? 우리 대장, 분명히 며칠째 제대로 먹지도 않고 있을 테니까."

"당분간은 좀 곤란해."

"왜요?"

"어딜 좀 다녀와야 해."

"어디요?"

혁은 잠시 말을 끊었다. 혁은 거짓말을 할 줄 모르는 사람이었다. 그리고 소희는 대충 둘러댄다고 넘어갈 여자가 아니었다. 혁이 말했다.

"싱크홀."

침묵이 흘렀다. 한참 뒤에 소희가 물었다.

"어떻게 하려고요?"

"똑같아. 항상 올라갔다가 내려왔지만 이번에는 내려갔다가 올라온다는 순서만 다르지. 곧 출발해."

"혼자서요?"

"나 같은 친구가 하나 더 있더군. 둘이 갈 생각이야."

"저도 갈게요."

혁은 차마 듣기가 두려웠던 말을 들었다.

"안 돼. 너무 위험해."

"그게 어때서요? 우린 위험한 곳만 골라서 다녔잖아요."

"이번엔 달라."

"순서만 다르고 똑같다면서요?"

"나에겐 그렇지. 너에겐 달라."

"왜죠?"

"난 죽어도 목숨이 아깝지 않으니까. 넌 그럴 필요도 없고 그래서도 안 돼."

"아뇨. 저도 그래요."

"너도 아래에 누가 있니?"

"…."

"니가 날 걱정하는 건 잘 알아. 아무 일도 없을 테니까 걱정하지 마."

소희는 말이 없었다. 소희의 숨소리가 전화기를 통해 전해졌다. 어느 순간부터 흐느끼는 소리가 들렸다. 혁은 흠칫 놀랐다. 소희는 울먹이는 음성을 애써 다듬으며 인사하고 전화를 끊었다.

"알겠어요, 대장. 그럼 잘 다녀오세요."

혁은 전화를 끊고 눈을 감았다.

잠깐 사이에 잠이 들었다. 꿈을 꾸었다. 혁은 안나를 등에 업고 언덕을 오르고 있었다. 안개처럼 어둠이 자욱하던 공간은 언덕 위로 올라갈수록 밝아졌다. 그런데 어느 지점에서 혁은 발을 헛딛고 말았다. 그는 안나와 함께 쓰러져 정신을 잃었다.

— 일어나요. 일어나야 해요.

안나의 목소리가 들렸다. 혁은 쉽게 눈을 뜨지 못했다. 그런데 계속 자신을 깨우는 목소리는 안나의 목소리가 아니었다. 혁은 번쩍 눈을 떴다.

"문도 안 잠궈놓고 자면 어떡해요?"

소희가 방 안에 들어와 서 있었다.

맙소사.

소희는 당장 암벽 등반을 떠날 것처럼 등반 준비를 마친 차림이었다.

"늦었을까 봐 걱정했어요. 대장."

그들은 셋이 되었다.

운전을 하는 동호는 조수석에 앉은 혁과 뒷자리에 앉은 소희를 룸미러로 힐금힐금 보았다. 혁으로부터 소희의 놀라운 경력과 등반 실력에 대해 설명을 듣고 나자 천군만마를 얻은 기분이었다. 솔직히 아무리 혁이 대단한 등반가라고 해도 다른 사람까지 구해 나오려면 혼자는 힘이 부칠 텐데, 걱정하고 있던 차였다.

이제 사거리에서 직진 신호만 받아서 쭉 들어가면 싱크홀 현장이었다. 신호에 걸려 차를 세웠다. 고개를 젖히고 글라스 루프를 통해 하늘을 보았다. 어제는 깨끗하게 개어 있던 하늘은 구름이 별과 달을 가렸다. 동호가 혁을 보며 물었다.

"그런데 진짜 어떻게 내려간다는 겁니까?"

"곧 알게 됩니다."

신호가 떨어졌다. 동호는 차를 출발시켰다.

"여기서부터는 라이트를 꺼요."

혁이 말했다. 동호는 지시대로 라이트를 끄고 조금 속도를 줄이면서 싱크홀 현장으로 접근했다. 혁이 어디론가 전화를 걸었다.

"네. 지금 다 왔습니다. 말씀드린 대로 흰색 티구안 차량입니다."

혁은 알 듯 모를 듯 몇 마디 대화를 나누면서 손가락으로 방향을 지시했다. 동호는 혁이 시키는 대로 차를 몰았다. 혁은 전화를 끊었다.

"누군데요? 어차피 곧 알게 될 거라면 지금쯤 얘기해주시는 게 더 낫잖아요?"

이번에는 소희가 혁을 다그쳤다. 동호도 더는 못 참겠다는 표정으로 혁을 돌아보았다.

"경찰 눈에 안 띄는 특수 복장이라도 준비했습니까? 어떻게 경찰을 뚫고 들어가죠?"

그제야 혁이 대답했다.

"경찰을 뚫을 필요 없습니다. 경찰이 우리를 안내해줄 테니까요."

혁은 싱크홀로 안내해줄 셰르파 윤지훈 총경에 대해 알려주었다.

윤 총경은 경찰대를 졸업하고 20년 동안 빠르지도 늦지도 않게 승진한 간부 경찰이었다. 언제나 임무에 충실했으며 크고 작은 유혹에 넘어간 적도 없었다. 경찰 조직 내부에서도 고지식한 원칙주의자라는 평을 듣는 인물이었다.

윤 총경에게는 형이 있었다. 다섯 살 위인 형은 어릴 때 사고로 돌아가신 부모님을 대신해 윤 총경을 키우다시피 했다. 본인은 대학을 포기하고 온갖 막일을 하며 돈을 벌어서 동생의 경찰대학 등록금을 마련했다. 동생이 경찰이 되고 결혼도 하고 차곡차곡 재산도 모으는 동안 그는 윤 총경에게 폐가 되기 싫다는 이유로 일부러 연락도 잘 하지 않고 살았다. 형은 길가의 간이 점포에서 구두닦이를 하면서 결혼도 안 하고 혼자 살았다.

윤 총경은 얼마 전에 간부로 승진하면서 비로소 형을 보살피기 시작했다. 그는 시저스 타워 지하에 작은 점포를 얻어주었다. 건물에 입주한 회사 직원들을 대상으로 구두를 닦아주고 신발굽도 갈아주고 간단한 가죽 제품도 만져주는 수선가게였다. 처음에는 극구 사양하던 형은 막상 길가가 아닌 건물 안에 일터가 생기자 감격한 눈치였다. 그런 형을 보며 윤 총경은 한없이 미안했다. 그리고 앞으로 더 자주 찾아보고 더 잘 챙겨주겠다고 결심했다.

행복한 날은 하루뿐이었다. 개업 첫날이라고 흥분한 상태로 점포 안을 꾸미고 손님들이 맡긴 일감도 마무리 하느라 늦게까지 남아 있던 형은 건물과 함께 땅 속으로 사라졌다.

기억도 잘 나지 않던 일곱 살에 겪었던 부모의 죽음보다 더 슬픈 상실감이었다. 윤 총경은 자기 목숨과 바꿔서라도 형을 구하고 싶었다. 그런데도 아무것도 할 수가 없었다. 그저 사람 좋게 헤벌쭉 웃는 형의 얼굴만 떠올릴 뿐.

윤 총경은 뉴스에서 혁의 인터뷰를 보면서 부럽다는 생각을 했다. 등반 기술이 있다면 당장 내려가고 싶은 심정이었으니까. 그는 지하에서부터 구조 작업을 벌이겠다는 민간인 구조대 조직 소식에 마지막 희망을 걸었다. 그러나 붕괴 사고로 모든 계획이 물거품 되자 절망의 늪에 빠졌다. 윤 총경은 혁의 전화번호를 수소문해 전화를 걸었다.

— 아직도 당신이 간절히 원한다면 내가 이뤄드리겠소. 내 자신이 바라 마지않는 일이니까. 아직도 들어가고 싶습니까?

— 그렇다고 한들 당신이 어떻게 나를 넣어줍니까?

— 내가 싱크홀 현장의 통제와 출입을 책임지는 총 책임자니까요.

혁의 자초지종을 들은 소희가 물었다.

"우리가 같이 가는 걸 그분도 알고 있나요?"

"아까 통화했어. 한 명이든 열 명이든 상관없다고 하더군."

싱크홀 현장에 도착했다. 워낙 늦은 새벽이라 움직이는 차량은 한 대도 없었다. 취재 차량도 불이 꺼진 채 주차되어 있고 바리케이드를 지키는 경찰도 거의 보이지 않았다. 동호는 혁이 지시하는 곳에 차를 세웠다.

모두 차에서 내렸다. 동호는 땅에 발이 닿는 순간의 느낌을 기억했다. 7월 새벽 공기의 냄새도. 가끔씩 멀리 들리는 자동차 소음도.

다시 땅 위로 올라올 수 있겠지?

그때 그들에게 다가오는 사람이 보였다. 윤 총경이었다. 체격은 작지만 다부진 강인함이 엿보이는 인상의 그는 젊은 경찰 두 명을 더 데리고 왔다. 동호 일행은 윤 총경과 악수를 나누었다.

"말씀 많이 들었습니다. 시저스 재단 이동호 이사장이라고 합니다."

"그러십니까? 이번 일로 심려가 크시겠군요."

윤 총경은 동호의 신분에 조금 놀란 듯하면서도 그가 함께 내려가겠다는 이유를 듣고는 고개를 끄덕였다.

장비와 보급품을 모두 챙긴 세 명은 윤 총경의 안내로 싱크홀 바리케이드를 넘었다. 윤 총경의 말이라면 무한복종할 듯이 공손한 태도를 지닌 후배 경찰 두 명도 싱크홀 앞 5미터 출입금지선까지 따라왔다. 여러 개의 간이 조명탑에서 나온 빛이 구멍을 밝히고 있었다. 직경 200미터, 깊이 1200미터의 구멍은 살아 숨 쉬는 것 같은 착각을 불러일으켰다.

"제가 같이 갈 수 있는 거리는 여기까지인 것 같군요."

윤 총경은 무거운 목소리로 말했다. 그리고는 싱크홀 주변에 세워놓은 철제 크레인 차량을 가리켰다. 처음에는 헬기를 통해 진행하던 구조 작업을 돕기 위해 동원한 특수 차량이었다. 길이 1500미터의 케이블을 1분에 120미터 속도로 끌어 올렸다. 10분이면 바닥에 닿을 수도 있고 또 바닥에서 위까지 올라올 수도 있었다. 가용 하중은 500킬로그램. 성인 7~8명을 한번에 운반 가능했다.

"제 후배들이 케이블을 내리고 올려드릴 겁니다."

윤 총경이 소개한 후배 경찰들이 고개 숙여 인사했다. 동호 일행도 인사를 나누었다.

동호는 미리 챙겨온 무전기 세트를 꺼냈다. 건설 현장이나 광산에서 쓰는 특수무전기였다. 송수신 거리는 3킬로미터. 매몰 현장이나 동굴에서도 최대한 송수신이 가능하도록 강력한 성능을 지원했다.

전부 10개의 무전기 중에 크레인 차량을 조종할 경찰에게 무전기 한 대를 주고 만약의 경우를 대비해 윤 총경에게도 무전기를 건넸다. 그리고 동호 일행이 하나씩 나누어 가졌다. 남은 무전기는 소희가 등에 멘 배낭에 챙겼다. 윤 총경이 말했다.

"지금까지 20년 동안 경찰 생활을 하면서 단 한 번도 상부의 지시를 어긴 적이 없습니다. 오늘 이 순간이 처음이자 마지막으로 경찰로서의 직무를 저버리는 순간입니다. 그런데 묘하게도 옳은 일을 하고 있다는 기분이 드네요."

그리고 윤 총경은 세 명 모두에게 악수를 건넸다.

세 명은 몸에 고정된 버클을 이용해서 크레인 차량에서 뻗어나온 케이블에 연결했다. 수직으로 세운 자세로 부상자를 묶어서 올릴 수 있는 특수 들것도 여러 개 케이블에 매달았다. 만약의 경우를 대비해 케이블은 하나를 더 끌고 내려갔다. 이제 출동 준비는 끝난 셈이었다. 윤 총경이 혁에게 다가와서 말했다.

"제가 해야 할 몫까지 부탁드립니다."

"고맙습니다, 총경님."

윤 총경이 손으로 지시하자 크레인 차량에 탄 경찰이 케이블을 서서히 풀었다. 차에서 계획을 짠 대로 혁이 제일 먼저, 그다음 동호, 마지막으로 소희가 구멍 안으로 들어갔다. 그들은 케이블에 차례로 매달린 채 싱크홀 안으로 내려갔다.

동호는 몸이 지표면보다 아래로 내려가는 순간 마지막으로 지상의 모습을 눈에 담았다. 며칠 전만 해도 이 땅에서 가장 화려한 구조물이 서 있던 자리를.

1초에 2미터씩, 예상했던 것보다 빠른 속도로 하강했다. 10분이면 싱크홀 바닥에 닿는다. 크레인 차량이 케이블을 푸는 모터 소리가 조금씩 멀어져갔다. 동시에 간이 조명탑의 빛도 점점 약해졌다. 어느 순간부터는 어둠이 몸을 집어삼키는 느낌에 소름이 돋았다.

"헤드랜턴 켜요."

혁의 명령에 따라 동호는 헤드랜턴을 켰다. 태어나서 한 번도 본 적 없는 지구 표면의 절단면이 혁의 눈앞으로 지나갔다. 토양층이 이어지다가 이윽고 암석으로 보이는 단층면이 등장했다. 희뿌연 색깔의 층에 이어 붉은빛을 띤 암석층이 나왔고 그 아래로 검은색의 암석층이 이어지다가 다시 밝은색으로 바뀌었다.

얼마나 내려온 걸까? 400미터? 500미터?

"대장님."

동호가 몇 미터 아래에 매달려 내려가고 있는 혁을 불렀다.

"말씀하십시오."

"말 놓으세요. 대장이 대원한테 말을 높이니까 서로 불편하잖아요."

혁은 대답이 없었다.

"적어도 지하에서만이라도요."

"그렇게 하지."

혁의 낮고 단단한 목소리가 아래에서 들렸다. 그때 소희가 위에서 외쳤다.

"건물이 보입니다!"

소희가 따로 켜서 아래를 비추던 손전등 불빛에 시저스 타워의 꼭대기가 드러났다. 동호도 고개를 숙여 뾰족한 첨탑을 확인했다. 하늘을 찌를 듯 솟구쳐 있던 첨탑은 초라하게 부러졌다.

시저스 타워에서 햇빛이 비치는 일은 없겠지.

동호는 마치 신이 징벌을 내린 것 같은 기분에 오싹해졌다.

우리도 신의 노여움을 사는 건 아닐까?

아래에서 혁이 무전을 하는 소리가 들렸다.

"지금 타워 옥상에 도착합니다. 속도를 줄여주십시오."

거침없이 내려가던 케이블의 속도가 줄어들었다. 얼마 안 있어 혁의 목소리가 들렸다.

"착지했다."

그리고 혁이 동호의 몸을 잡아서 발을 내딛도록 도와주었다. 동호도 건물 옥상에 발을 내딛었다. 소희도 무사히 옥상 위에 내려왔다. 혁이 다시 무전을 보냈다.

"전원 옥상 도착. 건물 벽을 타고 계속 내려가겠습니다. 지금 속도로 케이블 풀어주십시오."

혁의 지시에 따라 케이블과 연결된 버클을 풀고 건물 모서리를 향해 걸음을 옮겼다. 바닥은 구멍에서 떨어진 흙과 돌로 꽤 덮여 있었다. 혁과 동호는 케이블을 들고 이동했다. 케이블 자체의 무게도 있었고 케이블에 매달린 들것의 무게까지 실려 묵직했다. 예비용 케이블은 소희가 들고 움직였다. 옥상 끝에 도착했다. 다시 케이블에 버클을 고정시켰다. 혁이 무전을 했다.

"다시 내려갑니다. 최고 속도로 풀어주십시오."

그는 동호를 보며 경고했다.

"조심해. 깨친 유리에 다치기 쉽다! 너무 세게 발로 차도 안 돼. 리듬을 타듯이 해야 돼."

혁의 말처럼 일정한 템포로 건물벽을 발로 짚어가면서 하강했다. 동호는 오래전에 군대 훈련소에서 했던 유격 훈련을 떠올렸다. 차이가 있다면 그때는 12미터 높이의 벽을 내려왔다는 거고, 이번에는 560미터의 건물벽을 내려가야 한다는 것.

건물 외벽 유리는 대부분 깨져 있었다. 자꾸 층마다 발이 걸렸다. 구조 작업용 특수 신발이었으나 뾰족한 유리나 철근 끝이 신발을 뚫고 찌를까 봐 겁이 났다. 혁이 무전을 쳐서 하강 속도를 줄였다. 동호는 손전등을 켜서 건물 안을 비추어 보았다. 층층마다 무너지고 주저앉은 잔햇더미가 원래 실내의 모습을 짐작할 수 없게 했다.

과연 이 폐허 속에 몇 명이 살아 있을까?

우리는 몇 명이나 구해낼 수 있을까?

민주는 살아 있을까?

민주는 새벽에 잠이 깼다. 사실 잠이 든 상태와 깬 상태가 다르지 않았다. 항상 몽롱한 상태. 의식과 무의식이 섞인 비율만 다를 뿐이다.

밥을 못 먹은 지 5일이 지났다. 그나마 물이라도 먹을 수 있어 다행히라 생각했지만 물마저도 이제 동이 났다. 새로 만난 사람들 때문이었다.

남 국장이 부르는 소리를 들은 사람은 민주뿐만이 아니었다. 현태와 봉걸도 그들과 합류했다. 남 국장은 건강 상태가 양호했지만 현태와 봉걸은 며칠째 물 한 방울 먹지 못해 목숨이 위태로운 상황이었다. 민주는 꽃집으로 사람들을 데리고 와 물을 마시게 했다. 남자 세 명이 마시고 나니 물은 금방 바닥을 드러냈다.

다른 사람을 본 반가움도 잠시, 사람들은 서로 의견대립을 보였다. 먼저 봉걸은 비상구를 통해 올라가야 한다는 의견을 냈다. 그러자 남 국장이 반박했다.

— 무너진 잔해를 치우면서 비상구로 탈출하자고요? 지금 다들 영양실조인 상황에서 그런 작업을 한다는 것 자체가 넌센스요. 이런 상황에서는 최대한 에너지를 아껴야 합니다. 아마 돌 몇 개 들어보지도 못하고 쓰러질걸요? 내가 봐둔 곳이 있소. 지붕이 무너진 곳인데 구멍을 통해 위층으로 올라갈 수 있을 것 같소.

이번에는 민주가 반대했다.

— 전 여기서 최대한 버티는 편이 더 생존 가능성이 높을 것 같아요. 위층으로 올라간다고 무슨 수가 생기는 건 아니잖아요? 지금 제 체력으로는 계단을 통해서든 천장을 통해서든 위층으로 못 올라가요. 게다가 이 아이는 크게 다쳤어요. 최대한 안정이 중요해요. 우리 구조대가 올 때까지 여기서 기다려요.

현태는 사람들의 눈치만 보면서 가만히 있었다. 다시 봉걸이 말했다.

— 비겁하군. 나는 가만히 앉아서 죽을 생각 없어. 그렇다면 편이라도 갈라야 하나?

팽팽한 긴장이 흘렀다. 남 국장이 주섬주섬 일어섰다. 그는 봉걸을 설득했다. 봉걸은 뜻을 꺾지 않았다. 그들 둘 다 누군가의 도움이 필요한 상황이었다. 혼자서는 천장 위로 올라갈 수 없고, 역시 혼자서는 계단을 막고 있는 잔해를 치울 수 없었으니.

— 이봐, 현태. 자네는 어떻게 할 생각인가?

봉걸이 현태에게 물었다. 현태는 한참 뒤 결정을 했다.

— 전 여기 남겠습니다.

결국 남 국장과 봉걸, 둘 중 하나가 뜻을 꺾어야 했다. 밤늦게까지 그들의 설전이 이어졌다. 민주는 끼어들지 않았다. 민주는 소녀를 꼭 안고 구석에 누웠다. 최대한 몸의 에너지를 아끼려는 생각에서였다. 티격태격 하던 두 사람도 지쳤는지 말이 없었다. 다섯 명의 숨소리만 들렸다. 그렇게 잠이 들었던 것이다.

잠에서 깬 민주는 시간을 확인하지도 않았다. 다만 조금씩 죽음을 향해 다가가고 있다는 생각이 들었다.

내일이 오지 않을지도 몰라. 이렇게 누워서 잠든 다음 다시 눈을 못 뜰 날이 곧 오겠지.

민주는 품에 안겨 잠든 소녀의 숨소리를 확인했다. 미약하긴 했지만 아직 숨을 쉬고 있었다.

과연 이 아이는 언제까지 살 수 있을까?

힘겨운 숨소리가 들렸다. 소리가 나는 쪽으로 고개를 돌려도 보이지 않는다.

"안 되겠구만."

봉걸의 목소리였다. 그는 몸을 일으키더니 남 국장을 불렀다.

"이봐요. 아저씨."

"왜 그럽니까?"

"갑시다. 당신이 봐놓았다는 곳에 가봅시다. 이렇게 있다가는 굶어죽겠어."

봉걸의 말에 남 국장은 반색을 하는 눈치였다. 봉걸은 손전등을 켜고 일어섰다. 남 국장도 배낭을 메고 갈 준비를 했다. 문득 봉걸이 물었다.

"그 가방 안에 뭐가 있길래 그렇게 애지중지 메고 다닙니까? 나는 내 몸도 무거운데."

"중요한 서류가 있소."

"곧 죽을 판에 그깟 서류가 무슨 대수야? 하여튼 갑시다."

봉걸이 앞장을 섰다. 그때 현태가 쭈뼛거리며 봉걸을 불렀다.

"아저씨. 손전등은 주고 가야죠. 제 건데."

그 말에 봉걸이 다가와서 손전등으로 현태의 얼굴을 비추었다. 봉걸은 현태와 이마를 맞닿을 듯 얼굴을 들이밀고 말했다.

"안 따라올 거면 입이나 닥치고 있어. 겁쟁이 새끼."

봉걸은 민주를 보며 말했다.

"이 와중에 혹여나 이놈이 몹쓸 짓을 하지 않을까 걱정할 필요는 없어요. 이놈은 게이니까."

현태의 턱 근육이 실룩거렸다. 봉걸은 비웃는 미소를 보여주고는 현태의 얼굴에서 불빛을 거두었다. 봉걸과 남 국장은 민주 일행을 떠났다. 잠시 다섯 명이었던 사람들은 이제 세 명이었다.

민주는 다시 몸을 눕히고 소녀의 손을 잡아주었다. 소녀는 반응하지 않았다. 겨우 호흡만 유지하는 상태였다. 민주는 알았다. 소녀에게 허락된 시간이 얼마 남지 않았음을.

"물이 좀 남았습니까?"

현태가 물었다.

"아니요. 물은 이제 없어요."

침묵이 흘렀다. 민주가 물었다.

"왜 사람들을 따라가지 않았나요?"

"여기 있으나 밖으로 나가나 죽는 건 마찬가지잖습니까."

"희망을 가져요. 삼풍백화점 무너졌을 때는 보름 넘게 견딘 사람도 있어요."

"몇 명 빼고는 며칠 못 버티고 다 죽었잖아요."

현태의 말이 맞았다. 그래도 민주는 말했다. 스스로에게 최면이라도 걸듯이.

"우리에게도 기적이 일어날지 모르잖아요."

잠시 가만히 있던 현태가 물었다.

"정말 기적이 일어날까?"

어둠 속에서 현태의 기분 나쁜 웃음소리가 이어졌다. 그리고 천천히 몸을 일으키는 소리가 들렸다.

양 회장은 통 잠을 이루지 못했다. 동호가 연락 없이 외박을 한 일은 처음이었다.

별일 없겠지.

마음을 진정시키려고 했으나 불안은 가시지 않았다. 밤새 몇 번이나 전화를 걸어보았다. 불통이었다. 결국 밤을 꼬박 새우다시피 하고 침실에서 나온 양 회장은 혹시나 싶어 동호의 방에 올라가 보았다.

어릴 때부터 동호의 방은 담백한 성격처럼 깔끔했다. 일하는 아줌마가 치워줬기 때문만은 아니었다. 물건을 많이 늘어놓지도 않았고 책이나 전자제품은 보기 좋으면서도 손에 닿기 편한 위치에 두었다.

양 회장의 눈에 책꽂이 한쪽 칸에 놓인 액자가 보였다.

액자? 낯선 물건이다. 한번도 방에 액자 같은 건 놔두지 않던 동호였는데….

손바닥 크기의 액자에는 동호가 열 살 때쯤 찍은 사진이 들어 있었다.

운동복을 입은 동호는 수줍은 미소를 짓고 있다. 그 옆에서 동호의 어깨를 안고 있는 양 회장은 30대 중반의 평범한 학부형의 모습이다. 지나치게 담담한 표정만 빼면. 운동회 풍경이 사진의 배경이었다.

양 회장은 그날을 기억했다. 참 좋은 날이었다. 날씨도 좋고 기분도 좋았던 날. 그날은 그녀가 처음으로 동호의 학교 행사에 참여한 날이기도 했다.

동호가 태어나고 얼마 안 있어 남편이 자살한 뒤로 아이와 제대로 같이 있어본 날이 하루도 없었다. 마침내 이 정도면 둘이 먹고 살 만큼은 되겠다 싶은 생각이 들었을 때, 구체적으로 말하면 작은 투자회사의 간판을 내걸고 난 뒤 동호의 운동회에 참석했다. 만감이 교차했다. 제대로 엄마 얼굴도 못 보는 아들에게 미안하기도 했고 그러면서도 꿋꿋이 잘 커줘서 고맙기도 했다.

그날 동호는 엄마가 지켜보고 있어선지 어떤 아이보다 더 열심히 뛰었다. 양 회장은 동호가 달리는 모습을 보며 애써 눈물을 참았다. 평생 허락된 눈물을 남편이 죽었을 때 다 흘렸다고 생각했다. 약해지면 안 된다고, 더 강하고 부유해져야 한다고 스스로를 다독였다.

— 고맙습니다, 어머니.

사진을 찍고 나서 동호가 그렇게 말했던 기억이 났다. 엄마가 초등학교 운동회에 오는 당연한 일에도 동호는 고마워했다. 그래서 또 콧날이 시큰했다. 안타깝게도 그 뒤로도 동호의 학교 행사에는 참여하지 못했지만.

양 회장은 액자를 내려놓으며 회상도 접었다. 몸을 돌려 동호의 책상을 보았다. 정갈하게 정리해놓은 책상 한가운데 A4용지가 놓여 있었다. 그 위에 프린터로 출력한 글자가 아닌, 손으로 하나하나 눌러쓴 글자가 가지런히 적혀 있었다.

엄마.

한 번도 엄마를 엄마라고 부른 적이 없네요. 제 기억이 닿는 아주 오래 전부터 저는 어머니라고 당신을 불렀던 것 같습니다. 이 편지에서만큼은 엄마라고 부를게요.

최근 저에게는 인생의 그 어느 시기보다 더 많은 변화가 있었습니다. 먼저 저와 엄마의 관계를 제대로 회복해야겠다고 마음 먹었습니다. 그동안 엄마를 미워했습니다. 어릴 때는 언제나 일하느라 바빠서 저에게 손길을 주지 않는 엄마를 갈망하고 또 서운해했습니다. 나이가 들어서는 돈 되는 사업에만 몰입하는 엄마를 경멸하기도 했습니다. 그러나 누가 뭐래도 엄마는 저에게 엄마입니다. 그 사실을 부인할 수는 없습니다. 그래서 엄마에게 마음을 열고 다가가려고 했습니다. 그런 제 변화를 눈치 못 채셨다면 제 노력이 부족했던 탓이겠지요.

두 번째로 저의 운명을 거스르지 않기로 했습니다. 엄마와 시저스 그룹에 완전히 등을 돌리고 살 자신이 없다면 용기 내서 도전해보기로 했습니다. 당신의 아들로서, 시저스 그룹의 후계자로서의 삶을요. 비록 며칠간이긴 했지만 영광이었습니다. 아마 초유의 천재지변이 아니었다면 지금쯤 시저스 문화재단의 밑그림을 그리느라 바쁘지만 행복하게 하루를 보내고 있었겠지요.

마지막으로 엄마한테 할 말이 있어요. 사랑하는 여자가 생겼습니다. 그녀를 어떻게 만났고 어떻게 마음이 깊어졌는지 자세히 말할 여유가 없어서 아쉽습니다. 다만 짧은 시간에 그녀와 내가 어떤 운명의 끈으로 묶여 있음을 느꼈다는 것만 말씀드릴게요. 제가 이렇게 낭만적이면서도 진지한 태도로 여자를 생각했던 적이 단 한 번도 없었다는 건 엄마도 잘 알겠지요. 사춘기 때도 느낀 적 없는 무모한 사랑의 열병에 걸렸습니다.

그녀는 시저스 타워 지하의 꽃집에서 일하다가 건물과 함께 매몰되었습니다. 저는 그녀를 사랑하는 남자의 자격으로, 또 한편으로는 시저스 타워 참사에 책임을 져야 할 경영진의 자격으로 싱크홀에 들어갑니다.

이 편지를 보실 때쯤이면 저는 이미 싱크홀 안에 들어가 있을지도 모릅니다. 솔직히 말씀드리면, 많이 두렵습니다. 엄마가 저를 위해 기도해준다면 조금 덜 무서울 거 같아요. 그러니 저에게 분노하지 마시고 대신 기도해주세요.

엄마의 입장에서 보자면 멋대로 행동해서 죄송합니다. 충동적인 행동이 아닙니다. 부끄럽게 살지 말자는, 오랫동안 지켜왔던 좌우명에 따른 행동입니다. 사랑 앞에서, 억울하게 죽음의 구덩이에 빠진 사람들 앞에서 부끄럽지 않고 싶습니다.

마지막으로 고백하고 싶어요.

사랑해요, 엄마. 저는 엄마를 사랑해요. 미울 때도, 이해가 안 갈 때도, 당신으로부터 도망가고 싶었던 적도 많았지만, 항상 당신을 원하고 당신에게 사랑받고 싶었어요.

엄마도 저를 사랑하나요?

한 번도 들은 적이 없지만 그렇다고 생각할게요.

다시 볼 수 있기를 빌어요.

편지를 읽은 양 회장은 책상 의자에 털썩 앉았다. 남편이 죽은 뒤로 양 회장 역시 동호에 대한 이중적인 감정 때문에 힘들었다. 남편에 대한 증오가 동호에게 고스란히 씌워진 적도 있었고, 반대로 무슨 일이 있어도 동호를 지켜내겠다는 각오로 독하게 살기도 했다. 이유가 어쨌든 간에 그녀는 단 한 번도 동호를 품에 안고 '사랑해, 아들'이라고 속삭인 적이 없었다. 엄마로서의 직무유기임을 알면서도 그랬다.

편지 위로 눈물이 툭툭 떨어졌다. 하염없이 눈물 흘리던 양 회장은 편지를 손에 들고 방에서 나갔다.

D + 6

설명할 길이 없는 악취였다. 고기 썩는 냄새와 시궁창의 역한 기운, 그리고 여름철 음식쓰레기가 풍기는 냄새를 뒤섞은 다음 농도를 10배 응축시킨 강도의 냄새랄까?

수백 구의 시체가 부패하는 냄새는 의대에 다니면서 소독약 냄새를 비롯한 각종 냄새에는 이력이 났다고 자신하던 달봉으로서도 견디기 힘든 수준이었다. 그리고 이틀쯤 전부터 모여든 벌레들이 가세했다. 붕붕거리는 소리가 암흑의 시체저장소를 가득 메웠다.

곧 너도 파먹어줄게.

벌레들은 그렇게 소리치는 것 같았다. 어느 순간부터 달봉은 의식을 잃었다. 붉은 지네들이 얼굴을 뒤덮고 입과 콧구멍 안으로 파고들어도 달봉은 몰랐다.

시체에서 벗긴 옷가지들로 긴 밧줄을 만들었다. 남 국장이 먼저 올라가서 밧줄을 내려주면 봉걸이 잡고 올라가려고 했다. 남국장이 계획을 설명하며 봉걸을 안심시켰다.

— 몸이 가벼운 내가 먼저 올라가서 이 밧줄을 내려주겠소.

미리 봐두었던 탈출구에 도착한 남 국장은 생각보다 천장이 높아서 당황했다. 체격이 훨씬 큰 봉걸이 남 국장을 목에 태워보았지만 천장에 손이 겨우 닿을 정도여서 올라갈 수가 없었다.

봉걸이 딛고 설 발판이 필요했다. 적당한 목재 가구는 눈을 씻고 봐도 없었고 시멘트 더미를 옮기는 수밖에 없었다. 문제는 체력이었다. 영양 공급이 끊긴 지 5일이 넘어가자 무거운 물건을 드는 건 고사하고 몸을 굽히기도 힘들었다. 조금만 몸을 움직여도 숨이 턱에 찼다. 한숨이 끊이지 않았다.

주위를 돌아다녀 보았다. 두 사람의 몸무게를 지탱할 만큼 튼튼하고 두꺼운 시멘트 덩어리가 몇 개 보였지만 너무 무거워서 한 뼘도 움직일 수 없었다. 봉걸은 당황했다. 지금까지 살아오면서 단 한 번도 체력이 달려 고생한 적은 없었다. 남 국장을 탓하고 싶었으나 다투고 싸울 힘도 없었다.

그들은 분명히 위로 뚫린, 그래서 바람이 들어오는 천장 구멍 아래에서 밤을 보냈다. 원기를 충전하고 다시 시도해보기로 하고.

잠에서 깬 봉걸이 중얼거렸다.

"잔 것 같지도 않은데 하루가 넘어갔네."

잔뜩 갈라진 봉걸의 목소리와 달리 남 국장의 음성은 명확했다.

"캄캄한 폐허에서의 시간은 빛과 소리가 있는 지상에서의 시간보다 몇 배로 빨리 흘러가요. 삼풍백화점이나 탄광에 매몰되어 있다가 구조된 사람들 말을 들어보면 열흘이 넘도록 갇혀 있었으면서도 본인은 겨우 3, 4일 지난 줄 알았다고 합니다."

남 국장이 말했다. 봉걸은 계속 바닥에 누워 있었다.

"자, 이러고 있지 말고 움직입시다."

남 국장이 일어서며 말했다. 문득 봉걸은 궁금했다.

저 작자는 어디서 저런 힘이 나는 걸까?

50줄에 들어선 늙다리 사내에 불과했다. 체격도 평범했고 특별히 운동을 한 것 같지도 않았다. 그런데도 남 국장의 목소리와 행동에는 활기가 넘쳤다.

그들은 안 가본 복도를 걸었다. 발판으로 쓸만한 것들이 있나 눈을 크게 뜨고 살폈지만 대부분 너무 작거나 너무 컸다. 그러다 옆으로 쓰러져 있는 플라스틱 의자를 발견했다. 의자를 갖고 돌아온 그들은 다시 탈출을 시도했다. 남 국장을 목에 태운 봉걸은 있는 힘을 다해 일어섰다. 남 국장이 소리쳤다.

"조심해요! 천천히!"

후들후들 떨리는 다리가 스스로도 불안했지만 봉걸은 마지막이라고 생각하고 의자 위로 올라갔다.

높은 계단을 오르는 것뿐이야, 자기 암시를 했다.

"좋아요! 됐어요."

남 국장은 천장 위쪽으로 손을 뻗었다. 툭 튀어나온 철근을 잡고 버둥거리던 그는 조금씩 조금씩 몸을 흔드는 방법으로 천장 위로 올라갔다. 이제 남 국장은 1층에 섰다. 봉걸은 위에서 좋아하는 남 국장의 목소리를 들었다. 그런데 기다려도 밧줄이 내려오지 않았다.

"이봐요. 밧줄을 내려줘야지."

봉걸은 목소리를 짜내듯이 말했다. 그러자 위에서 뭔가가 툭 떨어졌다. 옷가지를 이어 만든 밧줄 뭉치를 통째로 떨어뜨린 것이었다. 그제야 봉걸은 아차 싶었다. 이윽고 남 국장이 천장 구멍으로 히죽 웃는 얼굴을 내밀고 손전등으로 비추었다.

"고마워."

"어떻게 이럴 수 있어?"

"나도 살아야지. 자네는 이미 기력이 다했어. 자네까지 먹여가면서 탈출할 여유가 없어."

그러면서 남 국장은 손에 들고 있던 소시지를 베어 물었다. 봉걸은 분노에 치를 떨었다. 소리라도 지르고 싶었지만 목이 열리지 않았다.

"잘 있어. 또 만날 일은 없겠지만."

"겨우 1층에 올라갔다고 살아 나갈 수 있을 것 같아?"

"자네가 모르는 사실이 있지. 이 건물에는 VIP 엘리베이터가 있어. 그

통로는 이 건물에서 가장 단단하게 설계되었어. 지진에도 끄떡없지. 그 엘리베이터 통로로 올라갈 생각이야. 나에겐 충분한 물과 음식이 있고 엘리베이터 통로에는 비상시를 대비해 사다리가 붙어 있지. 내가 어떻게 그렇게 잘 아느냐고? 나는 이 건물 설계도를 지겹도록 봤거든."

남 국장은 마치 자신을 안심시키려는 듯 차근차근 계획을 말했다.

"아마 옥상까지 올라가면 구조대와 만날 확률이 높아질 거야. 구조대를 만나면 자네가 여기 있다고 말은 전해주지. 하하하."

"이 개자식…."

봉걸은 말을 끝맺지 못했다. 옆구리에 날아든 통증 때문이었다. 단단하고 날카로운 이물질이 몸속으로 들어오는 느낌, 서늘한 불쾌감이 온몸에 번졌다. 봉걸은 의자에서 쓰러지며 바닥에 엎어졌다.

"게이한테 칼 맞은 느낌이 어때? 이 돼지 새끼야?"

현태였다. 그는 봉걸의 옆구리를 찌른 드라이버를 뽑아 다시 봉걸의 배를 찔렀다. 봉걸은 발에 밟힌 지렁이가 오그라들듯 몸을 움츠렸다.

남 국장은 얼이 빠진 얼굴로 그 광경을 내려다보았다. 봉걸은 남 국장과 눈이 마주쳤다. 현태도 고개를 들어 남 국장을 보았다. 그러나 신경도 쓰지 않고 사냥감에 다시 집중했다. 현태는 왼손에 든 핸드폰 불빛으로 봉걸의 얼굴을 비쳤다. 그리고 봉걸의 눈앞에 피 묻은 드라이버를 들이댔다. 봉걸은 창자가 꼬이는 고통에 꺽꺽거렸다. 현태가 말했다.

"지옥에서 만나자."

봉걸이 마지막으로 본 것은 희미한 불빛 속 빛나는 현태의 치아였다.

달 표면에 착륙한 기분이었다. 혁은 지구에서 가장 높다는 산도 올랐지만 아래로 이렇게 내려온 적은 처음이었다.

소희야 말할 필요도 없었지만 동호도 능숙한 동작으로 따라왔다. 그들의 계획은 간단했다. 지하 1층부터 한 층씩 수색 작업을 벌인다. 생존자가 발견되면 들것에 태우고 소희가 지상으로 옮긴 뒤 다시 내려온다. 정해놓은 타임라인은 없었다. 이번 작업을 통해 생존자를 많이 구하면 정부의 구조 작업도 재개되지 않을까 하는 바람도 있었다.

그런데 변수가 생겼다. 막상 싱크홀 바닥에 내려와 보니 제일 아래층인 지하 7층이 1층인 셈이었다. 주차장에는 사람이 거의 없을 테니 바로 지하 1층부터 수색하자고 소희가 의견을 냈다. 동호는 조금 달랐다. 간단하게라도 가능한 제일 아래층부터 훑고 올라가자고 했다.

그때 그들의 눈에 사람들이 보였다. 건물 외벽으로 떨어진 사람들의 시체였다. 건물이 낙하할 때 충격으로 튕겨져 나왔는지 아니면 탈출하려고 창문 밖으로 기어나왔다가 떨어진 건지는 알 수 없었다. 그들은 괴이한 각도로 몸 곳곳이 꺾이고 부러진 채 땅에 고꾸라져 있었다.

— 제일 아래층부터 훑어보자.

혁이 결정했다. 셋은 확성기로 사람들을 부르면서 무너져 내린 지하 주차장을 헤맸다. 지하 7층과 6층에는 아무도 없었다. 시체조차 보지 못했다.

그때 무전이 울렸다. 윤 총경이었다. 시간은 아침 11시. 혁은 올 것이 왔다는 심정으로 무전을 받았다. 윤 총경은 담담하게 상황을 설명했다.

상부의 방침을 무시하고 그들을 싱크홀로 내려 보낸 책임을 물어 직위 해제되었다는 말을 전했다. 그러나 일단 시작한 그들의 구조 작업은 계속할 수 있도록 당국자들이 합의를 했다는 소식도 덧붙였다. 안전 문제 때문에 추가 구조 인원을 투입하는 문제는 지금 정부에서 논의 중이라고 했다.

— 당신들 올라오면 영웅이 될 거요. 지금 언론의 모든 초점이 당신들에 맞춰져 있으니.

윤 총경은 건투를 바란다는 말을 끝으로 무전을 마쳤다. 그게 끝이 아니었다. 무전기에서는 한 여자의 목소리가 흘러나왔다.

— 저는 시저스 그룹 양미자 회장입니다.

양 회장의 목소리는 몹시 떨렸다. 그녀는 '목숨을 걸고 사지로 내려간 여러분들의 노고를 치하하고 시저스 그룹의 임직원들을 대표해서 감사드린다'고 말했다. 혁은 보았다. 동호가 잔뜩 굳은 얼굴로 무전 내용을 듣고 있음을. 양 회장이 목소리의 톤을 바꾸어 말했다.

— 동호야. 듣고 있니?

동호는 심호흡을 한 뒤 무전에 답했다.

— 네, 어머니.

— 널 원망하지 않는다. 다만 몸 건강히 돌아올 수 있도록 대장님 말씀 잘 듣고 조심해서 움직이기를 바란다.

— 알겠어요. 올라가서 뵈요.

동호는 애써 밝은 목소리를 내려고 하는 모습이 역력했다.

— 그리고 동호야. 내 아들, 동호야. 사랑한다.

무전으로 들리는 양 회장의 목소리가 울먹임으로 흔들렸다. 동호는 지그시 눈을 감았다.

— 미안하다, 동호야.

— 미안하긴요. 수습할 일들이 많겠지만 어머니 건강도 챙겨가면서 하세요.

양 회장이 마지막으로 말했다.

— 이제부터 어머니라고 하지 말고 엄마라고 불러줄래?

— 네, 엄마.

— 제발, 살아만 있어다오.

무전을 마치고 수색을 계속했다. 지하 5층에서는 간간히 시체들이 눈에 띄었다. 그리고 지하 4층에서 첫 번째 생존자를 발견했다. 데이트를 하러 왔던 남녀였는데 여자는 무너진 천장에 조수석이 깔리면서 죽었고 남자는 차에서 나오지 못한 채 갇혀 있었다. 남자는 구조대를 부를 힘도 없어 주먹으로 차를 탕탕 쳐서 겨우 소리를 냈다.

콘크리트 절단기로 차를 잘라내서 사람을 구하는데 한 시간이 넘게 걸렸다. 남자는 탈수에 영양실조가 겹쳐 있었고 다리 한쪽은 구겨진 차체에 끼어 부러진 상태였다. 소희는 남자를 들것에 싣고 위로 올라갔다가 30분 만에 다시 내려왔다.

지하 4층에서 생존자 한 명을 더 구하고 지하 3층에서도 생존자 한 명을 발견했다. 콘크리트 더미에 묻힌 중년 여성이었는데 몸 위를 덮은 잔해가 너무 무거워 세 명의 힘으로는 빼낼 도리가 없었다. 기력이 다한 그녀를 놔두고 떠나야만 했다.

지하 2층에 올라갔을 때는 자정이 넘었다. 셋 모두 그로기 상태였다. 전날 밤도 꼬박 새고 내려온 터라 잠을 자야 했다. 붕괴 위험이 있는 건물에서 자는 건 너무 위험하다는 판단에 싱크홀 밖으로 올라갔다.

윤 총경 대신에 새로 임명된 현장 책임자가 그들을 맞이했다. 윤 총경보다 조금 더 나이도 많고 직급도 높아 보이는 그는 구조 작업과 관련한 질문을 몇 가지 묻고 그들의 안전을 걱정했다. 혁은 말했다.

"윤 총경이 직위해제되었다는 이야기는 들었습니다. 다 제 탓입니다. 윤 총경님에게도 사연이 있습니다."

역시 윤 총경은 구차한 변명은 하지 않고 물러난 것으로 보였다. 혁은 윤 총경을 대신해 그의 개인사를 전해주었다.

"제가 감히 경찰 조직의 인사에 대해 뭐라고 하지는 않겠습니다. 다만 구조 작업을 하는 동안만이라도 윤 총경님이 저와 무전을 주고받을 수 있게 해주십시오. 저는 산을 탈 때도 친한 사람이 베이스캠프에 있어야 마음이 편합니다. 그 사람의 목소리를 들으면서 힘을 내거든요. 그것 하나만 부탁하겠습니다."

책임자라는 사내는 상부에 건의해보겠다는 형식적인 대답을 했다.

따로 숙소에서 자는 건 시간을 많이 빼앗기기 때문에 현장에 마련된 캠핑카 형식의 차량 숙소에서 간단히 씻고 잠을 청했다.

혁은 마음이 급했다. 마음 같아서는 아예 잠을 안 자고 계속 수색을 하고 싶었지만 더 효율적인 수색을 위해서라도 수면은 필수적이었다. 그래도 히말라야 산맥 절벽에 매달린 채 비박을 하던 일에 비하면 천국의 환경이라고 생각하면서 잠들었다.

짧고 깊은 수면을 취하고 새벽 6시에 일어났다. 핸드폰으로 라디오를 들으며 간단하게 등산 장비를 챙겼다.

— 김혁 대장이 이끄는 민간인 구조대가 오늘도 시저스 타워 싱크홀 현장에서 이틀째 구조 작업을 펼칠 예정입니다. 이들의 뉴스가 전해진 뒤 많은 시민이 민간인 구조대에 합류할 것을 희망하고 있으나 정부에서는 안전상의 이유를 들어….

혁은 얼떨떨했다. 에베레스트 산을 정복하고 K2봉을 정복해도 신문 구석의 단신 기사로 나오고 말았는데 지금 그는 뉴스의 한복판에 있었다. 준비를 다 끝내고 나오면서 막 끄려던 라디오에서 리포터가 일기예보를 전했다.

— 5호 태풍 우사기가 방향을 바꾸어 한국 중부 지방에 상륙할 것으로 보입니다. 현재 서해 남동쪽에서 A급 태풍으로 발달한 우사기는 원래 중국 동쪽 해안으로 빠질 것으로 보였으나 기압골의 영향으로 한국 서쪽 해상으로 북상하고 있습니다. 우사기는 많은 양의 수증기를 거느리고 있어 오늘 밤과 내일에 걸쳐 서울을 비롯한 중부 지방에 폭우를 뿌릴 것으로 보입니다. 올 들어 최고의 강수량이 예상되는 만큼 비 피해가 없도록….

혁은 가슴이 쨍, 얼어붙는 기분이었다.

폭우라니. 그럼 끝장이다. 싱크홀 아래 부분은 아예 잠겨버릴 테니까. 물에 젖은 흙이 무너져 내릴 위험도 크다.

시간이 없다!

동호는 일부러 양 회장과 통화하지 않았다. 언제가 될지 모르지만 구조 작업을 다 마친 후 그녀를 대할 생각이었다. 동호 역시 일기예보를 확인하고 조바심이 난 상태였다.

내려가기 위해 싱크홀 현장으로 갔을 때 동호는 반가운 얼굴을 발견했다. 윤 총경이었다. 그는 김혁 대장과 포옹을 나누었다. 둘만이 공유하는 정서가 있는 듯했다. 둘은 잠시 밀담을 주고받았다. 너무나도 진지한 표정이어서 동호는 둘의 대화 내용이 몹시도 궁금했다.

다시 케이블에 몸을 묶고 지하로 향했다.

"괜찮을까요? 태풍이 온다는데…."

동호가 내려가면서 혁에게 물었다. 혁은 대답하지 않았다. 대신 소희가 말했다.

"비가 오면 구조 작업을 멈춰야죠. 멀쩡한 산도 폭우에 토사가 무너지는데 이런 직각의 구멍은, 게다가 천 미터가 넘는 구멍은 견딜 재간이 없어요."

동호는 소름이 끼쳤다. 구멍이 무너진다면? 그야말로 생매장이다. 폼페이의 유적처럼, 타이타닉 호처럼, 그대로 유적이 되리라.

동호는 궁금했다. 비가 내리기 전까지 몇 명이나 구할 수 있을까? 그리고 민주는 살아 있을까?

그들은 바로 지하 1층으로 들어갔다. 주차장과 달리 칸칸이 수많은 상가가 밀집한 구조여서 구조 작업이 훨씬 더 오래 걸릴 것으로 보였다. 혁은 어제와 달리 말이 없었다. 동호는 묵묵히 앞을 헤쳐나가는 혁의 모습을 보면서 신뢰와 존경을 품었다. 이것저것 물어보고 싶은 게 많았지만 작업에 방해될까 봐 말을 걸지 않았다.

지하 1층은 주차장과는 비교가 안 될 정도로 사람이 많았다. 모두 시체였다. 그런데 이상한 점이 있었다. 깔리거나 부러져서 죽은 사람들도 많았지만 몇몇은 뭔가 날카로운 흉기에 살해당한 흔적이 역력했다. 시체 주변에 쏟아져 있는 피도 그랬고 목과 가슴께 찔린 자국도 선명했다.

"이 안에서 소동이 있었나 본데."

혁이 중얼거렸다.

"아무래도 그랬겠죠. 어둠 속에 1주일이나 갇혀 있다 보면 물이나 음식 때문에 싸울 수도 있고…."

소희가 자기 생각을 피력했다. 동호는 뭔가에 찔려 죽은 시체를 세 번째 보았을 때 말했다.

"아니요. 소동이 아니에요. 이건 한 사람이 저지른 일이에요. 응급실에 있다 보면 칼이나 병에 찔린 환자들을 많이 보거든요. 자상의 형태로 볼 때 동일인물이에요."

"그렇다면 살인마라도 있다는 말인가?"

혁이 동호를 돌아보며 물었다.

"시체들은 그렇게 말하고 있네요."

정적이 흘렀다. 동호가 말을 이었다.

"2차대전을 비롯한 전시에 인간의 본능과 광기에 대한 실험이 많이 행해졌어요. 극한 상황을 만들어놓고 사람들이 어떻게 반응하는지를 보는 거죠. 1000미터 지하에 갇혀서 아무것도 보고 듣지 못한 상황에서 일주일을 굶었다면… 정신 나간 짓을 했다고 해도, 인간성을 지키지 못했다 해도 이상할 게 없어 보입니다."

소희는 고개를 끄덕였다.

"이러고 있을 때가 아냐. 빨리 움직이자."

그들은 확성기를 켜서 사람들을 부르며 걸었다. 상가가 대부분 무너진데다가 미로처럼 복잡하고 거대한 복도 곳곳에 무너진 잔해와 꺼진 구멍이 있어서 지하주차장 층을 수색하는 것보다 속도가 느렸다. 마음만 급했다. 동호는 목이 조여드는 것 같았다.

"대장님 아내분이 일하던 가게는 어떤 가겐가요? 어느 쪽인지 모르시나요?"

동호가 물었다.

"딱 한 번 와봤는데 잘 기억이 안 나네요. 무너지고 나니 간판도 없고. 'Belle'라는 꽃집을 했어요."

혁의 말에 동호는 번쩍 눈을 떴다.

"꽃집이라고요? Belle?"

"아는 곳입니까?"

"혹시 거기서 일하는 민주라는 아가씨 모르세요?"

"잘 모릅니다. 사실 아내와 별로 이야기를 하지 않아서. 꽃집 안에 들어가 본 적도 없고요."

"제가 찾는 여자도 바로 그곳에서 일합니다."

동호의 말에 혁도 적잖이 놀란 눈치였다. 그러나 반가움을 나눌 시간도 없었다. 계속 전진.

그들은 복도를 걸어가면서 점점 더 발걸음이 무거워졌다. 제일 많은 생존자가 있으리라 생각했던 지하 1층은 그야말로 공동묘지였다.

무너진 상가 한 집 한 집을 불빛으로 비춰보며 움직이다 보니 어느새 늦은 오후가 되었다. 확성기 사이렌은 묘지를 돌아다니는 개처럼 쓸쓸하게 울었다.

나를 모욕하다니.

견딜 수 없는 복수심이 현태를 이끌었다. 그는 봉결과 남 국장이 길을 떠난 뒤 바로 그들을 따라 나섰다. 옆에 누워 있는 민주와 소녀를 먼저 덮칠까 잠시 망설였지만 둘은 어차피 계속 그 자리에 있을 거라는 계산에 따라 다음 차례로 미뤘다.

다행히 계속 손전등을 들고 다닌 덕에 핸드폰 배터리는 많이 남아 있었다. 현태는 배고픔도 잊고 봉결의 뒤를 따랐다. 적당한 거리를 두고 걷기도 하고 숨어 있기도 했다. 봉결과 남 국장 둘이 함께 있을 때는 공격할 수 없었다.

잠든 틈을 타서 공격을 할까 생각도 했지만 며칠 전에 자고 있던 봉걸이 번쩍 눈을 떴던 기억을 떠올리자 차마 발걸음이 떨어지지 않았다.

복수를 이룬 현태는 마지막 제물이 될 민주와 소녀를 찾아 다시 돌아왔다. 하도 여러 번 돌아다녔더니 어둠 속의 길도 이제는 꽤 익숙해졌다. 현태는 무너진 꽃집 앞에 도착했다. 그제야 맹렬한 허기가 몰려들었다.

안으로 들어갔다. 핸드폰으로 안을 비춰 보았다. 민주와 소녀는 현태가 나갈 때와 같은 자리에 누워 있었다. 둘 다 움직임이 없었다. 현태가 들어오는 소리가 났음에도 불구하고 그들은 반응을 보이지 않았다.

"이봐. 아직도 자고 있나?"

현태가 물었다.

"어딜 갔다와요?"

민주가 물었다. 현태는 순간 이상한 낌새를 느꼈다. 그것은 많은 사람을 직접 손으로 죽여본 사람만이 갖는 더듬이 같은 감각이었다. 현태는 누워 있는 소녀의 몸을 흔들었다.

죽었다.

온기가 아직 남아 있는 걸로 봐서는 죽은 지 채 몇 분이 안 지났다. 그제야 민주가 일어나 소녀를 안았다.

"정신 차려. 이러면 안 돼. 정신 차리라고."

현태는 해야 할 일을 깨달았다. 먹어야 한다. 변태적 성욕마저 옆으로 밀어낸 절대적인 식욕에 복종해야 한다.

"죽었어. 다시 살아나지 못해."

현태가 말했다. 민주는 현태의 말이 안 들리는 듯 소녀를 끌어안고 흐느꼈다.

"산 사람은 살아야 한다는 말이 있지."

현태가 중얼거렸다. 민주가 고개를 홱 돌려 현태 쪽을 보았다. 이제는 암흑에 적응되었다. 오감의 촉이 예민해질 대로 예민해져서 어둠 속에서도 서로의 시선을 느낄 수 있었다. 현태는 민주의 불안한 시선과 호흡을 즐겼다.

"뭘 그렇게 보나? 보이지도 않으면서."

"안 돼요. 제발."

"뭐가 안 돼?"

"그러지 말아요. 무너지면 안 되요."

"무너져? 뭐가 무너져? 무너진 건 이 빌어먹을 건물이지. 난 다만 살기 위해 행동할 뿐이야. 이래라 저래라 하지 말라고."

현태는 소녀의 발목을 잡았다. 가느다란 종아리 뼈 뒤로 살점이 있었다. 보드라운 아이의 살은 싱싱한 피를 머금고 있으리라. 현태는 맹세코 지금껏 그 어떤 음식 앞에서도 이토록 맹렬한 허기를 느낀 적은 없었다.

"안 돼!"

갑자기 민주가 달려들었다. 현태는 완력으로 민주를 뿌리쳤다. 속으로 생각했다.

기다려. 배를 좀 채운 뒤에 니년도 먹어줄 테니까. 다른 방식으로.

그때였다. 멀리서 사이렌 소리가 들렸다. 보통 때였다면 들리지 않았을지도 모르는 크기의 소리였으나 무음의 공간에서 예민해질 대로 예민해진 청각은 그 소리를 잡아냈다. 현태는 동작을 멈추고 소리가 나는 쪽으로 고개를 돌렸다. 민주도 같은 방향으로 고개를 돌렸다.

"누가 왔나 봐요!"

민주는 손으로 주변을 더듬으면서 엉금엉금 기어나가다시피 가게를 나갔다. 현태는 잠시 고민했다. 일단 상황을 봐야겠다고 생각한 그는 민주의 뒤를 따라 나갔다.

복도를 따라 오른쪽은 혁이, 왼쪽은 동호가 맡아서 가게 안을 불로 비춰보았다. 사이렌은 자동으로 1분에 두 번씩 울리도록 했다. 소희는 뒤에 따라오면서 벽에 야광물질을 붙여 걸어온 길을 표시했다. 케이블을 고정시켜놓은 출발지로 쉽게 돌아가기 위해서였다.

그런 식으로 지하 1층을 샅샅이 훑고 다니다 보니 벌써 저녁 시간이었다. 그들은 걸어가면서 샌드위치를 먹는 걸로 저녁 식사를 대신했다.

"여기요! 여기 사람이 있어요!"

사람 소리가 들렸다.

"저기 누가 있어요!"

소희가 소리치며 불을 비추었다. 멀리서 누군가 달려오고 있었다. 남 국장이었다. 한걸음에 달려온 그는 혁의 손을 잡고 춤이라도 출 듯 펄쩍 펄쩍 뛰었다. 동호는 반갑기도 하면서 또 놀라웠다. 남 국장은 조금도 야위지 않은데다 입술조차 마르지 않았다.

"로비에서 엘리베이터 통로로 나가려다가 사이렌 소리를 듣고 달려왔어요. 정말 다행입니다. 간절히 바라면 이루어진다고 하더니, 그 말이 사실이었군요!"

동호는 남 국장이 시저스 타워의 탄생에 일등 공신이라는 사실도, 양 회장과 모종의 계약을 맺은 인물이라는 사실도 몰랐다. 다만 궁금했다.

"혹시 여기서 다른 생존자를 본 적 있나요?"

"아마 없을 거요. 며칠 전까지는 몇몇 보이긴 했는데 다들 죽어가고 있었으니. 살아남은 인간도 모두 미쳤어요. 우리 빨리 여길 빠져나가야 합니다!"

남 국장은 절박한 목소리로 말했다. 혁이 소희에게 지시했다.

"일단 이 분 올려드려."

소희는 고개를 끄덕이면서도 걱정스러운 표정을 감추지 못했다. 동호는 그 눈빛의 의미를 알았다. 시간이 얼마 남지 않았다는 뜻이다. 한 사람의 생존자를 더 구했다는 기쁨은 잠시, 민주를 구할 가능성이 1초 1초 줄어들고 있다는 절망에 휩싸였다. 아직은 포기해선 안 된다고 스스로를 다잡으려고 했으나 희망은 손 위의 모래처럼 자꾸만 빠져나갔다.

동호는 한숨을 쉬며 고개를 돌렸다. 문득 시선이 머문 곳에서 심상치 않은 장면을 목격했다. 폐허가 된 복도 한쪽에 찌그러져 있는 구두수선 가게였다. 혁으로부터 윤 총경의 스토리를 들었던 동호로서는 그냥 지나칠 수 없는 장면이었다.

"대장님."

동호가 혁을 불렀다.

"저기 좀 보십시오."

동호가 손으로 가리키는 곳을 본 혁이 뚜벅뚜벅 걸어갔다. 동호도 뒤를 따랐다. 수선가게는 형편없이 부서졌다. 혁이 무너져 내린 잔해를 치우기 시작했다. 동호도 그를 도왔다. 잠시 뒤 먼지로 뒤덮인 채 쓰러져 있는 남자의 등이 보였다. 혁은 이미 움직임이 없는 남자의 몸을 돌려 얼굴을 확인했다. 동호도 남자의 얼굴을 보았다. 윤 총경과 닮은 것 같기도 하고 다르게 생긴 것 같기도 했다.

동호의 눈에 축 늘어져 있는 남자의 손이 보였다. 손을 들어, 창백한 손목에 채워진 시계를 보았다. 덮개 유리가 깨진 손목시계 바늘판에는 대한민국 경찰의 심벌인 참수리 마크가 선명하게 박혀 있었다. 동호는 혁에게 경찰 기념시계를 보여주었다. 혁은 무거운 얼굴로 고개를 끄덕였다. 둘은 말없이 시체를 끌어냈다.

"생존자랑 같이 들것에 실어 올려 보내자."

혁이 말했다. 동호는 묵묵히 고개를 끄덕였다. 슬픔 가득한 윤 총경의 얼굴이 선했다.

어쩌면 민주도….

동호는 불길한 예감을 떨치고 싶었으나 자꾸만 나쁜 생각이 스며들었다. 무너진 둑을 넘어 들어오는 밀물처럼 막을 도리가 없었다.

그때였다. 사람의 목소리가 멀리서 들렸다. 정확한 발음은 구별 안 되는 소리였으나 분명히 사람의 음성이었다.

"소희야. 잠깐만 여기 있어."

혁이 소리 나는 쪽으로 달려갔다. 동호도 그 뒤를 따랐다.

헤드랜턴과 손에 든 불빛이 걸음에 따라 흔들렸다. 동호는 마음으로 기도했다. 금방 들은 소리가 민주가 낸 소리이기를. 옆에서 같이 뛰고 있는 혁을 보며 궁금하기도 했다.

이 사내도 나처럼 이기적인 바람을 품고 달리는 걸까?

양쪽으로 갈라진 길이 나오자 혁은 걸음을 멈추었다. 동호 역시 소리가 났던 방향이 헛갈렸다. 동호가 소리쳤다.

"어디세요? 소리 좀 내보세요!"

대답이 없었다. 가슴이 타 들어가는 기분이었다. 동호는 더 크게 소리쳤다.

"누구 있어요? 저희는 구조댑니다!"

그때 '여기요' 하는 목소리가 들렸다. 작지만 분명히 남자의 목소리였다. 혹시나, 기대했던 동호는 맥이 풀렸다. 혁은 소리가 들린 왼쪽 길로 걸음을 옮겼다. 동호는 혁의 뒤를 따랐다.

민주는 기력을 모두 소진했다. 사이렌 소리를 듣고 밖으로 나오긴 했지만 불빛도 없이 소리를 찾아나서는 일은 무리였다. 뒤따라 나온 현태가 핸드폰을 들고 앞장 서 걸었다. 민주는 겨우 그의 뒤를 따랐다. 현태 역시 마지막 힘을 다 짜내는 듯 걸음이 비틀거렸다.

얼마나 걸었을까. 사이렌 소리가 규칙적으로 들렸다.

환청이 아닐까?

민주는 예전에 인터넷에서 얼핏 본 신화 속의 사이렌 이야기를 떠올렸다. 스타벅스의 로고를 설명하는 글이었는데 스타벅스 로고 속 여자가 그리스 신화에 나오는 사이렌의 모습을 형상화했다는 내용이었다.

오디세우스 신화에 따르면 사이렌은 노래를 잘 부르는 물의 요정들을 뜻한다. 그들은 지나가는 사람들을 황홀한 노래로 유혹하여 그 노래 소리를 따라 온 사람들을 암초에 부딪쳐 죽여 제물로 삼는다고 했다.

사이렌 소리에 뒤섞여 사람의 외침이 들렸다. 그런데 동호의 목소리와 꼭 닮았다. 끊으려고 했으나 밀어내려고 했으나 결국은 운명처럼 민주의 마음에 들어온 남자.

그럴 리가 없지.

민주는 드디어 마지막 순간이 찾아왔다고 생각했다. 결국 민주는 무릎을 꿇고 쓰러졌다. 편안했다.

이제 암흑도, 정적도, 갈증도, 배고픔도 나를 괴롭히지 못하리라.

언니. 같이 가요.

조금 앞서 눈을 감은 소녀가 손을 잡아주었다. 민주는 부드러운 손길을 느꼈다. 정신 차리라는 목소리도 들었다.

여긴 어딜까? 천국일까, 지옥일까?

민주는 겨우 눈을 떴다.

"저예요."

민주는 눈과 귀를 믿지 못했다. 그녀를 안고 있는 사람은 동호였다. 헤드랜턴이 달린 안전모를 쓰고 흙먼지로 검게 얼룩진 동호의 얼굴은 환희의 미소로 가득했다.

천국이구나.

민주는 다시 눈을 감았다.

D + 7

비가 내렸다. 여기저기 뚫리고 금이 간 천장에서 흙탕물이 뚝뚝 떨어졌다. 그것은 지하 세계의 종말을 예고하는 묵시록과도 같았다.

모두 여섯 사람이 모였다. 구조대 세 명과 구조된 세 명. 남 국장은 꽤 건강한 상태였고 탈진 직전이었던 민주와 현태도 구조대가 준 물과 식량으로 최소한의 원기를 회복했다.

남 국장과 현태는 침묵의 카르텔을 형성했다. 남 국장은 현태의 살인 현장을 눈감아주었고 현태는 남 국장의 파렴치함을 덮어주었다. 살기 위한 방편이었다. 괜히 '이놈이 살인마'라고, '이놈이 혼자만 살려고 비열한 짓을 했다'고 떠벌려서 좋을 일은 없었다. 어차피 이곳에서 나가면 서로 볼 일이 없을 테니.

민주는 분리불안을 가진 아이처럼 동호의 품에서 떠날 줄을 몰랐다. 동호도 다신 민주를 놓지 않겠다는 듯 결연한 표정으로 안아주었다.

그리고 혁이 있었다. 그의 얼굴은 싱크홀에 내려올 때와 마찬가지로 감정을 읽을 수 없었다. 소희는 그런 혁을 지켜보고 있었다.

그들 머리 위로 흙탕물이 점점 더 많이 쏟아졌다. 시한폭탄의 카운트다운처럼 사방에서 물 떨어지는 소리가 그들을 조여들었다. 물보다 빠른 게 없다는 옛말처럼 쏟아진 빗물이 어느새 그들의 발 아래 흥건했다. 혁이 허리춤에 찬 무전기에서도 다급한 윤 총경의 목소리가 이어졌다.

"김혁 대장! 뭐합니까? 빨리 올라와요!"

남 국장도 펄펄 뛰었다.

"빨리 올라갑시다! 이러고 있다가 흙 무너지면 다 죽어요! 당신들 이거 직무유기 아냐? 구하러 왔으면 구해줘야지!"

동호와 소희 모두 혁을 보았다. 아무도 선불리 혁을 다그치지 못했다. 마침내 혁이 말했다.

"출발합시다."

그들은 최대한 빠른 걸음으로 움직였다. 소희가 벽에 붙여놓은 야광물질을 따라 길을 찾았다. 동호와 혁이 교대로 윤 총경의 형으로 직잠되는 시체를 업고 걸었다. 건물 밖으로 나가니 비가 미친 듯이 쏟아지고 있었다. 구멍에서 바로 떨어지는 비의 양도 많았지만 원통 모양의 토양에서 흘러나온 물이 눈에 보이는 속도로 차올랐다.

건물 벽에 고정시켜놓은 케이블을 풀었다. 케이블에 매달린 수직 들것에 사람들을 태웠다. 남 국장, 현태, 민주, 그리고 남자의 시체 순이었다. 그 아래 동호, 소희가 케이블에 차례로 버클을 걸었다. 혁은 케이블을 걸지 않았다.

"대장! 뭐해요?"

소희가 혁을 보며 소리쳤다.

"나는 할 일이 남았어."

"대장 미쳤어요?"

혁이 손에 든 무전기를 켰다.

"케이블 올려요!"

그러자 소희가 자기 허리에 찬 무전기를 빼서 소리쳤다.

"안 돼요! 대장이 남아 있어요!"

혁이 소희의 목소리를 막았다.

"빨리 올려요. 다 생매장 당하는 꼴 보기 싫으면!"

케이블이 올라가기 시작했다. 혁은 고개를 들었다. 쏟아지는 빗줄기 사이로 혁을 내려다보는 소희와 눈이 마주쳤다. 소희는 울고 있었다. 혁은 천천히 고개를 끄덕여 보였다. 소희는 고개를 내저었다. 소희의 모습이 어둠 속으로 사라졌을 때 혁은 무전기를 열었다.

"소희야, 듣고 있니?"

"네, 대장."

소희의 울먹이는 소리가 들렸다.

"걱정 마라. 살아남는 데는 나만큼 운 좋은 사람이 없잖니."

"어쩌시려고요?"

"시간이 허락하는 데까지 찾아봐야지."

"여기까지예요. 시간이 허락하는 데가 여기까지라고요. 제발…."

소희의 흐느낌이 빗소리에 섞여 더없이 처연하게 들렸다.

"나한테는 시간이 조금 더 남았어. 소희야. 혹시 다시 못 보게 된다면, 기억해줘. 내가 얼마나 고마워했는지를. 성격 나쁜 놈이라 말 한 마디, 표현 한 번 못 했지만 항상 고마웠어."

"대장… 대장…."

소희는 말을 하지 못하고 울기만 했다. 혁이 마지막 인사를 했다.

"곧 보자."

그리고 혁은 무전기를 허리춤에 찼다. 이제 다시 움직여야 할 시간이었다. 혁은 이미 마지막 탐색지를 정해놓았다.

— 사장님은 건물이 무너지기 10분쯤 전에 먼저 주차장으로 나가셨어요. 저는 뒷정리를 하고 1층 밖에서 만나기로 했거든요.

민주의 말에 따르면 아내가 있을 확률이 제일 높은 곳은 지하에서 지상으로 올라오는 주차장 차량 통로였다. 이미 지하 7층부터 지하 2층까지 주차장은 수색을 마쳤으니 지하 1층에서 지상으로 올라오는 차량 통로가 마지막 남은 수색지였다.

비는 점점 더 거세졌다. 태풍이 다가오면서 바람도 더 거세질 게 뻔했다. 혁은 두 손을 모으고 속삭였다.

신이시여. 저는 물러서지 못 하겠습니다. 부디 자비를 베푸소서.

건물에 고정해놓은 예비 케이블을 내려다보았다.

지상으로 향하는 마지막 동아줄. 지금이라도 이 케이블을 타고 올라가면 살 수 있다.

혁은 케이블을 떠났다. 그리고 수색하면서 위치를 확인해둔 주차장 통로 쪽으로 걸음을 옮겼다. 동호와 소희가 함께 있을 때와는 느낌이 너무나도 달랐다. 거대한 공동묘지가 된 건물 안은 온통 흙탕물 범벅이었다. 마치 사람들을 집어 삼킨 괴물이 피를 흘리는 모습 같아 소름이 돋았다. 혁은 한 손에 확성기를 들고 사이렌을 울리며 앞으로 나아갔다.

마침내 다시 지상으로 나왔다. 민주는 아직도 믿을 수가 없었다. 대기하고 있던 의료진이 그녀의 젖은 몸을 수건으로 말리고 구급차에 실었다. 동호가 구급차에 따라 탔다. 그는 미소를 지으며 고개를 끄덕였다.

"이제 괜찮아. 다 괜찮아."

민주는 고맙다는 말을 하려고 했지만 입이 떨어지지 않았다. 동호가 말했다.

"고맙다, 민주야. 살아 있어줘서."

민주의 눈에서 눈물이 흘러나왔다. 민주는 결심했다.

남은 생을 모두 바쳐 이 남자를 사랑하겠노라고. 무슨 일이 있더라도 이 남자의 곁을 지키겠노라고.

동호는 마지막으로 민주의 손을 꼭 잡아주었다.

"기도해줘. 대장이 살아 돌아오기를. 그가 아니었다면 우린 다시 보지 못했을 거야."

민주는 고개를 끄덕였다. 동호는 민주의 입술에 입을 맞춰주고는 구급차에서 내렸다. 문이 닫히고 차가 출발했다. 민주는 눈을 감고 기도를 시작했다.

제발. 제발….

시저스 타워 안의 풍경은 점점 지옥의 형상과 가까워지고 있었다. 혁은 진창으로 변하는 폐허 속을 횡단하면서 오그레 산의 등정기를 떠올렸다. 혁이 산에서 조난을 당할 때마다 상기하는 이야기였다. 그가 알고 있는 가장 끔찍하고도 기적적인 생환의 스토리.

카라코람 산맥의 오그레 산은 높이 7285미터의 봉우리였다. 난공불락이라는 표현이 적합한 산. 최고 수준의 등반팀들이 서른 번이나 도전했지만 등정에 성공한 것은 딱 두 번. 그것도 초등 후 재등이 성공하는데 25년이 걸렸다.

덕 스콧은 다섯 명의 대원과 함께 1977년 오그레 산을 올랐다. 갖은 고초 끝에 정상을 정복했다. 인간에게 처음으로 문을 연 산은 그것을 치욕으로 생각했는지 제물을 요구했다. 등반대는 내려오는 길에 끔찍한 사고를 당했다.

캄캄한 밤이었다. 절벽을 내려가는 도중에 덕 스콧이 두 다리가 부러지고, 크리스 보닝턴은 손과 갈비뼈를 다쳤다. 멀쩡한 팔다리로도 내려오기 힘든, 눈보라가 몰아치는 7000미터의 고도였다. 베이스캠프까지는

3000미터가 넘는 가파른 길이 남았다. 그들은 죽음을 기다리는 대신 끝까지 발버둥치는 쪽을 택했다. 결국 덕 스콧은 기어서 산을 내려왔다. 인류의 등반 역사에 가장 처절한 하산으로 남아 있는 기록이다.

혁은 마음이 조급해지거나 절망이 희망을 잠식할 때면 그 스토리를 떠올렸다. 그러면서 스스로를 다잡았다. 홀로 지하 1000미터의 구덩이에서 남겨진 혁은 어느 때보다 더 절실하게 자기 암시를 하며 걸었다. 기적이 일어날 거라고.

혁은 괴물의 이빨처럼 들쑥날쑥한 콘크리트 잔해와 흠뻑 쏟아지는 흙탕물을 뚫고 마침내 주차장 차량 통로에 도달했다. 곳곳이 무너지고 꺼진 통로에 차 한 대가 끼어 있었다. 그는 알았다. 아내의 차임을.

떨리는 발걸음으로 차에 다가갔다. 차는 운전석 쪽으로 기울어진 채 벽에 처박혀 있었다. 혁의 귀를 맴돌던 아내의 마지막 말이 떠올랐다.

— 다시는 나를 찾지 마요.

혁은 용기를 내어 걸음을 옮겼다. 양쪽 에어백이 바람 빠진 풍선처럼 터져 있는 모습이 먼저 보였다. 그리고 사람이 있었다. 혁은 손전등으로 조수석 안을 비추었다. 깨진 유리 너머로 안나의 모습이 보였다.

"안나야!"

안나는 대답이 없었다. 혁은 전등으로 안나의 얼굴을 비추며 감겨 있는 눈꺼풀을 열려고 했다. 위에서 한바탕 빗물이 쏟아졌다. 혁은 이미 몸이 흠뻑 젖어 있었지만 이번에는 달랐다. 흙탕물 안에 모래와 자갈이 섞여 있었다.

불길한 징조다. 수직 갱도의 어느 지점이 무너져 내린 것이리라.

"정신 차려! 안나야!"

혁이 안나의 몸을 흔들었다.

이미 너무 늦은 걸까?

혁은 손전등으로 운전석을 비추었다. 아내가 있었다. 구겨진 차체에 왼쪽 다리가 끼어 있는 모습이 보였다. 차체를 자르고 다리를 빼내려면 몇 시간은 필요할 텐데. 혁의 턱근육이 부르르 떨렸다.

그때였다. 아내가 고개를 돌렸다. 혁은 아내의 눈을 보았다. 이미 희망을 체념한, 그래서 편안해 보이는 눈이었다.

한때는 죽도록 사랑했던 여자다. 한때는 그를 죽도록 사랑해주었던 여자다. 수백 가지의 꽃말을 아는 여자. 많이 참고 많이 기다리는 여자. 너무 착해서 그를 떠나지 못했던 여자. 혁의 아내였다.

"왜 왔어요?"

영희의 입에서 희미하게 목소리가 나왔다. 혁은 가슴에서 눈물이 샘솟아 오름을 느꼈다. 미안하다고 말하고 싶었다. 그러나 시시각각 조여오는 위기감은 그 말조차 허락하지 않았다. 영희가 말했다.

"아직 안나가 살아 있어요. 몇 시간 전에도 이야기를 나눴어요. 안나가 그러더군요. 자기는 여기서도 아빠와 이야기를 나눌 수 있다고. 아빠가 돌아올 거라고 약속했대요. 아빠가 꼭 자기를 구하러 올 거라고."

미안해. 너무 늦게 돌아와서. 너무 오래 당신을 떠나 있어서 미안해. 내 마음의 역마살을 이기지 못해 미안해. 차마 당신을 놓아주지 못해서 미안해.

혁은 한 마디 말도 못했다. 영희가 부탁했다.

"안나를 구해주세요."

영희의 음성에 정신이 들었다. 잠시 그에게만 멈춤 상태였던 빗소리가 다시 고막을 뒤흔들었다. 혁은 조수석 문을 열려고 했다. 차체가 비틀어지면서 구겨진 문은 열리지 않았다.

어떻게 하지? 콘크리트 절단기는 너무 멀리 있는데.

혁은 조수석 창문 유리를 다 털어버리고 팔을 안으로 넣어서 안전벨트를 풀었다. 그리고 안나의 몸을 밖으로 끌어냈다. 축 늘어진 안나의 몸은 생사 확인이 어려운 지경이었다. 차 밖으로 완전히 나온 안나의 몸위로 흙탕물이 쏟아졌다. 혁은 등에 맨 쌕에 채워놓은 물통을 꺼내 안나의 얼굴을 닦고 입에 물을 넣어주었다.

"안나야, 아빠야. 아빠가 왔다고. 제발 정신 차려 봐."

그제야 안나의 눈꺼풀이 들썩거렸다. 아빠와 눈이 마주친 안나는 혁이 세상에서 가장 사랑하는 미소를 지어 보였다.

"아빠. 왜 이제 왔어?"

혁은 안나를 끌어안았다. 지체할 시간이 없다. 혁은 차 안에 있는 영희를 보았다. 영희는 온화한 표정으로 말을 대신했다. 영희는 혁을 보며 천천히 고개를 끄덕였다. 혁은 영희의 목소리를 들을 수 있었다.

어서 가요. 우리 안나를 부탁해요.

혁은 영희를 보며 고개를 끄덕였다. 영희는 빙그레 웃었다.

고마워요,

영희의 입모양을 읽을 수 있었다.

"안나야. 아빠 꼭 잡아."

혁은 가방을 차 옆에 내려놓았다. 대신 안나를 업고 달리기 시작했다. 건물 안은 정체를 알 수 없는 굉음으로 웅웅 울렸다. 단말마의 비명 같았다. 탐욕의 자궁에서 탄생한 괴물이 죽어가고 있음을 알리는 소리.

이제 곧 무너지리라.

아무 생각도 하지 않고 오직 케이블을 향해 달렸다. 목을 감고 등에 업힌 딸의 무게가 오히려 힘이 되었다. 혁은 케이블을 고정해놓은 곳에 도착했다. 예비 케이블에는 들것이 매달려 있지 않았다. 그는 버클을 케이블에 걸고 안나를 앞으로 안았다.

"아빠, 무서워요."

"겁내지 마. 오래 걸리지 않아."

혁은 무전기를 꺼냈다.

"지금 올라갑니다! 예비 케이블 올려주세요!"

말이 끝남과 동시에 케이블이 올라가기 시작했다. 아빠와 딸은 한몸인 것처럼 꼭 안은 채 비가 쏟아지는 수직 터널을 솟구쳐 올랐다. 싱크홀의 단면 곳곳이 무너지고 있었다. 혁은 몸으로 안나를 감쌌다.

"엄마는 어떡해요?"

안나가 물었다. 혁은 대답하지 못했다. 안나도 더는 묻지 않았다. 혁은 딸의 흐느낌을 들었다. 혁은 더 힘을 주어 안나를 안았다.

얼마 안 있어 그들은 싱크홀 밖으로 나왔다. 현장은 태풍과 폭우로 인해 아수라장이었다. 지반 붕괴의 가능성이 높아지는 가운데 케이블을 끄는 특수 차량과 싱크홀을 비추는 조명차량을 제외한 모든 설비와 인원은 싱크홀 반경 1킬로미터 밖으로 철수한 상황이었다. 오직 윤 총경만 남아 특수차량을 조종하고 있었다.

"김 대장! 난 알았어요! 당신이 해낼 줄 알았다고!"

윤 총경은 자기 일인 것처럼 기뻐했다.

혁의 무전을 받고 대기하고 있던 구급차에서 대원 둘이 달려왔다. 그들은 안나를 들것에 실었다. 혁이 안나의 손을 꼭 잡았다. 뭔가를 말하려고 하던 혁의 입술이 파르르 떨렸다. 아빠를 보는 딸의 눈빛도 떨렸다.

"아빠. 안 돼."

안나가 힘을 짜내어 몸을 일으키며 말했다. 안나는 혁의 손을 꽉 잡고 놔주지 않았다.

"가야 해."

"안 돼. 가면 아빠 죽잖아."

혁은 목이 메어 말을 잇기 힘들었다. 심호흡을 한 뒤에 겨우 말했다.

"엄마가 혼자 있잖니."

안나가 울음을 터뜨렸다.

혁은 마지막으로 딸을 안아보았다. 언제나 딸을 안을 때면 그랬듯이 절로 미소가 머금어졌다.

마지막 순간까지 기억하리라. 사랑스러운 체온과 호흡을.

혁은 안나의 귀에 속삭였다.

"아빠가 보고 싶으면 눈을 감고 불러보렴. 언제나 니 옆에 있을 테니."

혁은 구급대원들에게 눈짓을 했다. 아빠를 부르며 오열하는 안나의 모습을 뒤로 한 채 혁은 윤 총경에게 다가갔다. 윤 총경 역시 심상치 않은 기운에 당황하는 눈치였다.

"내려주시오."

"말도 안 돼요! 안 보여요? 지금 싱크홀이 무너지고 있잖아요."

"그러니까 내려달라는 얘기요."

혁의 비장한 표정은 도저히 거역하기 힘든 진심이 깃들어 있었다. 윤 총경이 물었다.

"꼭 이렇게까지 해야 합니까?"

혁이 천천히 고개를 끄덕였다. 윤 총경은 잠시 눈을 감았다 떴다.

"빨리 내려가요. 완전히 무너지기 전에."

혁은 다시 케이블에 버클을 걸었다. 폭우에 물렁해진 싱크홀 가장자리에 서서 마지막으로 세상의 모습을 눈에 담았다.

안녕. 내가 사랑했던 모든 것들. 내가 싫어했던 모든 것들. 그리고 내가 사랑했던, 나를 사랑해주었던 사람들, 어둠, 별빛, 눈보라 치던 히말라야, 깨질듯 푸르렀던 알프스의 하늘이여, 모두 안녕.

빗줄기 사이로 윤 총경이 경례를 붙이는 모습이 보였다. 혁은 경례로 답해주고 뛰어들었다. 죽어가는 괴물의 아가리 속으로.

케이블을 타고 내려가던 혁은 알았다. 지금 당장 싱크홀이 매몰될 수도 있다는 사실을. 어쩌면 차오른 물이 지하 1층 위로 올라와 이미 아내를 집어 삼켰을지도 몰랐다. 혁은 두려움을 떨쳐내며 무전기를 꺼냈다.

"동호 씨. 지금 듣고 있나?"

바로 응답이 왔다.

"대장! 어떻게 된 거예요! 다시 들어갔다니? 따님을 구했다면서요?"

"당장 상황이 어떻게 될지 모르니 부탁부터 할게. 나는 아마 여기서 나오지 못할 거야. 우리 딸, 안나를 부탁해."

"걱정 마세요, 대장. 제가 아빠처럼 안나를 보살필게요."

"그 녀석 결혼할 때 곁에 서주고 싶었는데…. 미안하다고 전해줘."

"대장…."

동호의 흐느낌이 들려왔다. 혁은 오히려 빙긋이 웃었다.

"지금 내 기분은 어느 때보다 홀가분해. 자네를 만나게 되어서 정말 다행이야."

"그런 말씀 마세요. 겨우 며칠이었지만 대장한테 많이 배웠어요. 지금이라도 올라오면 안 되나요?"

"나는 죽으러 가는 게 아니야. 내 자신을 구하러 가는 거야."

동호는 말을 잇지 못했다.

"딱 하나 걱정 되는 게 있네. 안나가 나처럼 형편없는 남자를 만날까 봐 무서워. 나중에 딸이 사윗감을 데리고 오면 자네가 꼭 확인해줘. 자네한테 아버지로서 마지막 권한을 넘겨줄 테니까. 다른 건 몰라도 산을 타는 놈은 절대 안 돼."

혁의 농담에 동호는 더 흐느꼈다.

"그리고 꽃집아가씨 말이야, 목숨 걸고 구해낸 여자니까 잃어버리지 않게 잘 지켜줘. 그럼 이만."

혁은 무전기를 허리에 차고 아래를 내려다보았다. 빗물 때문에 헤드랜턴의 빛으로는 아래가 잘 보이지 않았다. 혁은 손전등을 켜서 아래를 살폈다. 곧 옥상 위에 도착했고 곧바로 건물 외벽을 타면서 다시 하강했다. 1층 로비가 지나가고 지하 1층. 안으로 들어갔다. 마지막으로 무전을 열고 윤 총경을 불렀다.

"도착했습니다. 위험하니까 기다리지 마시고 피하세요."

윤 총경의 떨리는 목소리가 들렸다.

"행운을 비네."

혁은 만의 하나 가능성을 위해 케이블을 솟아오른 철근에 감아두었다. 아래에서부터 차오른 빗물은 어느새 눈에 보일 만큼 수위가 올라왔다. 천 미터가 넘는 원통형의 단면에서 빗물이 새어나오는 셈이니 그 속도를 가늠하기 어려웠다. 혁은 주차장 통로 쪽으로 달렸다.

어쩌면 이 마지막 순간을 위해서 숱하게 목숨을 걸고 고봉들을 올랐을까?

보통 사람들보다 몇 배로 강인한 체력이 아니었다면 혁은 결코 엉망으로 무너져 내리는 건물 안을 통과하지 못했으리라.

마침내 혁은 차 앞에 다다랐다. 바퀴 아래로 물이 차오르고 있었다. 아내는 편안한 표정으로 눈을 감은 채 운전석에 머리를 기대고 있었다.

설마….

혁은 조수석 문을 힘껏 열어보았으나 아까처럼 꿈쩍도 하지 않았다. 창문은 혁의 체격으로 들어가기엔 너무 좁았다. 혁은 뒷문을 열어보았다. 문이 삐걱 소리를 내며 열렸다. 혁은 뒷자리에서 조수석으로 넘어가 앉았다. 아내는 여전히 움직임이 없었다.

"영희야."

혁이 불렀다. 아내의 눈꺼풀이 파르르 떨리더니 열렸다. 영희는 믿을 수 없다는 표정으로 말했다.

"꿈이 아니었군요."

혁은 아내의 손을 잡았다. 얼마 만에 잡아보는 손인지 몰랐다.

"우리 안나는요? 안나를 놔두고 여기 오면 어떡해요?"

"안나는 무사히 밖으로 나갔어. 나보다 훨씬 더 좋은 사람에게 부탁해뒀어. 부자인데다 마음까지 넓은 친구야. 그러니 너무 걱정하지 않아도 돼. 내려오기 전에 안나와 작별인사까지 나눴어."

아내의 턱이 파르르 떨렸다.

"바보… 바보 같은 사람… 왜 다시 내려왔어요?"

갖고 온 물통을 꺼내 아내의 얼굴을 닦아주고 물을 마시게 해주었다.

"물맛 좋지?"

영희는 빙긋이 웃으면서 고개를 끄덕였다. 자동차 지붕 위로 비에 섞인 흙과 돌이 떨어지는 소리가 두두두 들렸다. 어느새 자동차 안으로 물이 넘쳐 들어왔다.

어떤 식으로 죽음을 맞게 될까? 깔려 죽게 될까, 물에 빠져 죽을까?

혁은 느낄 수 있었다. 맞잡은 손에 힘이 들어가 있음을. 영희는 다시는 놓지 않겠다는 듯 혁의 손을 꼭 잡고 있었다.

"그렇게 높은 데만 찾아다니더니 결국 이 깊은 곳에서 끝을 보네요."

영희의 목소리에는 원망이 묻어 있었다. 혁이 물었다.

"왜 나를 버리지 않았어?"

영희는 잠시 앞을 보다가 말했다.

"수백 번도 더 헤어질 생각을 했어요. 그때마다 제 자신에게 물어봤지요. 아직 저 남자를 사랑해? 대답은 항상 예스였어요. 바보 등신 같게도 말이에요."

"왜 나를 사랑해?"

영희가 우문현답으로 되물었다.

"당신은 왜 산을 사랑했어요? 왜 여기 내려왔어요?"

혁은 1년 전, 영준이 마지막으로 남긴 말이 기억났다. 머리에 낙석을 맞고 추락하기 직전이었다. 혁은 영준의 손을 잡고 부질없는 독려를 했다. 영준은 할 말이 있다며 자꾸 뭔가를 얘기하려고 했다.

— 아무 말도 하지 마. 힘을 아껴!

— 아니요. 꼭 들어줘야 해요.

영준은 도저히 그 순간에 어울리지 않는 이야기를 했다.

— 누나는 아직 형을 사랑해요.

그땐 그 말을 믿지 않았다. 혹은 너무 미안해서 믿으려고 하지 않았다.

그때 그 말을 믿고 아내에게 손을 내밀었다면 이런 결과를 피할 수 있었을까?

쿵, 소리와 함께 자동차 지붕 위로 뭔가 큰 덩어리가 떨어지는 소리가 들렸다. 뒷자리 지붕이 움푹 들어갔다. 조금만 더 앞으로 떨어졌다면 끝이 났으리라. 혁은 차마 묻기 두려웠던 질문을 꺼냈다.

"나를 용서해줄래?"

영희가 답했다.

"당신이 안나를 구해주던 순간, 이미 당신을 용서했어요."

영희는 놀랍도록 차분한 목소리로 말했다.

"마지막 순간이 되고 나니 알겠어요. 미움이 미움을 낳았구나. 다 부질없는 짓인데. 그냥 받아주고 용서하고 살기에도 짧은 인생인데 왜 자존심을 세우고 차갑게 대하고 당신을 몰아세웠을까요? 뭐가 대수라고."

차에 들어온 물이 허리까지 차오름을 느꼈다. 서늘한 냉기와 지독한 악취가 죽음이 코앞에 들이닥쳤음을 알려주었다. 그런데도 혁은 두렵지 않았다. 오히려 평화로웠다.

"불 좀 꺼줄래요?"

영희가 부탁했다. 혁은 헤드랜턴을 끄고 안전모를 벗어 뒤로 던졌다. 완벽한 어둠 속에서 다시 아내의 손을 잡았다.

"아마 긴 잠을 자는 것과 비슷할 거야. 책에서 읽은 기억이 나."

"뭐가요?"

"죽음."

"그럼 이제 우리 자요."

"그래. 자자."

"지금 뭐 먹고 싶어요?"

"갑자기 왜?"

"오랜만에 신랑한테 밥 차려 주려고요. 꿈속에서라도."

혁은 콧날이 시큰해졌다. 한 마디라도 더 아내와 이야기를 나누고 싶어, 울먹이면서 겨우 말을 이었다.

"기억나? 당신 안나 임신했을 때 짜파게티를 그렇게 좋아했잖아. 매번 세 개씩 끓여서 둘이서 싹싹 긁어 먹었지."

"맞아요. 진짜 맛있었는데. 그런데 짜파게티는 항상 당신이 만들어 줬잖아요?"

"그러니까. 오랜만에 내가 끓여줄게. 당신은 이제 그만 쉬어."

"좋아요. 기대할게요."

혁은 결국 울음을 터뜨리고 말았다.

"미안해. 정말 미안해. 미안해. 미안해."

영희는 얼마 남지 않은 힘을 모아 손가락으로 손등을 토닥여주었다.

"괜찮아요. 앞으로 계속 같이 있을 거잖아요. 우리 이제 더 말하지 말고 그냥 자요."

혁은 흐느낌을 멈출 수 없었다.

"아기 같이 왜 울고 그래요. 자장가 불러줄까요?"

혁은 오래전 어느 날 행복했던 순간을 떠올렸다. 연애하던 시절, 가난했던 두 연인은 밖에서 데이트를 하지 않고 종종 혁의 자취방에서 주말을 보냈다. 맥주를 마시고 TV를 보다가 눅눅한 냄새가 나는 좁은 침대에 나란히 누워 자곤 했다. 비가 오는 밤이면 혁은 늦게까지 잠을 못 이루었다. 영희는 그의 머리를 천천히 쓰다듬으면서 노래를 불러주었다.

—비바람이 치는 바다 잔잔해져 오면 우리 그대 오시려나 저 바다 건너서. 밤하늘에 반짝이는 별빛도 아름답지만 사랑스런 그대 눈은 더욱 아름다워라. 그대만을 기다리리. 내 사랑 영원히 기다리리. 그대만을….

쿵, 뭔가가 떨어지는 소리가 들리면서 차가 흔들렸다. 잡고 있던 영희의 손이 축 늘어졌다. 혁의 마음도 내려앉았다. 지상에서의 마지막 말이 되리라는 생각으로 입을 열었다.

"잘 자."

아련한 대답을 들었다.

꿈에서 만나요.

〈끝〉

작가의 글

2010년, 겨울이었습니다. 홍대의 한 횟집에서 출판사 대표님과 술을 마시다가 식당 TV에서 싱크홀과 관련된 뉴스를 봤습니다. 그때는 작은 건물이 내려앉은 사고였고 인명 피해도 없었지만, 제 머릿속에는 직접 눈으로 보았던 대참사의 악몽이 되살아나고 있었습니다.

대참사라는 말을 처음으로 실감했던 사건은 성수대교 붕괴 사고였습니다. 제게 성수대교는 한강에 있는 수많은 다리 중 하나가 아니었습니다. 집 앞에 있어서 외출할 때면 항상 마주치는 친근한 다리였습니다. 제가 다닌 고등학교도 바로 성수대교 남단에 있었지요. 당시 대학교 신입생이었던 저는 일주일에도 몇 번씩 과외 아르바이트를 가느라 차를 몰고 성수대교를 건너곤 했지요.

다리가 복구되기까지는 오랜 시간이 걸렸습니다. 지나다니면서, 출입을 막아놓은 다리 입구를 볼 때면 문득문득 공포심에 사로잡혔습니다. 나도 떨어질 뻔했구나.

다리가 끊어진 시간과 날짜만 조금 달랐더라면 아마 이 글을 쓰고 있지 못했을 겁니다.

그리고 얼마 안 있어 삼풍백화점이 무너졌습니다. 역시 집에서 멀지 않은 거리에 있어 가끔 들리기도 하던 백화점이었는데, 멀쩡하게 서 있던 콘크리트 건물이 무너져버린 모습을 보며 제 인식의 틀도 무너졌습니다. 현실과 비현실의 경계, 일상적인 개연성의 기준이 흔들렸던 것입니다.

— 어떤 일도 일어날 수 있구나.

그 생각을 증명이라도 해주듯, 몇 년 뒤 100층이 넘는 빌딩 두 채가 한 번에 사라졌습니다. 9.11 테러였지요. 먼 미국에서 발생한 일이었지만 다들 뉴스 화면을 통해 생생하게 지켜보았지요. 그런 일이 일어나리라고 누가 상상이나 했겠습니까?

극한 상황에 갇혀 죽음을 직면한 순간에도 사랑이 있습니다. 실제로 대참사의 많은 희생자들이 생의 마지막 순간에 사랑하는 이들에게 메시지를 전하려고 했다는 사실은 인간이 마지막 순간까지도 온기와 애정을 갈구하는 존재임을 보여줍니다. 다만 일상의 피로, 콤플렉스, 분노 등등의 장애물이 우리 내면의 사랑과 용서를 가로막고 있을 뿐이지요.

위기가 있으면 영웅도 있습니다. 천안함 사건 때 목숨을 잃은 故 한주호 준위를 기억하시지요? 국내외 대참사의 현장에서 다른 이들의 목숨을 구하려다 순직한 구조대원들의 이야기는 우리를 숙연케 합니다.

그러나 하늘 아래 어디서나 빛과 그림자가 있는 것처럼, 절대절명의 순간에서도 악하고 이기적인 인간들이 있기 마련입니다. 삼풍백화점이 무너진 현장에서도 건물 잔해를 뒤져 고가의 물품을 훔치던 사람들이 검거되곤 했지요. 수많은 사람의 죽음 앞에서 사사로운 책임을 회피하려고 거짓말하는 관계자들도 있었고요.

이 소설에 등장하는 인물들 역시 다양한 인간군상의 모습을 보여줍니다. 이런 일이 생겼을 때 저는 어떻게 행동할지, 스스로도 궁금해집니다.

정말 오랜만에 여름에 책을 냅니다. 곧 다시 인사드리겠습니다. 더 재미있는 이야기와 함께 돌아올게요.

— 2011년 한여름밤에, 이재익

도시를 삼키는 거대한 구멍

싱크홀

1판 1쇄 발행 2011년 7월 28일
1판 2쇄 발행 2011년 8월 5일

지은이 이재익
발행인 허윤형
마케팅 박태규
편 집 공영아
펴낸 곳 황소북스
주소 서울 마포구 동교동 LG팰리스빌딩 1424호
전화 02)334-0173 팩스 02)334-0174
홈페이지 www.hwangsobooks.co.kr
블로그 blog.naver.com/hwangsobooks
트위터 @hwangsobooks
등록 2009년 3월 20일(신고번호 제 313-2009-56호)

ISBN 978-89-97092-11-6(03810)

* 잘못된 책은 구입하신 서점에서 바꾸어 드립니다.
* 책값은 뒤표지에 있습니다.